JN060151

Nature's Revenge

ネイチャーズ・リベンジ

大自然の報復

ウイルスは人類への最後通告

ミシェル・デマルケ 著
甲賀美智子 訳

まえがき

『ネイチャーズ・リベンジ』は、数々の私自身の経験を基に描いた小説です。

　例えば、第1章で主人公のロパ同様に私も仕事を探し、イブカの製材所で働きました。バンギでは一八カ月間コーヒー農園で働きましたし、コンゴ川を一一日間かけて蒸気汽船で旅をしました。そして大木をくりぬいたカヌーでプラザビルに戻る際には、まさに息を呑むほどの美しい月の光をコンゴ川で見ることができました。

　大木に殺されたバンダ族の話は本当で、当時のアフリカでは多くの人々がこの話を耳にし、とても話題になっていました。狂犬病で死んだ青年の話は、実際には目撃はしていませんが、私自身、狂犬病予防のために二〇回もの接種を受けた経験があります。

　またイブカで働いた五カ月間に、少なくとも三千回以上はツエツエバエに刺されましたが、睡眠病にならずに済んだのは幸いでした。

　一九五〇年代、中央アフリカのヤウンデ・カメルーンの牢獄で、一夜にして赤アリに殺され、食べられた囚人の実話は本書では載せていませんが、読者の皆さんには赤アリの生態を理解していただけると思います。

　この作品は、あくまでもフィクションという形をとっていますが、非常に重要なメッセージも含んでいます。この作品を理解するためには、前作も合わせて、じっくり読み返していただければと思います。そうすることにより、深い理解が得られ、それは地球の未来のためにもなるからです。

今回この出版にあたり、私はまず日本から本を出したいという強い希望がありました。それは、広島、長崎の原爆を体験し、今再び放射能汚染や自然災害による深刻な状況に直面している日本人のこころが、私には分かるからです。

さらに、この世界的な大変革の時期において、世界各地で見られる環境破壊や放射能汚染など、母なる大地、地球上で起こっているあらゆる汚染問題に対し、日本の皆さんは、正しい判断と行動を世界に向けて示すことが出来る〝先駆者〟だと確信しています。

プロの造園家として、私は長年たえず母なる自然を愛し、寄り添ってきました。そして自然は常に、最後の一手を持っていることを感じています。

本著を通じて、皆さんお一人お一人が、自然に対する自分の想いを今一度見極めていただき、美しい自然への思いやりと尊敬をより一層深め、すべての命を保護することを実践されるよう心から願っています。

この本の出版に関わってくれたすべての方々に、心からの感謝を捧げます。

ミッシェル・デマルケ　MichelJ.P.Desmarquet

●ネイチャーズ・リベンジ【大自然の報復】／もくじ

主な登場人物

●ロジャー・パルディ
通称ロパ。退役フランス人。
●サンディ・ヴェルネ
ロジャーの妻。アメリカ人。
●ピエール・プシャール
通称ぺぺ。オーストラリア人。心理学者、民俗学者で、スピリチュアルな研究者。
●モーリス・プレボー
コンゴのイブカの製材業者。
●マルグリット
モーリスの妻。足が象皮病にかかっている。
●ルイ・コレット
サヴォニャン号の船長。
●バンバ
モーリスの下で働くコンゴ人の樵のリーダー。
●ジェアク
中央アフリカのパンダ族出身の樵。
●ジャニス
ロジャーの姪。
●アントワーヌ・ルロイ
フランス人。水質浄化工場に勤務。最初のウイルス感染者。
●シモーヌ
アントワーヌの妻。

第1章　荘厳なコンゴ川

木々、河川、雲そして空
あなたは私たちのパラダイス
あなたは……母なる自然

サヴォニャン号の手すりにもたれて、ロパはタバコをくゆらしながら、ひどく楽しげに船の積荷や乗船の様子を眺めていた。眠るためのアイ・マスク代わりという仲間のからかいも一理ありという感じで、サファリ帽をはすに被(かぶ)っていた。

光あふれる朝といっても、もう一〇時だったが、大気は涼しかった。サヴォニャン号はまだ栈橋(さんばし)を離れそうになかったが、エンジンはプレッシャーに耐えかねたように、ヒーヒーという音をたてながら蒸気をあちこちから吐き出していた。

航行歴ほぼ一〇年、全長三五m、平底の牽引(けんいん)用でなく押し型ボートで、甲板の上には一等船室四部屋が船長の部屋、操舵(そうだ)室と食堂に隣接していた。その下にあたる甲板のレベルには二段ベッドつきの二等船室が六部屋とキッチンそして倉庫があった。

その下の船倉にはボイラー、エンジンそれに予備の薪が積まれていた。

船首にあるいくつかの船倉は乗客の荷物や河岸に沿って生活する住民からの注文品の数々を保管する倉庫が占める。それら品々は、スペアパーツ、缶詰食品、箱詰めのウィスキーやビール、樽(たる)詰めのワインやラム酒、ケース入りシャンペンから、湿気よけに金属性の箱にしっかり詰められた米や粉の袋などだ。他には、現地の人々に人気のテニスやスポーツシューズ、調理器具、灯油ランプ、現地の女性には目がない明るい色彩の腰布などのほか、未開地での必需品を詰めた大箱が並ぶ。

それら品々を保管する船倉はいずれも北方バンギまで三〇日にわたる航行の途中で、いつ、どこで土砂降りにあってもいいように特製の防水用ハッチで仕切られていた。ハッチの上には、既に第一陣の現地アフリカ女性、子どもや老人らが、さび付いた籠(かご)に犬、豚、雌鳥、ガチョウ、七面鳥、アヒルなどの生き物を入れて陣取っていた。

彼らは大抵、水夫らの家族か、家族の友人あるいは有料でもコネで乗船できた乗客たちだ。時には、よく見ると、何とか手を使って乗船している者もいたりする。

留め金で船首に繋がった平底の艀(はしけ)船（旅客・貨物を運ぶ小舟）には、別のアフリカ人乗客が、雌鳥や犬、ヤギを入れた籠と一緒に乗船しようとしていた。艀船と親船にある差といえば、前者のほうが乗船料はより安い。また、親船には無賃乗客がいて、数多くの召使やユニフォームを脱いだ水夫いずれかのそぶりをしていた。

乗客の数の照合には、キャピタスと呼ばれる二人の現地人が船長を助けていたが、同時に彼らは袖の下をポケットに滑り込ませていた。船長は賢い男で、いつこのまねを見過ごすか、自分の権威を行使して厳しくするかを知っていた。何れにせよ、その手加減のほどはうまく、乗組員全員が彼に従い、尊敬し、とても慕っているように思えた。

ロパ、本名ロジャー・パルディがコンゴ・オーシャン鉄道で海岸線を走り、ポアンノアールから首都ブラザビルに到着したのは一〇日ほど前のことだ。その間、街中を職探しで回ったが徒労に終わった。彼は現地住民から間もなく『ホワイト・リトル・レッグ（小さな脚の白人）が今朝通ったよ』という具合にニックネームで呼ばれだしたが、それに侮蔑（ぶべつ）の響きはなかった。ロパが右足に重心をおく時、少し足を引きずっていたため、そう言われたのだ。それはベトナム土産で作戦行動二〇カ月を過ぎて手榴弾（しゅりゅうだん）でうけた時の負傷だった。

フランスに戻ったロパには天候もだが、もっと大事なことは、海外での全く異質の生活をした後の都会生活では人々の心の狭さは耐え難かった。脚が回復し退役金を得るや、終点のポアンノアールで貨物船に乗り込んで二〇日間航海した後、ブラザビルに着いて間もなく、トラック運転手の仕事が見つかった。

ロパは一〇代の頃から自然に慣れ親しんできた。都会には魅力を感じず、むしろ熱帯雨林と隣り合わせたコーヒー園での仕事につく夢を持ち続けていた。ブラザビルを回ればコーヒー園の仕事にありつけると思い、ポアンノアールの職を離れたが思い通りにはいかずに失望していた。やけになって、元の仕事に戻るつもりで再び街中に戻ったがそれもうまくいかなかった。

そんなある日の午後、一人の男からイブカにいるプレボーが木材運搬のできるヨーロッパ人のドライバーを探しているという話を聞きつけた。

「イブカだって？　どの辺なんだい？」

「五五〇㎞ほど上流に行ったところさ」

「先方に電話できるかな？」

男は大声で笑うと周りの連中に言った。「皆聞いたかい、イブカに電話できるかだってさ」

居並ぶ男たちはロパに目をやって笑い出した。ロパのほうはこうした状況には軍隊で慣れっこだった。相手の男が答えて言った。

「お前さん、いい奴のようだが土地の者じゃないようだな。名前は？　俺はフィリップ・ラヌレだ」

「ロジャー・パルディ（フランス語で"pardi"は『勿論』の意）だ」

「おやおや、怒らんでくれよ、お前さんがロジャーとは知らなかった。顔には書いてないからな」

ロパはこんなやり取りには慣れっこで、普段、姓名を縮めて別名ロパと名乗っていた。別名に固執（こしつ）するならその扱いを知っていて当然だが、今のような場合、男をからかう意味でわざと本名を名乗ってみた。思い通りだった。

「いや、わかってないな、友よ。姓はパルディ、P-A-R-D-I、クリスチャン・ネームはロジャーなんだ。友人からはロパと呼ばれている。君もそう呼んで欲しい」

笑いの渦はさらに高まってやみそうになかった。長く鍛えられた入植者たちはバーに入り浸ってビールを酌み交わしては、仏領赤道アフリカにやってきたこの憎めない新参者を祝った。ビールの二、三杯ではロパはびくともしなかったし、バーにたむろする連中は酒を酌み交わさなければ何も始まらないことを知っていた。イブカの男のことを知りたくてうずうずしていたが、ロパは彼らに調子を合わせて待った。

一時間後に、モーリス・プレボーにはブラザビルに白人との混血で名をクロード・マスコーという商売の代理人がいて、主にイブカの製材所の製品を販売していることを知った。クロードはまたイブカの木材を積んだ艀で荷降ろしをすると同時に、ブラザビルの港から上流に空の艀船を送りだす役目を担っていた。

ロパはマスコーの名前と住所を慎重に書き写すと、〝愛飲者たち〟の気持ちを傷つけないようにバーを出る頃合いをうかがっていた。確かに気のいい連中だがしばらくすると退屈だったし、もう午後三時を回っていた。ぐずぐずしないで行動しろという直感からタクシーで目指す住所に向かった。幸い、うまくマスコーに会えたロパは自己紹介した。

バーの男の情報は確かでプレボーは人を探していた。

「あんたが代理人なら、僕に仕事を任せて欲しい」

「そうだな、だが彼に手紙を書かなけりゃ。君は条件に合いそうだが、すぐにと言うわけにもいかないさ」

「それなら、電報を打ってもらえないかな」

「ああ、だが、先方は返事をよこせないいんだ。船が川を行く際、特別な通信機で三度送信されるんだが、先方は電文を聴くだけなんだ」

「では、手紙を書いたとして、返信があるまでどれ位かかるのかな」

「さて、船は明日出航して、何事もなかったとして戻るのは二カ月後だよ」

「僕がそんな悠長な男に見えるかい」ロパは間髪をいれず言った。

「ああ、そうだね。君は重量トラックの運転免許証を持っていてトラック修理もできるんだよね」

「そのとおり」

「それなら問題ないだろう」

「給料はいくらだい」

「ああ、額についてはよくわからない。君が話しあうことだな……」

「おおまかな数字くらい言っただろう」

「一般には、宿、食事、洗濯込みで、月三万フランといったところかな」

ロパはここ二、三カ月で預金がほぼ底をついていたから、言われた額には気持ちが動いてマスコーに言った。「聞いてくれ。責任は僕がとるし心配はいらない。自分で船賃を払って直接当たってみたいんだ」

「わかった、君がそこまで言うんなら。だが、責任はご免こうむるよ」

「オーケー、いろいろありがとう。じゃ、船の場所と港への行き方を教えて欲しい」

ロパは情報をもらうと、タクシーで船が停泊している桟橋(さんばし)へ直行した。現地の男が無数の箱の荷積みを監督している船長に引き合わせた。二言三言で、乗船を決めたロパは最後に残った二段ベッドつき船室をあてがわれた。

「文句を言われても騒音はどうにもならないんだ。船室はエンジンの上にあって、ボイラーのせいで部屋は熱くなる。もっとも、毎晩船は停泊するがね」船長は言った。

「構いませんよ」

「他にもある。部屋は二人部屋なんで、例えば明日とか、出発間際になって乗船希望客があったら、その客と同室になるんだが」

「了解です。これで決まりですね」

　こうしてロパは川を上る際は時速六キロ、下りは一五キロの外輪蒸気船、サヴォニャン号の乗客となった。川の上流にあるイブカに行くには、流れに逆らっての航行になる。

　出発は翌朝一〇時に決まったところで、ロパは郵便局からこんな文面で電報を打った。

『サヴォニャンで白人のドライバーを送る。よろしく。C・マスコー』こんな風にロパは勝手に自分の雇用を決めた。

　ボーッとしていたロパは大きな笑い声でわれに返った。皆が艀（はしけ）船の片側に走り寄って、犬に追われて逃げまどい、川に落ちた子豚の救助のために数人の男が飛びこんだようすをうかがっていた。

　子豚を所有する長いひげの男は四人の女性と子だくさんの家長で、救助の連中に手を貸すよう親戚の者たちに指令していた。何とか救助はうまくいったが、子豚に噛まれてあわてた救助者が改めてしっかり掴み直したりするようすに、野次馬はサーカスの道化師を楽しむ以上に笑いはやしたてた。

アフリカ人は何かにつけよく笑う。現地では誰もがまるで『大きな子ども』だという共通認識があったし、ロパも同感だった。さらに、世界中が同じようなメンタリティだったら、世界はずっとうまく行くだろうにと彼は思った。

大型のスチュードベーカー社製の車に乗った運転手が鳴らした大きなクラクションで、ロパは船の乗降タラップの下に目をやった。興味津々の群集が道を開けると、車は船に隣接する桟橋に停まった。

四つのドアが同時に開いた時、中から現れた四人の服装にロパが驚きの目を向けた。若いブロンドの女性は昔風の飾りレースつきのロングドレスに上品なハイヒールを履いて、年代物のパラソルをさしていた。女性は急いで彼女のためにドアを開けようと駆け寄った年長の男の差し伸べる手につかまって、静々と車から降りたった。驚きはそれだけでなく、男性のほうもひどく細身のズボン、チョッキにフロックコート、ペンダントを下げ、クリケット帽を被った「全身英国風」のいでたちだった。

一瞬、ロパは二人が俳優で、船上で少なくともワンシーンでも撮影に入るのかと思った。確かに、高い煙突と外輪蒸気船は前世紀のミシシッピ川のそれとそっくりだったから、一風変わった身なりの二人にはぴったりだった。

二人に続いて、一一歳ぐらいの男の子と少し年下の女の子が現れた。その服装はそれ程時代がかってはいなかったが、前時代のモカシン靴に白いソックス、シャツにネクタイ姿は気候からして笑えたし、少女の長く編んだブロンドの髪には赤いベルベットの大きなリボンが二つ結ばれていて、ハイネックとブルーのレース飾りのついたピンクのドレスを着ていた。二人の装いを決めていたのは時代物の靴に白いストッキングだった。

周りを取り囲んだ現地人は口をあんぐり開けて眺めていた。ロパは揺れる乗降タラップを登る四人の姿を面白そうに眺めていると、一瞬、ハイヒールを履いた女性がバランスを失いそうになった。幸い、彼女の夫が懸命に守って、水に落ちないですんだ。ロパも傍観者たちも子豚の場面よりもその光景を楽しんでいたのは確かだが、子豚のほうはギーギー泣き叫んで更に笑いを誘っていた。

ロパは再び、桟橋で声がする方に目をやると、車の側に一八歳くらいの若い女性が立っていた。花柄の色鮮やかな膝丈（ひざたけ）のドレスを着て、美しく輝くブロンドの髪をボンネットと呼ばれる婦人用帽子で覆っていた。前世紀に召使が被ったような代物（しろもの）だ。

ロパは、自分の目を疑った。二人の子どもの家庭教師に違いないその女性は、今の状況を完成させるパズルの最後の一片だった。

まさにその瞬間、生涯忘れられない何かが起きた。そのときは特別に気にとめなかった。確かにいい感じはしたが、それだけだった。

若い女性は目を上げてロパと目が合うと、あたかもその距離からロパをうかがうような、それでいて、ためらいがちにニコッとした。彼はそれに返礼するかのように帽子の縁に手をやった。

女性は振り向いて荷物を抱えた二人の使用人に乗船するよう指示を与えると、彼らは頭に金属製のキャンティーン（荷物箱、特にサハラ以南では傘を含めて頭に荷を載せて運ぶのが習慣）を載せて彼女の後に従った。

ロパは目で一行を追ったが、特に若い女性の気さくな歩き方に気をひかれた。しっかりした足取りでゆれるタラップをわたって甲板に立つと二人の従者を待った。船の給仕の一人が彼女に何事か耳打ちすると、その後に従う二人の従者に合図を送った。四人は一等船室への階段を登ると見えなくなった。

女性の様子をゆっくりうかがったロパは、チャーミングな存在と一四日間も同じ船で過ごせると思うと胸がはずんだ。彼女の背丈は一七〇㎝くらいでスタイルがよく、ブロンドの髪は美しかった。特に印象的だったのは、何も隠そうとしない現代の女性らしい歩き方だった。

素晴らしい日和だった。ロパはドンファンではなかったが、決して見劣りする容貌ではなかった。背丈一八〇㎝、体重七七㎏、黒髪、青みがかったグレイの瞳と知性に満ちていきいきした顔つきは魅力的でさえあった。だが、彼はうぬぼれとは無縁で美女の目をひいたとしてもそれはお世辞だと感じた。

もう一本、タバコに火をつけると手すりに寄りかかって、別の二台の車の到着を見守った。車から降り立った二〇代から五〇代の男たち五、六人は、明らかに川沿いの農園や製材所を目指していた。屈強な体つきで幾分白髪交じりの白人男性は、息子と思われる若者と一緒に一等船室へ向かった。他の四人は二等船室二部屋を占領した。

遅い到着客を迎えて、船長は長めの警笛を鳴らした。上の船尾楼（せんびろう）の辺りはあっという間に蒸気で覆われ、警笛に驚いた現地の船客らは嬉しそうに声をあげた。

少し遅れて、五〇代前半の男性が妻と共にワゴン車から降り立った。はじめ、ロパには男より二、三歳若く、全身カーキーで身を固めて日本兵のような帽子をかぶった妻は男のように見えた。

いでたちのせいか、彼女には何ら女性らしいところがなかった。車の後部座席にいた二人の少年に向かって、彼女は野太い声をはりあげてののしった。二人が彼女より前に車からおりなかったためだ。

彼女は二度はずみをつけてタラップに乗ると、足元も確かめずさっさと階段を昇りブリッジの上にいた船長に声をかけた。

「ちょっと、あんた、ルールー！　今日はどの部屋に入れてくれるの？　前回と同じボイラーの上にある場所じゃないでしょうね。ええ？　だとしたら、あんたの部屋をまわして頂戴。あんたは好きな所で寝ればいいでしょう」

ロパは気づかれないように船長の反応を見ていた。「二号室をとっておいたよ、ロゼット」指サインを添えて船長は言った。「ああ、よかった！　あんたは本当の友だちよ、ルールー。ところで、あんたのウィスキーを隠して。ビバートが来るから」彼女は船室に行くと、振り返って、重い食器箱を担ぐ少年たちにピリピリしながら指図した。

「こんな時間にもう疲れたなんて言うんじゃないでしょうね。サボりたがるんだから、もう。急いで、時間はないのよ！」荷を中に運び入れさせた後、船室のドア越しに荷をどこに置くか命令を下している声がしていた。

　桟橋を見ると、ロパの目にタクシーから降りたった四〇代の男四人が映った。ひげ面にカーボーイ・ハットを被ったお揃い姿からして兄弟らしかった。ロゼットとは逆に皆もの静かだった。荷物を運びあげる少年たちに続いて言葉を発せず船室に向かったが、なかの二人はロパの隣室の乗客として彼のほうへ丁寧に手を振った。

　船は長い汽笛を二度とどろかせると、現地住民の乗客たちはまるでアリの巣でも蹴るように足を大げさにばたつかせた。その瞬間、一人の白人男性が前かがみで重そうなダッフルバック（雑嚢）を背負って、タラップを登ってきた。甲板に着くや、ぐいと肩をひいて荷を足下に落とした。

　男はやせて背が高く、刈り込んだ黒ひげを蓄えて、軍隊のサファリ帽をオーストラリアン・ハットのように斜に被っていた。色あせた着古しのブルー・ジーンズと生成りのリネンシャツは前開きで両端が紐で結ばれていて、まさにアフリカのブッシュマンといった感じだった。荷物はそのままに、男は引き寄せられるかのようにロパに近づいた。

「失礼。どちらで船長にお会いできるでしょうか」

「上のほうにいるでしょう。その階段を上がったところです」ロパは答えた。

「ありがとう」男は元気に上甲板のほうへ消えた。

間もなくしてワゴン車の方から恐ろしい吠え声と人の怖がる声がした。見ると、あの男っぽい女性が、夫と一緒に車から二匹のいかついドーベルマンを降ろそうとしていた。綱には繋がれていたが、周りの数人に向かってうなり声をあげると皆は逃げるようにして十分な距離をおいた。

夫婦は二匹を黙らせるとタラップを上がりきる前に、腕組をして待ち受けていた船長の脚にさえぎられた。船長は厳しい顔つきで二人をじろりと見つめて言った。

「その二匹を同行するとは聞いておりませんな。どこに入れるつもりです?」

「問題ないわよ、ルールルー、寝るときは船室と……」

「とんでもない！　こんなでかい猟犬を乗せるなら、檻が必要だということはお分かりでしょう……」

「でも、ルールルー、檻なんぞに入れたら、彼らは手がつけられないわよ。そんなこと……」

「それはあなた方の問題で当方の関知することではありません。下船させたほうが身のためですぞ」

「そんな、問題外だわ。二匹は農園に必要なのよ。黒人のろくでなしに盗みに入られてもううんざり。フランスから取り寄せた雑種で、血統書がどうとかでそれは高値だったの。ルールルー、意地悪いわないで。船室で寝かせていけないなら甲板かどこかで……」

「それで、通行人皆に噛みつくんだろうね。口輪はお持ちかな」

「ああ、いいえ、まさか犬畜生にこんなにやかましいとは思わなかったし。ねえ、ルールルー、かつてよく一緒に飲んだ仲じゃない。大目にみてくれてもいいでしょう」

「努力しても二つの条件は譲れませんぞ。一つ、口輪をつけること。二つ、もし何らかの問題を起こしたら血統もなにも構わない。わしが奴らを海に叩き込んでやる……」

「それでこそ権威者、神に続く船のマスターだ」ロパの肩越しに声がした。振り向くと、隣にいたのは最後の乗船客で誰もがよく知る男だった。微笑みながらロパに握手を求めてきた。

「ピエール・プシャール、通称ぺぺ（フランス語で"P"は"Pe"と発音される。頭文字をとったニックネーム）とよばれている」

「ロジャー・パルディ、通称ロパ。愉快ですね」

二人は笑い、再び船長と女性と犬のほうへ注意を戻した。

「オーケー、ルールルー、オーケー。べベールが口輪を手に入れるから心配しないで。二匹のあわれな生き物に大騒ぎしないでちょうだい、ルールルー。こんなことで古くからのいい関係を壊したくないわよね」そう言って、不意に夫の方に向き直ると大声を出した。「何グズグズしてんの。さっさと口輪を探してきて」

べベールはぎくりとして、手綱を彼女に渡すとタラップをガタガタと降り始めた。その背後から船長が呼びかけた。「おおい、ロバート。何か忘れちゃいないか。犬をつれていかなきゃ、サイズがわからないだろう。それにお前さん、一五分で戻らないと、船は出ちまうぞ」

べベールはトラックに飛び乗ると、せわしなくクラクションを鳴らしながら群集の間をすり抜けて走り去った。「大丈夫よ、ルールー。義理の弟におまかせよ。信じられないでしょうけど、フランスから二匹のモンスターを口輪なしで輸送させたのは彼なの」とロゼットが答えた。

船長はもう相手にする気はなくて、ロゼットに安全に犬をつなぐ場所を教え口輪を外すときは彼女に側を離れないよう忠告した。

キーッとブレーキ音がして郵便配達の車がタラップの下で停まった。川沿いの住人に向けた郵便や各種サイズの小包みを入れた二つの袋を抱えて二人の男が登ってきた。

「ロパ、君の船室の二段ベッドの一つを使わせてもらうよ」ペペが言った。

「おや、僕はついてるな」

「ご親切にどうも。君を落胆させないといいんだが。アラビアの古い諺を知ってると思うけれど、こう言うんだ『七ポンドの塩を食事で一緒にとってから、誰かを知っていると言え』とね。つまり、どんなに塩辛い食事でも、かなり多くの回数つきあう必要がありそうだ！」

二人は笑った。ロパはますますいい日だという実感を得ながら、新しい相棒にタバコを差し出した。ペペはそれを断ると、ポケットから美しく彫り細工された火皿とパイプを取り出して念入りに葉をつめた。手すりに並んでもたれかけ、二人は出発間近になって慌（あわただ）しい甲板を眺めていた。

現地に留まる側から乗客の誰かに向けて、両親や遠く離れた友人によろしく伝言してくれるよう声が飛んでいた。ジョークやら、現実的な伝言、感情を隠しきれず涙声になったことばが飛び交った。別の女性からは嘆き声がほとばしる。

「おお、パコ！　おお、パコ！　気をつけてね。あなたは私の命、喜びなのよ！　パトゥマの家に着いたら代筆屋に会いにいきなさい。そして手紙で一部始終知らせてちょうだい。パトゥマに言うんですよ。姉さんの息子の前でしっかりしなさいって。ああ、何という災難でしょう。息子があんな風に川を行くなんて。ああ、神様……！」

　ちょっと困って、パコは桟橋に立つ年老いた女性を落ち着かせようと、身振り手振りで応えた。「……それと、年老いた母に仕送りと一緒に手紙をおくれ。そうでないと、母さんは悲しみで死んでしまいそう……。ああ、神様！」嗚咽（おえつ）はどんどん大きくなるばかりだった。

「これがアフリカなんだ」ぺぺが口を開いた。

「僕の好きな人たちだ。皆、心からその時々の気持ちを吐露（とろ）するんだが、次の瞬間そのことを考えようともしないのさ。あの太ったパコの母親は、別れの嘆きで数週間で死んでしまいそうに思えるかもしれないが、そうはならないんだ。一五分後には街角の中国人の店に座って、元気にワインか黍（きび）ビールを傾けて歌を唄ってるさ。

　何故かって？　一五分後には、今と同じように現在の時間を生きているからさ。ただ、彼女のパコを忘れるんじゃなく、今嘆いているような場面とは違っているということなんだ。もっと言うと、君も聞いた大そうな表現はコメディ、演劇なんだよ。彼らはコメディを演ずることが大好きで聴衆が多ければ多いほどオーバーになるんだ」

「よく知ってるなあ。アフリカに住んでどれ位になるんだい」

「何度か出たり入ったりがあるけれど、ほぼ一五年かな。退役後ここへ来て、二、三度フランスに短期間戻ったんだが全く順応できなかった」

「よくわかるよ」ロパは応えた。

「僕はベトナムから戻ったとき都市の生活には馴染めなくなっていた。人々は皆、傘でものみ込んだように思えたしヨーロッパ全体がそうだった。少なくとも、それが僕の意見だ。おや、あの旦那が戻ってきたぞ。口輪はあったかかな。君も来るかい？　近くにいって確かめたいんだ」

二人はそっと犬が繋(つな)がれた場所にいくと、妻のほうは側に座ってタバコを吸っていた。夫の助けで彼女が犬に口輪をつけると夫婦は船室に消えた。それを待ちかねたように操舵士がサイレンを三度鳴らすと、群衆は激昂(げっこう)したように口々に何かを叫んで、意味不明の言葉の高まりになった。

川岸では小型タグボートがスティール製ケーブルを一番目の艀(はしけ)船の船首に引っ掛けてコンボイ（護衛船）を流れの中ほどへ押しやろうとしていた。

栈橋に接岸した位置から船と二つの艀船とも抜け出るには助けが要る。タグボートがその操作を見事に進めようとしていた。

船の操舵士が準備オーケーの合図としてサイレンを二度鳴らした。四人の水夫は既にタラップを引き上げて手すりの脇に畳んでいた。

副操舵士の指令で、コンボイの両尾にある係留からロープが投げられた。作業に当たる男がしなやかにボートに乗り移ると同時に、サヴォニャン号からの合図でタグボートが始動を開始した。エンジンで外輪が動き出すと振動が起きて、大きな連結ロッドが蒸気のシューシューという音で伸びだした。

長い悲鳴のような別れのサイレン音が響くと、周囲からさまざまな音が聞こえてきた。桟橋と船の間が一刻一刻広がって、話を交わしていた現地人たちは声を張り上げねばならなかった。飼い主たちの行動に驚いた黄色のアフリカ犬は、一斉にほえ始め辺りを跳ね回った。その内の二匹が争い始める中、ドーベルマンは近寄ってきた別の一匹にうなり声をあげた。口輪をされていたのは幸いだった。徐々に、声は遠ざかり、やがて静かになった。岸から離れたせいだった。エンジンは加速し外輪は大きく水をかくと、桟橋にあたって飛沫をあげ、たたずむ人たちを驚かせた。

小さな汽笛を鳴らして、タグボートはロープを緩めると離れていった。今や、サヴォニャン号はスタンレープール（ブラザビルとキンシャサの間で湖のように巾を広げるコンゴ川の特定の箇所につけられた名称）での実に静かな流れに逆らって二艘（そう）の艀船（はしけ）を押して進んだ。

コンボイは河岸から二〇〇mの当たりにいたが、そこには六艘の荷船が二艘ずつ三連で錨をおろしていた。目を引くそのコンボイは、船が引っ張るのではなく押していたから操作が難しかった。それら空の荷船は、川沿いの製材所や大きな農園に向かっていた。それぞれ荷を積んでからサヴォニャンか別の船に引かれ戻ってくることになる。荷の積み込みは手作業で手間がいった。

間もなく、コンボイは荷船を連結するために速度を落とすと、素晴らしい身のこなしで水夫たちが素早く作業にかかった。北に向けての長い航海の出発にあたって、サヴォニャン号は街に向かって最終の別れをつげる長い合図を送った。

ベルが鳴って乗客に昼食の合図があったのは既に正午過ぎだった。ロパとペペは一緒に食堂に行ったが、自分たちの座席がどこかわからないでいた。

ただ、片隅にある小さなバーは品揃えがよく、バーテンダーは髪が白くなったアフリカ人で二人は気をよくした。既に、四人の客がバーで食前酒を手にしていたが、二人のために場所をあけた。ペペはパスティス（アニスシードで香りをつけたリキュール）、ロパはビールをオーダーした。

四人揃ってカーボーイが食堂にやってくると、その内の一人がテーブルの上のグラスの下に着席者名があると言っているのをロパが聞きつけた。二人はすぐに自分たちの座席をテーブルの端に見つけ並んで座った。

レースずくめの服装でぎごちなさそうな二人の子どもが着席して全員が揃った。少年がロパの隣に、少女はテーブルの向い側の家庭教師に並んで座った。

ロパは彼女と目が合うと、二人は微笑みかわした。

皆、おしゃべりをして食事が運ばれてくるのを待っていたが、子どもらは待ちきれずそわそわしだして、家庭教師に優しくたしなめられた。

「もうすぐですから大人しくね。お行儀よくできたら、食後はわたしの部屋でカードをしましょう」

それから彼女はロパにたずねた。

「ビールはよく冷えていますか？」

「ええ、悪くないですよ。あなたもいかがです？」

「まあ、ご親切に。でも自分でいきますわ。子どもたちにはレモネードも頼みますので」

彼女はバーに向かい、間もなくレモネードの大瓶を手に戻って子どもたちのグラスに注いだ。

再び腰を下ろすと、ビールを自分で注いだグラスを手にロパとぺぺに向かって言った。

「チン、チン（イタリア語で乾杯）！」

グラスを握ったまま、ロパはたずねた。

「どちらまで？」

「バンギ（中央アフリカ共和国のウバンギ川に臨む首都、人口五二万人）ですわ」

彼女は答えた。

「ああ、そうですか、終点までですね。ご紹介させてください、僕の友人のピエール・プシャールと僕はロジャー・パルディです」

彼らは腰を浮かせ、テーブル越しに握手を交わした。

「わたし、サンディ・ヴェルネと申します、はじめまして」

何故かわからないが、ロパという略号で自己紹介したくはなかった。

「サンディってアングロ・サクソンの名前ですね？」

「ええ、母はアメリカ人で、父はフランス人です」

「あなたのフランス語に訛がないということは、フランスで育ったんでしょう」

「いいえ、アメリカからパリに行ったのは三年前です。ただ、家では父に極力フランス語を話すように言われておりました。二つの言語を話すのは脳のいいトレーニングになるというのが父の口癖でした。流暢に二カ国語を話すということは、それぞれの言葉で考えることが出来るという意味だとも。ラテンとアングロ・サクソンは同じ角度から物を見ませんわね……おわかりでしょう？」

「ええ。ただ、考えたこともありませんでした。多分、僕は英語が下手だからでしょう」

サンディは微笑むと、子どもたちに注意を戻した。ロパは彼女の子どもの扱い方で感心させられたのは一つ一つの仕草が適確で、子どもたちは彼女のことが好きだし尊敬しているように見えたからだ。その藤紫の瞳で見つめられ何か不届きなことをしたなら、ただ唇をぷっと尖らせただけで子どもらはいい子に戻った。

滑稽な家庭教師の帽子を取ると、肩までの金髪が金色のオーラのように彼女の顔の輪郭を際立たせた。初回の食事は船長抜きで終わった。食後のコーヒーを飲みながら話したあと、皆で船内をそぞろ歩きをして過ごした。ロパは船室に戻ると、エンジンからの熱と騒音にもかかわらず熟睡した。

＊　＊　＊　＊　＊　＊

食事のまっただ中に突然静まりかえるような状況、ある人はそれを好んで『天使が通る』と呼ぶが、そのような状況に陥るような出来事が、翌日の夕食時に起こった。

一等船客で父親と一緒にいた若いモーリス・ルトランドが、グラスを片手に声をあげた。

「おかしいな、喉が渇いているのに通っていかないぞ。この液体に嫌われているんだ」

サンディは笑い出した。船長は違った。その言葉の意味を悟ったのか、顔から血の気が失せ、居ずまいを正すとワインを一気に飲み干した。その青年の横にいたロゼットは意味ありげに船長の顔を見て、何かを言いそうになっていた夫の脇腹に肘鉄(ひじてつ)を食らわした。誰もが押し黙っているなかで、居心地悪い空気を変えようとペペはロバートに話しかけた。

「農園は大きいんですか、ロバート。カカオ農園なら働いてみてもいいんだが。きっと素晴らしいだろうな」

ロバートは若い男の言葉に麻痺したように、一言も発することができずにいた。ロパが気を使う気配を感じた妻が受けて言った。

「一週間もいてごらんなさい。すぐ気が変わるでしょうよ。素晴らしいことなんかありゃしません。ツェツェバエはどこより多いし、働く黒人たちは製材所よりもサボって、盗みは働くし。商売のいい点があるとすれば、豊作の年ならいい上がりになるってとこかしら」

ペペはあえて笑って彼女に応えると、他の客たちもその意図を察して笑った。青年の父親は蒼白になって、笑いながら料理を口に運んでいる息子の顔に目をやった。

四人の内気なカウボーイは口を開けるのは食べるときだけだったが、その一人が咳払いすると未開地の話を始めた。すぐに、誰も耳を貸さなくなって、船長もブラザビルとの交信があるからと言って席をたった。それでもカウボーイは単調な声で話し続け、終わりそうになかった。ただ静寂の穴埋めにはなっていたから、皆礼儀から邪魔しないよう努めていたし聞いてもいなかった。皆それぞれ物思いに耽(ふけ)っていた。

ルトランド氏が甲板で船長に合流すると船長が口をきいた。

「お気の毒ですな。息子さんは噛まれたのですか?」

「ええ、そう……、息子は乗った馬の後をつけていた雑種犬を追い払おうとして、軽く手を引っ掻かれました。犬はすぐ姿を消しましたが、まさか犬が狂犬病だとは思いもしませんでしたよ。三週間前のことです。恐ろしいことです。どうなるでしょう、コレット船長。まさか恐水病（狂犬病の初期症状）でないでしょうね?」

親友を同じ手のつけられない病気で亡くした船長にはお見通しだったが、父親のためを思って婉曲(えんきょく)に応えた。

「間違いだといいですねえ。病院で治療を受けられるといいでしょう。ブラザビルに電話をいれて、ヘリを頼みましょう。村の裏手に滑走路用の狭いスペースがあって、そこに着陸できますから。明朝明け方になりますが、ご一緒なさるでしょう?」

「無論です、船長。ありがとう。おやすみ」

ルイ・コレットは心配だったが、「息子さんと一緒に部屋にいて発作に備えなさい」とはあえて言えなかった。父親への同情と息子の避けがたい差し迫った死の思いに囚(とら)われてしまっていた。船長はブラザビルに緊急発信で告げた。

「ハロー、ブラザビル。ハロー、ブラザビル。こちらサヴォニャン号のコレット。問題発生、繰り返す、大問題発生。乗客の一人に狂犬病の疑いあり。明朝明け方にケイン滑走路にヘリを送られたし。患者の父親の部屋の用意必要。繰り返す、……」

＊　＊　＊　＊　＊　＊

船の上を二度ほど旋回して緊急着陸したヘリの騒音でロパは目覚めた。着替えると、既にペペは船室から甲板にでて、パイプをくわえていた。間もなく日の出だった。川沿いに、何層かになって水面を這う霧が明け方にはいつも吹くそよ風に逆らったり流されたりしていた。

親子を伴って船長が階段を降りてきた。タラップに近づくと彼らは別れた。親子は無言で船から一〇〇m先に止まった古ぼけたジープへ向かった。

車体の背後に白いローブをまとった宣教師が待ち受けていて、そこだけが熱帯雨林の巨木の下に広がる未明の暗がりに浮かんで見えた。間もなく、ジープは煙をはきながら滑走路目指して離れた。

第2章　老いたダイヤモンド採掘士

一連の艀船を押して進む航程では操舵士の手腕がものをいう。例えば、毎晩停泊する村では防波堤で錨を下ろすのだが、その理由の一つにボイラーの燃料補給のためで、そのつど現地人夫が船と川岸を行き来して山積みの薪を船倉に運びこまねばならない。村の樵は材木を一mほどの長さの木片にして積みあげておき、それらを火夫がボイラーにくべる。

他の理由は、夜の航行は時として砂州の位置がずれていて危険なのだ。川の広さに関係なく流れの中ほどで突如膝ほどの浅瀬になったりするのはそこに砂が堆積するためだ。もし、うかつに先頭の艀船がそうした砂洲に突き当たると、コンボイ（護衛船）を自由にするのに長く、困難な操作がいる。

それで操舵士は航行を日中だけにするが、ともかく燃料の薪の確保が毎日の仕事になる。時折だが、今朝のように長棹を手にした三〇人体制で先頭の艀船に乗り込みコンボイをコンゴ川の中ほどに押しやらねばならなくなる。

サヴォニャン号の外輪は水を勢いよくかいて進むなか、操舵士がコンボイの方向を確認して軽くサイレンを鳴らすと、それを合図に人夫たちは棹を引き上げる。二、三人が丸木舟に乗り込み艀船の片側を係留してから村に戻っていった。その他大勢は船に二、三時間残って未開拓地の情報交換や、ナックルボーン・ゲーム（羊など四足獣の足先の骨片で作ったお手玉遊び）で遊んでいく。

彼らはこれまでずっと悠然とした母なる自然の住人として、そのリズムに合わせて暮らしてきた。帰りたければ丸木舟に乗っていると流れにまかせて難なく村に戻れる。流れに逆らう場合はモーターがある。この日、村人たちは二、三時間居残っていたが船と艀船で動揺が見られた。ロパはぺぺに並んで手すりにもたれて聞いた。

「あの青年は狂犬病だろうか？」

二人はほぼ二〇〇m離れた遠くの川岸を静観していた。水面に張り出して六〇mを超える高さの天蓋のような熱帯雨林の樹木は圧巻で、それ程距離があるようには見えない。

「彼にはまさしく恐水病の兆候がみられるな」

「タラップの下で水たまりに足をつけてしまったとき、恐れているようには見えなかったが」

「確かに。水を怖がる病気の特徴については、僕の犬が狂犬病になって知ったんだ。僕の後を追って川の支流を軽快に渡っていたときだよ。まさか病気だとは思いもしなかったんだが、奴は水を飲むことも食べることもしなかった。それで狂犬病に罹（かか）ったと分かって診療につれていったが、二、三日で死んでしまった。病院は脳をフォールラミー（アフリカ、チャド共和国南西部の都市で首都）の実験室に送ったところやはり狂犬病だった。僕は毎日一回二〇日間注射されたよ」

「嚙まれたのかい」

「いや、奴は『お坐り』の姿勢をしつけられていたから嚙むことはしなかった。ただ、少し前足の切り傷を舐められたことがあった。僕は何ら用心をする気はなかったしね」

「幸い、僕らはパストゥールのワクチン接種をしているよね。ブラザビルに着いたらあの青年にワクチンをするだろう」

「そうだね、ワクチンはあっても彼はもうだめだよ。死は避けられないんだ」

「どういうことだい。彼は今頃入院しているじゃないか」

「別の誰かを傷つけないように病院の監視下におかれるが、死が待っているんだ。狂犬病という恐ろしい病気に移行するのを知っていて、昨晩船長も他の誰もが悲しんでいたんだ。

　嚙まれたかもしれないと思ったら即座に治療しない限り、二、三日経ったら狂犬病は手の打ちようがないのさ。時間を置いてから予防接種をすると逆にそれで命を奪うことになる。人間用の予防ワクチンは効かない。犬の場合、元気なうちにワクチンをすることが大切だ。動物が嚙まれたならすぐにブースター（効果促進剤）を注射するんだ。人間のための接種があるとすればワクチンではなくてある意味の治療法がある。あの気の毒な青年の死に方のような」

「彼は君の言ったことを全く知らないままで逝くのがせめてもの慰めというわけだね」

「このケースではそう望みたい。ただこの辺では狂犬病はやたらに多いから誰もがよく知っている事実だと思うがね。君はベトナムで罹ったのかい」

「そう、だが市民との関わりは全くなく、戦争の犠牲者は無数だったから死因は注目されなかったんだ」

「それじゃ生きた心地はなかったろう」

「いいや、むしろ僕はベトナムが好きだったし環境もよかった。平和になったら戻って住み着きたいくらいだ」

「アフリカにはいつ来たんだい」

「もう九カ月になるかな」

「ここが気に入ったかい」

「何が好きかって、川や自然全部にたまらなく惹かれるのさ」ロパはあたりを指さしながら言った。「笑われるかもしれないが、昨日、岸周辺の村を歩いたとき立ち並ぶ巨木の下で一種の気配に包まれたんだ。背後から誰かにじっと見つめられているような感じだった。振り向いても誰もいなかったがね。まるでとても愛(いと)しい誰かと無言でコミュニケーションしている、そんな感じがしていたんだ」

「そうだね、森は魅惑的でもあり、時に息苦しくさせる」

「昨晩は息苦しい思いはなかった。僕は本当に自然に傾倒していて、我々はできれば自然をそのまま、未踏のままにしておいてあげればいいと思っている。あの浮島なんか、青色の花に覆われて何て美しいんだ」

「ハッ、ハッ！　船長には内緒にしておきたまえ」ペペはおかしそうに笑った。

「船長に川に投げ込まれるぞ。大げさに言えばだが」

「どうしてだい」

「あの花は川の厄介者だ！　睡蓮の花だが航行に大きな危険をもたらすんだ。船の外輪が植物を巻き込んで折れてしまうことがある。コンゴ川での繁茂を遅らせたいが手のつけようがない。川で見られる大きな切り株は、川岸に沿って群がる巨大な房から離れた状態で、まさに伝染病なのさ。時に母なる自然は報復にでて我々人間を追い出そうとするように見えるよ。

　南米に二年住んだことがあって幾度も森を踏査したことがある。仲のよいインディオがいて、ポルトガル人が造った古代都市に行くのを手伝ってくれた。はるか以前、何故かわからないがその町々は見捨てられ廃墟と化した。

　目にしたものは圧巻だったよ。堅固な石造りの床ごと家屋全部が巨木の根で持ち上げられ割れ目ができていた。蔦が石の階段にからまり、中空にもち上げられて空と地面の間につるされていた。その様はまるで巨人の手で掴まれ振り回されたようだった。

　二〇〇キロ以上もありそうな石にライオンの頭が彫りこまれていてとても見事な屋敷のリンテル（入り口や窓などの上の横木＝まぐさ）に用いられていた。このリンテルを支える柱ごと引き抜かれ、元あった位置から頭上五ｍも上の木の枝に持ち上げられ留まっていた。

　まるで森がときにその力を見せつけたがっていて、最後には証明してみせるように思える。何度かぞっとさせられたことは確かなんだ」

「ぞっとするって、何を恐れるんだい」

「説明しにくいんだが、原住民の間には伝説つまり噂話がいろいろある。わかって欲しいんだが彼らは自然と暮らしていて、同様に自然と隣り合わせにいながら不幸にしてよく歯向かう我々とは違う。例えば、野生のフルーツを集める前には木の根本に空の貝殻を供えるとか、マッシュルームを採集する際には木の枝を二本縛って、まじないを唱えながら何度もお辞儀をくりかえすといった儀式をするんだ」

「そうだね。多くの国で確かに、そうした儀式があるのは知っている」とロパ。

「じゃ、その深い意味とは何だろう。ロパ、そうした町々の全人口がわけの分からない、土着の伝染病で死に絶えたいきさつを聞いたことがあるだろう？　南米の大きな都市にある図書館のポルトガル語資料によれば、それらの疑問の答がないのは驚くべきことだ。

よく言うんだが、恐れるべきはライオンではなく無限に小さなものだとね。いい例が、今君が目にしたものだ。あの青年は鰐やライオンに一呑みされるのではなくゆっくりと酷い死に方をする。結果として明かされる事実は、ウイルスや細菌といった微細なものが原因で、自然の最も残酷な一面だ。そうは思わないかい」

「君が言わんとすることはわかる。実を言えば、まさに同じ課題について僕自身も問い続けてきたので、君に会えてほんとうに嬉しい」

まるで人が心惹かれる相手に出会って自然に気持ちを表してしまったように、ロパはとても感情的になっていた。ペペの手をとり、目には涙を浮かべて言った。

「僕らの思いは同じなんだな。我々を取り囲む自然の神秘を理解し、全ての疑問に論理的な説明とその答を見出そうとしているんだ。ピエール、君はどこまで行くんだい」

「明日イェレケで降りて、川と生きる人々、村々の住民について調べたいんだ。いいかい、ロパ、都会の人間はスピリチュアルな面を軽視していろいろと物質面に毒されている。その物質とは例えば政治だとか、我々が作り出した必要品など古代ヨーロッパから受け継いできたもので、質（たち）が悪いのはそのことを満足している点だよ」ペペは応えた。

「聞いてもいいかな。住民の調査って、政府のためか何かかい」

「いや、書いている本のテーマなんだ。これまで読んだ無数の記事やら本のような馬鹿さ加減を書かないために、自分で情報を探りたいんだ。遠く離れた場所や国にいる連中が、自分の住処（すみか）を離れず、図書館で得た記録を基にして書いている。著者は対象にする国の住民個々の声を聞かずに、目と頭の印象だけでまとめていることが多いんだ。明日、もうお別れとは残念だな。共通する興味について語れる相手に会えてとても嬉しいよ」

「それだけに、お別れとは悲しいな。イェレケでは仕事があるのかい」

ため息まじりでロパは聞いた。

「いいや。幸運なことに、僕には十分な遺産を相続して、うまく運用したのさ。それで、今はこうして旅をしながら心配なくまあまあ暮らせている」

突如ボイラー室の方から機械工の毒づく声がして二人は手すりごしに見やった。ついで、目をあげると五〇〇mほど離れて別の船がいるのが見えた。

ディーゼル・エンジンのベルギー船でプロペラと近代的装置を装備して、サヴォニャン号よりは速そうだった。その近代船と競争しようとしているのが二人にはすぐさまのみ込めた。外輪は必死で水を掻いて船をひどく揺らした。陽光は立ち上る水煙に映えて虹となり、ブラザビルを出港して以来一番美しい光景を目にすることができた。

　距離があるにもかかわらずベルギー人に対抗するフランス人乗組員の嘲り(あざけ)はひどくなる一方、先方からの野次がサヴォニャン号に浴びせられた。二艘(そう)は同じスピードで競り合うなかで、サヴォニャンのほうがやや優勢に見えた。それが乗組員を煽り(あお)、興奮は極度に達していた。

　突然、船長がブリッジに立つと双眼鏡でベルギー船を捉えた。そしてフルスピードで階段を駆け下りてボイラー室に向かうや、彼が浴びせる罵り(ののし)声が聞こえた。ドンドンという鈍い音が聞こえ、木材が転げ落ちる音が聞こえると共にボイラーがピーピーと蒸気を吐き出した。ロパとペペのいる場所からも蒸気が立ち昇るのが見えた。

　船長の途方もないがなり声は、加圧されて爆発寸前のボイラーを鎮めようと金切り声をあげる蒸気音に打ち消された。やがて、外輪は普段の動きに戻り美しい虹は消えた。船長は目で様子を知りたそうにしているロパとペペの側に戻って言った。

「あの間抜けな奴らめ、何をやらかすかわかったものじゃない。ベルギーの連中と競り(せ)合うために何を考えたか想像できるかい？　木材二、三本で安全弁を塞い(ふさ)で蒸気をもっと出そうとしたんだ。あと二分もすれば、我々全員吹き飛んだところだ。それを言うと奴らは口をあんぐり開けていた。船の設計者が何かの間違いで安全弁といった馬鹿げたものを取り付けたくらいに思っていたのさ。その証拠にこうぬかしたんだ『安全弁の穴から蒸気が全部ぬけてしまう。ベルギーのアホたちに水をあけなきゃならない！』とね。全く、一〇歳の子どもみたいに始終見張っていなけりゃならんのか」

船長はぶつくさ言いながら立ち去った。

「僕はイブカの製材所で働くんだ。お互い、ブラザビルにあるマスコー郵便局の私書箱を使って、連絡をとり合えると思う。君が民族の調査を続けるなら、いずれ製材所あたりにまで来ると思うな。製材所の従業員を住まわせる目的で村ができたのだから、そこの住人を調査するのは面白いに違いない。イブカは所有者の先人が建設したといわれている。あるのは従業員たちの小屋だけで村は出来て二〇年位なものらしい。他の現地人の村々に比べるととても新しいようだ」

ロパは水をさされた会話を続けて言った。

「馬鹿言っちゃいけない。アフリカの村々はほとんどがそれほど古いものではないんだ。村に怪しい死人がでたり、実際に何人も死ぬようなことがあったりすると、大抵は迷信から彼らは村を捨て焼き去るんだよ。住人たちは別の土地へ行って、また村をつくる。中央アフリカではそう珍しいことではないのさ」

「おや、君からまた学んだな」ランチの合図のベルが鳴ったので、二人は話を切り上げて食堂に向かい他の連中に合流した。しばらくして、ロパは一風変わった夫婦と子どもらが来ておらずサンディだけがいつもの席についていているのに気づいた。

「どうも、マダム・ドネイは女性としてはがさつな男っぽさが、ドゥ・ラヴェルダン夫人の礼儀作法や子どもたちに学ばせたい作法とは相いれないようだわ」サンディが口火をきった。

「でも、君は一緒でなくていいのかい」ロパは聞いた。

「ええ、ご両親として子どもと一緒に昼食をおとりになりたいと思っています。使用人と一緒に食事をするのはご夫人には全く不都合なことでしょう。というわけで、私はこの自由と変化を手に入れたわけ」

サンディはきれいな歯をみせて笑った。ロパはまたも感極まった。

「家庭教師の仕事が好きなんですか？」ロパはたずねた。

「旅はできるし、いくらかお金も貯められるわ。その上、アフリカの地を訪れる機会は魅力ね。子どもたちはまあ悪い子ではないし、ご両親はユニークですけど気さくです。パルディさん、あなたもバンギにおいでですの？」

「その中ほどのイブカで降りて製材所にいきます。プシャール氏とは明日お別れです。彼は本を書いていてアフリカのいろいろな部族を調査しているんです」

サンディは興味をそそられぺぺの方を向いて言った「面白そうですね？」

「その通りとお答えしましょう。実のところ、本も調査も仕事というわけではないんです。ずっと、人間に関わることが好きでやっています」

三人は食事の最後まで話しこみ、終わるとそれぞれ昼寝をしに船室に向かった。

＊　＊　＊　＊　＊　＊　＊

翌日午後、サヴォニャン号のサイレンが響いてはるかに続く水面にこだました。ロパが何事だろうと訝しがって甲板にでると、操舵席の隣にいる船長とペペが話し込んでいるのが見えた。川の方では睡蓮が繁茂してできた小島の背後から何人かの現地人が勢いよくカヌーを漕いで、どうやら川の流れに沿って船に近づこうとしているようだった。

操舵士が軽く笛を鳴らすとエンジンの速度が落ちた。大型のカヌーには八人が乗っていて、船尾に植民地風ヘルメットを被りカーキシャツ姿の白人が一人いるのが見てとれた。

カヌーを操る漕ぎ手の腕は確かで、連結された艀船にぶつかりそうになりながらもうまく船に横付けした。流れに逆らいながら懸命に船の速度に合わせようとするが、一連の艀船の速さが勝った。艀船が押し船と同じレベルになると船の速度がかなり落ちて、小舟の漕ぎ手一人が船から投げられたロープをキャッチした。瞬時に、小舟は押し船に並行につながれ櫂は舟底に収められた。

いっとき速度を落としていた外輪船のエンジンがかかった。漕ぎ手たちが白人を担ぎ上げると船の水夫たちが受けとめた。船長や数人の船客と一緒に側にいたロパには、その白人男性の顔が黄ばんで弱っているのがはっきりわかった。甲板に上がった男性は、二人がかりで支えられなければ立てなかった。用意された肘掛いすに崩れこんだ彼に、誰かがヘルメットをはずしてやると彼は毛布を欲しがった。日陰でも摂氏四二度はありそうな暑さの中で、それは明らかにひどいマラリアの兆候だった。

「自分で何か対処したのかね。キニーネは飲みましたか」船長はたずねた。

「大部前に切らしてしまって……」間違いなく高熱の影響で言葉もはっきりしなかった。

船長の命令で、給仕の少年たちが男性をロパの部屋に運び入れた。丁度、ペペがいたベッドが空いたからだ。ペペはまさに同じカヌーでイェレケ村までいく手はずになっていた。新しい乗客が横になると船長はキニーネを二錠のませ、召使に大きなカップにレモングラス・ティーを運ばせた。

ティーを口にした男性は顔をしかめながら辛うじて言った。

「うまい、新鮮なビールが飲みたい」

「後だ、後。お前さんが元気になったら好きなだけ飲めるさ。この状態はいつからだい」船長が続けた。

「二日になる」

船長は病人の熱を測ると四一・六度あった。

「何度ある？」病人がたずねた。

「三九・八度だよ」船長は相手にティーを飲ませ、彼がカップを置くと筋肉注射をさせるために体位を変えた。給仕が注射針と注射器を持ってきたところだ。

「何の注射だい」患者がたずねた。

「キノフォルムさ」

「あーあ、痛いやつだな」

「お前さんをしゃんとさせたいからね」

注射を済ませると、船長は窒息しそうに暑い日にもかかわらず、まるで零下二〇度でもあるように震えている相手に毛布をかけ、更に五枚を追加した。船長は船室の外にいたロパに謝罪のことばを向けた。「すまない。他に部屋がないんだ」

「あやまる必要なんてありませんよ。ご心配なく、僕が見張ってますから。でも容態はひどそうですね」

「そうなんだ。まず、すぐにでも熱を下げるためにキノフォルムを注射したところだ。黒水熱（高度の血色素尿症で、尿に血液が混じると九五％の罹患者は三日で命をおとす）が心配なんだ。彼が目をさましている間はレモングラス・ティーを飲む必要がある、おわかりかな？　それで、排尿がうまくいけばいいんだが。黒水熱の解毒剤があってキンキリバという植物なんだ。それでティーをつくるといいんだが、あいにく持ち合わせていない。パルディさん、自然はだいたいどんな場合にも解毒剤を用意しているんですよ」

「彼に必ずレモングラス・ティーを飲んでもらいます」ロパは約束した。

船長は優しげに笑うと階段を上がって操舵室に向かった。患者に近寄ったロパには、相手の年齢がおおよそ四〇代から六〇代という見当だけで、無精ひげと黄ばんだ顔色からは読めなかった。

男性はひどく震えて、船室は緩慢に一定の調子でカタカタ音をたてた。ベッドを揺らしながら彼は終始ブツブツつぶやいていた。「ああ、ああ、お、お母さん、ぼ、ぼく、ぼくとても寒いよ……か、神様、ああ、いた……腎臓がひどく痛い……」嘆きは次第に弱まって、ついに静かな無反応状態になった。目を覚ましたら今より気分はよくなっていて欲しいとロパは願った。ともかく休むことが先決だが体力がもどるには長くかかるだろう。

ペペがベッドの下の袋をとりに戻ってきた。荷をつかむとロパに後に続くよう合図した。

「もう、行かなけりゃ。ブラザビルのマスコー郵便局私書箱宛で文通をしよう。この辺では大流行だからマラリアには用心するように。あの男はひどくやられている。一番たちが悪くて船長もとても心配しているんだ」

「で、君は薬をもっているね、ペペ」

「大丈夫、十分な用意はあるから心配しないで。イブカで仕事がうまくいくよう祈ってるよ。君に会えてほんとうによかった。もう別れるなんて残念だがまた会おう、きっとね」

二人は心こめて握手すると、ペペは袋をかついでカヌーに歩み寄った。八人の人夫はもう揃っていて、種々の大きさの箱が横や底部のスペースに置かれていた。船長と握手するとペペは小舟に滑り込んで船尾の梁(はり)に腰をおろした。しばらく、船は大幅にスピードを下げ、ほとんど静止していた。ロープが手早く解かれると、八人の男たちはまるでレースに挑むかのように船から離れて上流に向かって懸命にパドルを漕ぎだした。

「凄く急いでるみたいですね」ロパはなりゆきを見守っていた船長に話しかけた。

「船の船尾からの波を避けるため、最速で離れなければならないんだ。船のスピードは最低にしているんだが、波はとても危険なんだよ。あのサイズのカヌーでも、巻き込まれると沈んで乗客は溺れることもある。以前も事故があってね。一度は小舟がひっくり返って一千七〇〇万フランの現金が詰まった旅行鞄（かばん）をなくした男がいた。現地の男たちがもぐってみたが見つからなかった。

「船を完全に止められないんですか」

「ああ、コンボイのコントロールができなくなるからね」

「先頭の艀（はしけ）船が錨をおろせないんですか」

船長は歯をちらっと見せて応えた。

「村での滞在は計画になくてね。時間は貴重なんだ。何せ時速六kmを保ってなんとか一カ月でバンギに到着するんだ」

ペペは既にかなり遠く離れて帽子を振っていた。ロパも同じく応えた。船長は手を振り、操舵士はサイレンの紐を引いて最後のさよならの合図を送った。次の瞬間、外輪船は活発に水をかき、遠くに去ったカヌーは流れに乗ってスピードをあげ、漕ぎ手たちは危険が去った今、ゆっくりとパドルを動かしていた。間もなく、カヌーはコンゴ川に点在する無数の小島に隠れて姿を消した。

ロパが船室に戻ってみると、年老いた男は眠りながら体をひきつらせ顔には汗が流れていた。ロパはまた部屋を離れると船尾楼の日陰に腰をおろした。船の振動に身をまかせ彼は目を閉じた。睡蓮の浮島が船に近づいたり離れたりしながら下流に流れていった。誰かの気配がして見ると、若い女性が現れてロパの隣に腰をおろした。

「この日陰にいたら、お邪魔かしら」

「いいえ、むしろ歓迎しますよ」ロパはやさしく応えた。

「プシャールさん、出発されたのね」

「ええ」

「短い時間に、お二人はよいお友だちになったようですね」

「よくおわかりですね、お嬢さん」

「お嬢さんですって！　なんて堅苦しいんでしょう。どうぞ、サンディと呼んでください」

「いいですよ。その代わり、僕をロジャーと呼んでください」

「オーケー、ロジャー。わたしが物分かりがよいのはおかしいかしら？　わたしが一八歳くらいで、頭はまだ雲のなかの年頃とでも思ってらっしゃるでしょう。ちなみに二二歳です、若く見られますが」

「まさしく、二〇歳以上には見えませんよ。ピエールについて言えば、滅多に会えないような人の心を掴（つか）む話し方をする。確かに、僕は彼に魅了されてもっと一緒にいたかったんですよ。でも、君がいてくれるおかげで思ったより早く彼のことを考えずに済むな」

「まあ、お上手なこと」二人は笑い出した。

語らいは、ここ数日間の船での出来事に続いて、サンディの仕事と雇い主夫妻のことに及んだ。

「ご主人のほうはバングィの銀行のマネジャーとして出向かれるの。飛行機でもよかったのですけど、マダムは船のほうがロマンティックだと思われたんです。お二人は風変わりだけでなくとても堅苦しい方々だけど、とてもいい人たちですよ。仕事ができて満足ですから、微力ながら子どもたちのお役に立っています」

「どういうこと？」

「わたしの子ども時代は、素晴らしい両親がいてそれは幸せでした。子どもの養育はあまり自由にしすぎるとよくないと思うわ。彼らは若木のようにしっかり手を入れ育てる必要があると思います。そうかと言って、あまり力を入れて育てると個性を窒息させてしまうわ。心理学に興味があってピッツバーグで勉強してわかったのは、信じがたい程に子どもの養育を親御さんが知らないということです。どちらかに比重をかけすぎるのはとてもまずい結果になるわ。そういう意味で、二人の子どもと両親の緩衝材（かんしょう）になれて嬉しいんです」

「で、うまくいってるの？」ロパは聞いた。

「ええ、わたしは満足していますが、一年だけの契約というのは残念ですわ。どちらにせよ、わたしの両親からアメリカに戻って欲しいと懇願されるでしょうし、一生家庭教師でいるつもりもないですしね」

「人生の一番の関心事を聞いてもいいかな」

悪戯（いたずら）っぽく、ロパを見やると彼女は言った。

「笑わなければ、教えてもいいわ」

「約束する」

「昆虫の生態を調べることよ。おもしろくて仕方がないの」

「ちっともおかしいことはないと思うけれど」

「昆虫学というと、普通白い髭と眼鏡、それに首からつるした天眼鏡をぶらさげた学者が想像されるものね。若い女性じゃないわよね？」

「おや、そういうことか」ロパは笑い出した。「君の人生だ。人がどう思うと気にかけないことだね。僕はずっと前にそのことを学んで今は快適だよ。自分の考えを一番大事にすればいい。ところで、昆虫についての知識は役に立つね。蜂や蟻とその営みはいい例だと思うんだ」

「ええ、蟻についての学者の発見では、肺があったら仔牛ほどのサイズになっているそうよ。そうだとしたら想像できて？　わたしたち二、三時間でやられてしまうでしょうし、たとえ、子犬くらいとしても人類の終わりね」

「学者の言うことが正しいとして突然変異が起こらないで欲しいな。破滅は間違いないから」

若い二人は、子どもたちが合流してサンディを占領したがるまでたっぷり話を楽しんだ。三〇分くらいのものかと思って時計をみると、もう二時間も経っているのにロパは驚いた。サンディと彼女の全てがますます好きになっていくのは疑いようがなかった。

船首のほうで現地の男たちが張り上げる声がして、ロパが見やると捕まえた巨大な魚を船に引っ張りあげようとしていた。魚に逃げられまいと扱いは慎重だった。急ごうとすれば綱を切ってしまう危険があった。船の速度は状況を難しくしていた。様子を眺めていた操舵士はスピードを下げてやった。

昼寝をしていたらしい船長は操舵士の席にくると状況をうかがった。おかげで、男たちは魚を船に引き上げ操舵士は船を普段のスピードに戻した。船長は何も言わなかった。誰かが魚を捕まえる度にスピードを下げてくれるとはなんていい国なんだ。

ロパは病人を起こさないよう、そっと船室に入った。男性は昏睡状態にあって、時折、意味不明のことばをつぶやいた。ロパは部屋をでると、階段を上って船長のもとへいった。

船長は彼の顔つきから病人のことだと察知して聞いた。

「何か問題ですか、パルディさん？」

「彼の容態は悪化しているようです。直接確かめてもらえますか。わかりませんが熱を測ったらどうでしょう？」

「今、行くとしよう」船長はそういいながら、船室に戻ると体温計を持ってきた。患者の側に行くとロパをチラッとみて首をふった。病人の側に腰をおろすと話しかけた。「ゲランさん、これから体温を測ります、いいですね？」

年老いた病人ははっきり発音できないようで、何事かぶつぶつ言い続けていた。その腕から体温計を引き抜くと、数値を確かめようと部屋を出た船長はうろたえた様子でロパに見せた。そして、彼に部屋から離れているように合図した。

「とても性質の悪い致命的なマラリアだ。それに、今夜バタロ村に停泊するが、あいにく宣教師もいなければ小さな空港もないしな。何とか今夜を持ちこたえて欲しいものだ」

「そんなに急なんですか」

「カヌーの男の話では四日前から具合が悪かったそうだし、おまけに奴はずっと栄養不足だったようだ。現地で、気の毒がった住民から恵んでもらったタピオカでしのいでいたとか。ダイヤモンドを掘り当てようとしていたが、ついてなくて一文なしだったんだな。さて、行って排尿したかどうか調べてみよう」

　船長は船室に戻ると、小さな子に応対するように病人に話しかけた。

「ゲランさんよ、おしっこしたくないかい？」

「い……いや、いい……、ビ、ビー……、ビール、つ、つめ、冷たいビールが欲しい」

「オーケー、おしっこがでたら飲めるぞ、約束だ」船長はロパに目をやった。

「何もでない……た、たぶん、ビ、ビール飲めば……」

　そっとロパを外に連れ出すと船長は言った「残念だな。ビールを飲ましてみるか。レモングラスより効くかもしれないし、だめでも、奴はビールにありつけるんだから。何カ月もの間取りつかれてきたに違いない。未開地（ブッシュ）の人間にはよくあることで手にはいらないものへ執着するんだ。かつて船であった話だが、全くの健康体の男が仔牛のホワイトソース煮こみを調理したら、わしに五〇〇フランをくれたことがあったよ。さて、奴に排尿させる間、バーテンダーに愛想よくし、冷えたビールを一瓶用意してもらってくれないか？」

ロパがビールを手に戻ると、船長は病人を支えて、備えつきの便器に排尿させようとしていたが成果なしだった。男はロパから冷蔵庫から出したてで水滴のついたビール瓶を受け取ると、奇蹟のように彼の力が戻って腕を伸ばすと喉を鳴らしてビールを流し込んだ。まるで瓶を取られまいと胸に抱えて、時折休んで息をついた。

「ゆっくりやれよ、全部飲んでいいんだから」船長が話しかけた。男は残りのビールを飲みおえると言った。「ありがとう、ありがとう、せ、船長。どんなに飲みたかったか、そ、それを……分かってもらえたら……」突然、男はすすり泣いて子どものようにしゃくりあげた。彼は極度に弱っているようでロパはその姿に戸惑った。船長は男の肩に手を回しなだめながら排尿を手伝おうとして言った。

「ゲランさんや、しっかりしなさい。おしっこが出たら、もっとビールが飲めるぞ」

船長のことばのかいもなく排尿の気配はなかったが、大奮闘のあげくやっと男から便器にピンクがかった水滴が一滴おちた。船長は厳しい表情でロパに目をやって何も言わぬようにと合図した。船長の言ったとおりそれは黒水熱の兆候だった。

「やったぞ。一歩前進だ。さあ、横になって、ビールを待つがいい。それとも、シャンペンがいいかな、ゲランさん？」ルイス船長はごく自然な調子でたずねた。

「いいや、あ、あ、ビ、ビ、ビール、ひえ……、ひ、ひ、冷えたビールがいい」

「オーケー。横になっていなさい。今、持ってこよう」

船長はロパの側を通って秘かな合図を送って船室をでた。甲板に立つと船長は言った「シャンペンの方がましなんだが。黒水熱に効き目があったことが二、三度あって、ビールより排尿には効くんだ。だが、奴があれほどビールを欲しがっているんじゃ言いだせないな」

「持ちこたえそうですか」

「チャンスはほんのわずかだね。正直いうとほとんどゼロだが、救いは奴自身死ぬとは思っていないことだ。発熱から一種のこん睡状態におちいるだろう。それだけが慰めだから奴が望むものは与えようと思う」

空はうっすら明るんで、サヴォニャン号は薪をつむために停まった。朝の四時を回って、老人はひっそり息を引き取った……。思う存分ビールを飲んだが、シャンペンは一滴も欲しがらなかった。

ロパの手を借りて船長はダイヤモンド採掘士の遺体をリネンのシーツでくるむと水夫たちが地上に降ろした。村の連中が二、三人、川岸近くに墓を掘った。荒削りの十字架が作られ、船長は箱から湿気で白カビのはえた古いバイブルを取り出すと有名な祈り『塵(ちり)の一片として……』を読みだした。

次の航行で立ち寄った際に、船長は十字架にゲラン氏の名入りの木板を打ちつけるつもりだ。また、彼の家族を探して連絡しようと思っていた。

第3章　熱帯雨林

ロパは生来の観察者で、時間がいくらあっても飽きることはないようだ。白人、黒人にかかわらず下船、乗船する乗客を眺めるのは日々変わる劇場の舞台シーンのようだ。

中でも、何より楽しみなのはサンディとゆっくり話をすることにある。事実二人には多くの共通点があってロパは彼女に友情以上のものを感じているし、彼女もごく控えめに彼のことをとても好ましく思っていることを知らせていた。時折顔を合わせる他の乗客たちに対するのとは違ったはっきりした気持ちを交わしてきたし、二人は文通をしあう約束もしていた。

そんなわけでその日は新しい仕事で雇い主に会うのが待ちきれないという思いの一方、ロパはあまり気持ちがはずまなかった。操舵士はイブカから三㎞離れた下流から最初のサイレンで合図を送った。川の三㎞にわたる響きは、街中での二〇〇mくらいに匹敵（ひってき）した。

更に二度サイレンが鳴ると同時に、サヴォニャン号のはるか前方にホエールボート（昔は捕鯨に使われたが現在は海難救助に用いられる。旋回がきいて細長い型）が姿をみせて、中に一人の白人と四人の現地人がいるのが見てとれた。船は小島の背後から現れると艀（はしけ）船に並行に舵（かじ）をきった。サヴォニャン号が最低速度に落とすとボートは難なく固定された。問題がないのを確認すると操舵士は再び速度をもどした。

ロパは甲板に上がってきて船長と握手する男性を目で追った。髪はややグレーで、頑丈そうな筋肉質の体をした五〇歳がらみの男の動きは素早かった。ひげをきちんと剃った顔は感じがよかった。ロパは頃合いを待って進みでると手を差しだした。

「プレボーさん、ですね？　パルディ、ロジャー・パルディと申します。通称ロパです。電文の中で触れたドライバーです」

男性は一瞬ロパを見ると、くったくない笑みを浮かべて手を差しだした。

「モーリス・プレボーです。はじめまして、ロパ。電文は聞いて知っています。大型トラック運転手ですな？　未開地でトラックの修理はまかせられるかな？」

「ええ、おまかせください」

「では問題ありませんな。マスコーから給与のことを聞いたかな？」

「どちらとも。よく知らないという話でした」

「当面は月三〇、〇〇〇フラン、宿泊、食事、洗濯込みです。君の腕次第だが、昇給は後ほど話しあいで決めよう。どうですか？」

「ええ、結構です」

「それでは、イブカへようこそ。ブラザに行けるのは一年以上後で、その間は、街と縁がなくなるが大丈夫かな。ごぞんじのように道路はないんだ。全て川で済ますし、一番近い緊急時の小型空港は八〇㎞下流のトッサキになる。まさに、地球の果てなんだが好きになるしかない」

「構いません、プレボーさん。ブッシュ（未開拓地、原野）は好きですから」

「皆のためにもそう望むよ。見たところ怪我でもしたか、脚が悪いね」プレボーは言った。

「ベトナム土産です」

「それは気の毒だな。最近のちょっとした怪我かと思ったんだ。ボートに荷物を積むといい。だがサヴォニャンを降りるのはもう少し先だよ」彼は意味ありげなウィンクを送ると階段の上にいる船長の方へ向かった。

ロパは船室から荷物をとり出して甲板にいくと、プレボーの使用人たちが船の水夫の助けを借りて二つの重そうな箱と軽めのもの数箱をボートに運び込んでいたが、プレボーと船長の姿はまだなかった。

これまでも入植者が乗船の度に船長と一時間以上過ごす事実をロパは気づいていた。誰しも冷たいビールやアニス酒にありつきたかっただけでなく、ブラザビルや川岸に住む隣人たちのニュースを聞きたがっていた。サヴォニャン号の到着時刻によっては入植者たちは船長から食事に招待され、乗客たちの食卓に着席してエンターテインメントすら追加されることがあった。

いよいよ出発時刻が迫ると船長は四つある灯油式冷蔵庫の一つを開けて彼らに二、三箱の新鮮なバターとサラミを渡した。ブラザビルから船長が運べる新鮮な食料の量には限界があった。なにしろ川岸の入植者たちの数に対して冷蔵庫のスペースが足りなかった。そして乗船中に食事をする客のことを考えなければならなかったし、中には一カ月通して乗船している客もいた。

ロパの腕に誰かの手が触れた。サンディだった。二人はしばらく話をして、最後にロパはバングィにある彼女の雇い主の銀行の住所の確認をした。ロパが船を離れる時がきて、握手を交わしながらサンディは彼のほほにキスをした。船長とプレボーが階段を降りてきたせいでロパはキスの意味を深く考える暇がなかった。

新しいボスは準備を確認するとロパにボートへ降りるよう、うながした。船長に礼を述べ、別れを告げると小舟に飛び乗った。プレボーは既にエンジンをスタートさせていた。ギア・ボックスとトランスミッションに沿って、V8フォード・モーターが小型ボートの真ん中に精巧に取りつけられていた。

船長の合図でサヴォニャン号はほぼ停止に近い速度に落とした。ロープ全てが解かれると、キャッチャーボートの強力なエンジンのおかげで船から迅速に離れることができた。その時コンボイの先頭にいる艀船の上にプレボーの使用人一人の姿が見えた。ボートからその男めがけてロープが投げられると、男は艀船の船首にあるボラード（ロープを留める鉄柱）に素早く結んだ。続いてその一艘を他の艀船から解いた。プレボーは手際よく艀船を引っぱって舵をとった。サヴォニャン号は別れの汽笛を二度鳴らし外輪が加速すると新たな目的地へ向かった。

甲板ではハンカチを振る二人の子どもの側でサンディがロパにサヨナラの合図を送っているのが見えた。彼がそれに応えると同時に強い波を受けたホエールボートがひどく揺れた。しばらくして水面が穏やかになると横揺れは止まった。一行が引く長さ二〇mの艀船は重くて速くは進めない。流れに沿って川岸を目指すその姿はまるで蟹のようだった。川に点在する無数の小島の間に川岸が垣間見えた。

「あそこが目指す所かな?」とロパ。

「いいや、まだ二km先さ。あれは小島だよ。この辺りじゃコンゴ川は巾一二kmだが、隣のコキラビルになると雨季には七二kmに広がるんだ」

「七二kmだって、信じられないな」

「水の流れからいって、アマゾンに次いでコンゴ川は地球上で二番目に広い川なのさ」

サヴォニャン号がすっかり姿を消す寸前、ロパは船上の小さな黒点に目をやった。その一つはサンディなのだ。

＊＊＊＊＊＊

製材所の埠頭に艀船を繋いでプレボーの後について桟橋(さんばし)にあがると、ロパの前に大きな長方形の屋敷がそびえていた。アフリカのこの地域ではこうした屋敷は『ケース』(箱)と呼ばれていて、泥土に刻んだ藁(わら)を混ぜて乾燥させた大型レンガを積み上げてでき上がる。レンガの壁はモルタルと、近くで手に入れば石灰石を少量まぜた粘土で固定する。その後で現地の大工たちは壁の外側に高さ一〇フィートの柱何本かをアフリカン・ケースを特徴づけるベランダを囲むようにめぐらせる。それらの柱に屋根の底辺が乗る形だ。屋根は大き目で曲がっていない木の枝を蔦(つた)でくくったもので、その頂点を屋敷の中央に位置する大黒柱が支えている。

　現地人はこの種の作業に優れていて、屋根全体が地域の素材でまかなわれている。それらはたいてい草むらに生える特別な草類か椰子（やし）の葉を編んだものだ。イブカでは屋根に厚みを持たせるのが特徴だが、プレボーのケースは製材所で四角に製材され防腐剤をほどこされたアゾベ材の柱を使用していた。ベランダは蠅よけスクリーンで覆われているだけでなく、屋敷全体が蠅よけスクリーンつきドアや窓になっていた。プレボーはロパが好奇心一杯で眺める様子を面白がった。「その内これでも十分でないことがわかるさ！」

　彼は蠅たたきを手にすると、逃げ惑いスクリーンに追突するヤチバエのように大きな三匹を叩きおとした。「今のはツェツェバエだ。まだ、入ってくるさ。だが、見ものは今夜の蚊だよ」。ロパが問いかけようとした時、向かいに見える二つ目のスクリーンドア越しに女性の声がした。そこは居間だった。

「ベランダでずっと話し込むつもり？　何故中へ入らないの？」

「今、行くよ」モーリスはロパにウィンクして言った。「妻だ」

　居間の中は広く、赤味をおびた馬鹿でかいイロコ製（アフリカ西部熱帯産のクワ科落葉大高木。材質はキャビネットや家具に最適、通称アフリカンチーク）が部屋の中央を占めて周りに背の高い椅子が並んでいた。壁には何枚かの絵のほかに、アンテロープ（レイ羊）と水牛が飾られていた。隅には色鮮やかな女性の腰布のような布製クッションを張った木製アームチェア四脚がコーヒーテーブルの周りに配置されていて、テーブルの下にはジャガーの毛皮の敷物が敷かれていた。部屋は暗くアームチェアの側に立って初めて、ロパはその一つに座った女性に気づいた。グレーの髪に、小太り、疲れて仏頂面(ぶっちょうづら)をしていた。彼女は椅子に沈み込んでアームに手をおき、片方の脚をクッションつきのスツールにのせていた。

「マルグリット、パルディさんを紹介しよう。パルディさん、わたしの妻マルグリット・プレボーです」

ロパは進み出ると手を差し出して挨拶をのべた。

「アンシャンテ、マダム（お目にかかれて光栄です）」

彼女はのろのろした調子で握手を返しながら、抑揚のない声でうめくように言った。

「モーリス、準備はできているから彼を寝室に案内してよ」

「そうだね。パルディさん、こちらへどうぞ。大した部屋ではないが部屋数は限られているんでね。ベランダがスペースをとっているが、暑さよけ通気のためなんだ。ま、ゆっくり整理してくれたまえ」

「ああ、手はかかりませんよ。あのダッフルバッグ（雑嚢）だけですから。ただ一つお願いがあります。よろしければパルディはやめてロジャーと呼んでください。その方が堅苦しくないでしょう？」

「オーケー、それでは、僕はモーリス。ファースト・ネームでいこう」

ロパの申し出にまんざらでない様子で、彼はいきなり友人にでも会ったように快活な声で切り出した。「シャワーはこっちだ。ついて来たまえ」

アームチェアの側を通ると、彼の妻は何も言わず目で二人を追った。ロパの目が部屋の暗さに慣れたのか、彼女の風変わりな様子に注意がいったからか、彼はスツールに乗せた彼女の脚が異様に大きいことに気づいた。

「あ、失礼しました。脚のこと気づきませんで。どうかなさいましたか」ロパは思いやりを込めてたずねた。

マルグリットは目に怒りと皮肉っぽさをこめて言った。

「象皮病は初めてなの？　いいこと、一体何処から来たのよ。哀れなモーリス、何か見落としてるわね、は、は、は、は……」

コーヒーテーブルの上のウィスキー瓶に手を伸ばすと、手馴れた手つきで水でも注ぐようにたっぷりと琥珀(こはく)色の液体をついだ。ロパには初めての状況で自分の迂闊(うかつ)さを恥じ、モーリスを同じように困惑させた浅はかさに動揺した。だがモーリスの対応は見事で、快活にロパに言った。

「人生を知り尽くしているわけじゃないものなあ！　彼には他にもいいところがあるさ。だからここに来たわけだ。ロパ、行こう。浴室に案内する」ロパはモーリスに従ったが、彼の妻のぶつくさ言う声が耳に届いた。

「ロパかい？　ロパ！　ロパそれともパルディ？　おや、おや、おや……」

彼女が呼ぶと、怯(おび)えた顔つきで走りこんできた給仕の少年が後ろのベランダで二人に衝突しそうになった。モーリスがロパを小さな小屋に案内すると、そこにはシャワー用のバケツがつるされていた。

「これがシャワーだ。給仕に頼めばバケツに水を溜めてくれる。それとトイレ。向こうにあるのはキッチンとパン窯だ。（赤道アフリカでは藁屋根の家が一般で、キッチンは熱が内部にこもらないよう母屋から離れた外部に設けられている）必要なら給仕は大抵キッチンにいる」

ロパは、夜中にランプが必要になる場合を考えて、キッチンから家屋にある品々の場所を眺めやると貧弱な花のそばで目がとまった。十字架のようだがみすぼらしかった。モーリスはロパの視線を追ってぽつりと言った。

「前の土地所有者だよ。もう六年前かな。ウイルス性肝炎にやられて亡くなった。トッサキにある病院に連れて行く時間がなかったようだ」

「妻だが気にしないで欲しい。病気なんだ。象皮病のおかげで機嫌が悪くなってね。今日は特に悪い。だが時には機嫌がよいときもある。どうか許してやって欲しい。マスコーは君に何も言わなかったかい？」モーリスは続けた。

「いいえ、でも問題ありませんよ、モーリス。ご心配なく。病気というだけで胸が痛みます。気にかける相手は奥さんです。機嫌が悪くても仕方ありません。アームチェアから動けないなんてあまりだ……」

「いや、そうじゃない。彼女は歩けるよ。問題はあるがね。今日のようにアームチェアに座っているときは自分を哀れんでいるんだ。『重病』を装ってね。病気のせいで彼女の性格はひどく気難しくなってしまった。時々自殺でもするんじゃないかと心配になることがある」

「それほど悪いのですか！」ロパは聞き返した。モーリスが返答しようとすると家の方から大きな叫び声があがって彼はロパを促して急いだ。

　一人の給仕がわめきながら耳を押さえて飛びだしてきた。その耳から頬につたわって血がながれていて、モーリスに何事か訴えながらその手をどけると切り傷から出血していた。「だんなさま、マダムわたしを犬みたいに棒でぶつ。わたし犬でない。わかい男。マダム、わたしのこと犬とおもう。わたしを殺すというね……」

「大丈夫だ、大丈夫、キッチンへ戻ってなさい。すぐに行ってお前の手当てをするから」

　部屋ではマルグリットが立ち上がって、杖にもたれかけてまだ召使に悪態をついていた

「あの、くそったれめ。薄汚いくそったれの能無しが。もう馬鹿な奴らにはうんざりよ。こんな腐ったところ、死があたしの周りを飛び回っている、こんな腐れバラックから逃げ出したい……」

「静かにして、ほら、いいね、静かに。奴が何したというんだい？」モーリスは聞いた。

「ああ、それはいいこと……何をしたかですって？　問題は何もしないことよ。何もね、あのろくでなし。パンは半分しか残ってないというのにくそったれはパンを焼いてないのよ。余計な居候が増えたというのに……」彼女はロパに向いた。「ところで、あなたの名前は？　パルディそれともロパ？　わたしには最後まで知らせないんだから」

「ほら、ほら、落ち着いて。大丈夫だから。彼はロパと呼んで欲しいそうだ。名前はロジャー・パルディさん……」

「何故、パルディ？　パルディですって？　名前がロパとは知らなかったわ。パルディって聞いて……ああ、そう、今わかったわ」彼女は高笑いすると続けた。

「ああ、それは結構、結構。パルディさん、それはいいわ。その名前だとどう責任回避するか知ってるはずよ。少なくともあなた馬鹿じゃないわね。くそったれの能無しじゃない人間に会えて嬉しいこと。さもないとほんとに頭がいかれちまう……」

「いいかい、マルグリット。明日朝とても早く、アトがパンを焼くからね。僕から言っておこう。朝食には焼きたてのパンを食べられるよ。今日はパスタかライスにしよう。ちょうど船からビスケットを数箱、バターを三つ、それとサラミ一本もらってきたよ。考えてごらん、いつもはバター一塊のところ今日は三つもだよ。ルイ・コレットは本当にいい奴だな。ルイを覚えてるだろ？」

彼女は片手に杖を持ち、もう一方を椅子の背において立っていたが、ルイ・コレットの名を聞くと、その表情はゆっくり変わった。次第に顔から怒りが消え厚ぼったい唇にうっすら笑みが戻った。「ええ！　コレットはいい人よ。バターを三つですって？　コレットって、優しくて、思いやりがあるわ。冷蔵庫に入れてくれたわね？」

「無論だよ」

「それとウィスキーもね？　注文した四箱、彼は運んでくれたのかしら？」

「うん、うん、安心しなさい。何一つ忘れてなかったよ。ショップ（未開拓地の製材所や農園では入植者は労働者のためのショップを設けて、必需品を供給しただけでなく相応の利益もあげた。クレジットによる売買で月末の決算になったが、労働者は収入以上の負債を負った）用の塩も、腰布もね」

「コレットのおかげね」彼女は一瞬、思い出にふけっていたが、突然ロパの存在に気づいてひどく優しい声で聞いた。

「何かお飲みになる、ウィスキーかしら、ええっと、お名前をもう一度いいかしら？」

「ロパです」

「そう、そうだったわ、ロパ。アト！　アト！」彼女は大声で呼んだ。

召使の少年は血で赤くなった布を耳にあてて現れた。「はい、マダム」

「皆にウィスキーとソーダを差し上げて。急いでよ、分かった？」

「はい、マダム」彼は赤色の木材でできた重厚な感じのテーブルへ急ぐと、大きなウィスキー・グラス三つを選んでから部屋を横切って大型冷蔵庫まで行った。中からソーダ瓶を取り出すと手際よく用意した。

マルグリットは二、三歩でアームチェアまでいくと体を投げ出すように座った。その数歩はロパが思ったよりずっと素早く内心驚かされた。三人は各々グラスに酒をついだ。ロパとモーリスはウィスキー一をソーダ四と氷で割った。マルグリットはアルコールを多めに氷だけ足した。「ソーダは気分を悪くするわ。ウィスキーはもっと過激で命に関わるけど病気はごめんよ。むしろくたばったほうがいいわ」彼女は笑った。

ロパはこれまで、これほど皮肉っぽく笑う相手に出会ったことはない。思わずぞっとしてモーリスにそっと目をやると、彼はもう慣れっこなのか平然としていた。機嫌がよくなったマルグリットは外に食事の用意をさせた。がっしりした赤いテーブルに庭で栽培されたヨーロッパの野菜をふんだんに添えた色とりどりの珍しい料理が並べられた。

会話はマルグリットのご機嫌とりが目当てなのは明らかで、主にロパの二週間にわたる船の話が中心だった。この来訪者がもたらす変化を彼女は楽しんでいるようだった。

ロパはそんな彼女はアフリカ全体、中でもイブカを嫌っていると確信した。食事が終わって、彼はそつなくマルグリットの女主人ぶりを見事だと讃えた。女性に響くことばが彼女にも通じたのを見てとって夫も大いに満足気だった。時刻は既に午後二時を回ってモーリスとロパは製材所に向かった。

近くの製材所への道すがらモーリスは土地を手に入れてからいろいろ手を加えた話をした。彼は機械の扱いが巧（うま）かった。動力は全て蒸気による一つのパワーユニットで操作されていたし、当然ながら木材のおがくずはボイラーに回され、費用の軽減と資源のリサイクル両面に役だっていた。ドウバという名の現地の男が二四時間誇りを持って機械の担当をしていたから、火が完全に消えていることはなかった。そのため朝早く蒸気でサイレンを響かせて村の労働者を目覚めさせ、朝礼にも遅れないようにできたのだ。彼は全面的に機械の管理に責任を感じていた。

ロパはモーリスから一番重要な鋸（のこぎり）の操作法について説明をうけながら、実際に直径二・五m以上の大木の幹が切り取られる工程を観察した。ロパはそれほどの巨大な木材を見るのは初めてで、小さい頃父親に連れられていった製材所で目にしたのはせいぜい直径一mくらいのものだった。だが、ここイブカでは樹木の根幹は三mに達するものもあった。

巨木の幹を切り取るにはオルタナティブ（替刃式）とよばれる三・五mの刃をもつ特別の鋸が必要だった。鋸を二人がかりで水平に持ち横挽きする。硬質の木製の巨大な連接棒によって鋸は交互に動き、大きなキャリッジ（可動台）にしっかり固定された木幹がミリ単位で垂直に刃に向かっていく。鋸を受け持つ男たちは時々切れ目と木材の間に木片を差し込んで、刃が食い込んで動かなくなるのを防ぐのだ。

材質の堅さにもよるが、厚板を切るのに三〇分はかかりそうだ。多くの男たちが厚板をつかんで巻き軸に載せると丸鋸の方へ誘導され、辺材が削り取られて厚板そのものの形になる。次にリボン鋸を通って顧客の要望通りのサイズか或いはヨーロッパ向け輸出用の標準サイズに切り取られていく。他の丸鋸は厚板の巾や角を削るためのものだ。従業員は一人一人作業に精通していて工程は実に見事だった。

ロパがそう印象を告げると、モーリスは自分の役割は作業の維持管理と最終的な機械の修理にあると説明した。だが実際には彼らに原木を商用の木材にどう変えるかを教えていたが、部品のスペアの話になると誰も手がだせなかった。

「だからドライバーの手がいるんだよ。森から材木を運ぶのに時間がかかりすぎるんだ。わたしの留守中に製材所で何事か起きたら三、四時間は全てが停まってしまう。木材一、二本をトラックに積んで運んでくるのにも時間がいる。つまり地獄と深く青い海の狭間で仕事をしているようなものさ」

「でも僕より賃金の安くて腕のいい現地のドライバーがいるでしょう」

「いいかい、ここの仕事は一般道路でトラックを運転するのとは大違いだ。来なさい、トラックを見せよう」

二人は製材機具を後にし、だだっ広い格納庫を作業台や、炉、旋盤がある方へ行くと、更に電動ドリル、発電機、コンプレッサーや二〇〇リットル入り石油缶などがあった。ロパはさっと見回してトラックを探したが、エンジンをボンネットが覆っているだけの古いシトロエンの車しか目につかなかった。この車はモーリスが折々スペアパーツを寄せ集めたポンコツだった。「これだ。乗って走ってみよう」。モーリスはポンコツ車のハンドルを握るとスターターを引いた。すぐにエンジンが始動し動きは完璧だった。ロパは車の逆側に回って、板切れに小さなクッションを置いただけの席に座っているモーリスの隣に腰をおろした。

ドライバーの背後にはガソリン四〇リットル入りドラム缶がくくられていた。屋根、ドア、ステップ、泥除け、風除け、一切なしだった！　トラックの後部にはベッドの代わりに厚くてがっちりした板が二五cmの間隔で二本の鉄のレールで平行に、金属ピンの穴にボルトをはめて留められていた。モーリスはギアをリバースに入れて格納庫から車をバックさせると、素早くハンドルを切り熱帯雨林に続くデコボコ道を走った。

二kmほど行くと小道はやや坂にさしかかり、モーリスはギアをサードに入れた。二対の後部車輪の巾ぎりぎりの板切れ二枚を置いた未完成の橋にさしかかると、モーリスはセカンド・ギアにして時速一〇kmで渡った。ロパは彼の運転ぶりをじっと眺めて驚いたのは一度もブレーキを踏まないことだった。だがそんなことより、ロパの関心は嫌々ながら道をトラックに譲った猿の群れに集中した。橋から一㎞来るとモーリスは車の速度を落とし、ハンドブレーキを引いて止め、エンジンを切ってトラックを降りた。

「ここは、パリみたいじゃないね。この先は行き止まりで、道は我々の敷地だから道の真ん中に駐車できるんだ。誰の邪魔にもならないからね」モーリスは軽口をたたいた。

彼は喋りながら背の高い草むらを抜けて進むとそこは樹下だった。その後に従っていたロパはモーリスのシャツにツェツェバエが群がっているのを見て、彼の背中を叩いた。

「停まって！　動かないで！」

「何事だい」

「背中に少なくとも一ダースのツェツェバエがたかっていたんですよ」

モーリスは笑いだした。「ああ、ロパ、森で目にする数に比べたらまだまだとるにならない数だ。放っておいて構わないよ」

「まだ眠り病に罹(かか)ったことはないんですか？」

「いいや、幸運にもね。ただ危険性は低いんだ。皆この病気をよくわかっていないんだ。実際ツェツェバエは細菌を繁殖はさせるが産み出しはしない。イブカでは皆、注意怠りなく、新しいビジターに病気の疑いがあればすぐにも病院に送って診療を受けさせる。万一保菌者ならそいつを隔離して治療する。さもなければ一緒に戻れる。

というわけで病気になるのはごくごくまれなんだ。村では、睡眠病になった者は一人もいない。つまり蝿が細菌を運んでなければ危険度は低いんだよ。ただ刺されるとヤチバエと同じくらい痛くてやりきれない。この辺では家畜にたかるツェツェバエがいないからあまり騒ぎ立てないよ。そっちのサイズは大きくて黒い。もしそれに刺されたら君は痛い！　というだろうな。ともかく気遣いをありがとう。さ、こっちへ進もう。新しい道はまだできていないが先週切り倒されたイロコを見せたい」

二人は縦列で進んでいくと、繰り返しのリズムが聞こえてきた。どうやら歌のようで近づくにつれてやっと状況がのみこめた。

二人の黒人が巨大な幹を切る間リズムをとるため歌っていた。彼らの鋸は五分の四ほど樹木に食い込んでいたが、大きな木片を差し込んで刃が動かなくなるのを防いでいた。その巨木のてっぺんは六〇m上方に伸びた木々や折れた枝に隠されて見えないほどで、その樹木の隣にいる二人の屈強な男が小人のように見える様子は圧巻だった。

彼らが鋸（のこぎり）で挽（ひ）いている木は既に倒された巨木に比較してもある畏敬の念を覚える。ロパが立っている場所からその光景の一部始終に見とれていると、何故だが分からないが不思議な感覚に包まれる気がした。

モーリスは二人の側に近寄ると何やらフランス語とスワヒリ語とで話しかけた。ロパが理解したところでは作業は少なくとも二日前に終わっていたはずだということだった。

「トラックの音を聞きつけて仕事を始めたんじゃないか、ええ？　さぼらずに計画通りやっていれば一昨日には終わっていたはずだ。急げ、さもないと首にするぞ、わかったな？　一緒にいる白人はドライバーだが、お前たちがてきぱきやらないなら四人の白人に木を切らせるぞ。

そうすりゃお前たちは飯の喰い上げだ。この村を離れてみろ。川沿いの何処を探したって今の給料ほど払う雇い主はいないからな。わかってるな、怠け者めが」

「ですが、モーリスさん。今朝、また鋸が動かなくなって、取り出すのにすごく時間がかかったですだ。わしらは怠け者なんかではねえ。いつだってご主人につくすいい働き手です。心配いらねえ。見て、もうすぐ終わる。あともう少しね」

「よし、終わらせたらあそこの脇道にねかすように。もう話はおしまいだ」

二人の男は動きを加速して切り始めたがすぐに手をとめた。

「どうしたんだ」モーリスが聞いた。

「ブロック（木片）を打たねえとまた鋸が動かなくなりまさあ」

斧の背でもって一人がブロックを叩くともう一人が樹幹に別の一片を滑り込ませた。ロパは光景に気を奪われ、子どもの頃読んだ漫画『リリパットのガリバー』をぼんやり思い起こした。巨人の側の小さな人間たち。ここでは巨人は人の形はしていないが巨人に変わりなかった。その巨人の命を人間が奪ったのだ。しかも死んでもなお巨人が人を困らせているのは紛れもなかった。生長を止めない巨人が人の手にかかって森の真ん中に崩れ落ちて横たわっていた。

いつも好んで樹木と一緒にいたいと願うロパは少し悲しかった。子どものころよく公園を歩いては広がる景観に心奪われたものだ。ほど近い森を好んで長い間歩いた。ことに秋はよくて、雨の中やからみあうオレンジや赤や金色の葉が風にざわめく中を歩いては森を敬慕した。だがここイブカはヨーロッパの森とは無縁で、未開のままの壮大さと息苦しさが感じられて豊かに繁茂する樹木は人を圧倒していた。ロパはぺぺが言った意味がわかった。「明朝……」追憶に浸っていたロパはモーリスのことばを聞きのがした。

「えっ、何て？」

「明朝、君に運んでもらう別の材木を見にいこう」

「ええ、結構です、行きましょう」

トラックに戻るとモーリスは翌朝何人かで小道をつくらせるとロパに伝えながら、今度は彼にハンドルを握らせた。準備のできているロパは反射的にブレーキとクラッチペダルを押した。「おお、何と、ブレーキをチェックしてよかった。注水管が壊れていてブレーキが効かない。全く駄目だ、ブレーキがいかれてる」

「そうだよ、ずっと前に動かなくしたんだ」

「何ですって？　何故？　冗談じゃないでしょう」

「とんでもない。一〇トン以上もの樹幹をトラックの二本のレールと君の後ろのトレーラーで引く際、どのドライバーも何故か自動的にブレーキをかけようとするが、それでは木が不安定になって君の肩にぶち当たるんだ。ということでトラックの運転を知っていたら、ギアボックスの使い方はわかるね。それじゃ指示する方へやってくれ」

目指す場所へは牽引道を行くことになった。道は切りとられる前の木々の間を蛇行して続いていたが、他の多くの樹木はトラックとトレーラーが通れるように根本から切り倒されていた。

道路から森へと三〇〇mほど続く牽引道だったが、手を入れた形跡はなく葉っぱや細い枝が引かれているだけだった。その行き止まりでは、かろうじてUターンができた。

「明日はトレーラーを引いてここに来てもらう。二輪だがそれぞれ二対の車輪と長さ三mのスティール製梁(はり)がついている。そのトレーラーが繋(つな)がっているときは、ターンはできないんだ。操作に手がかかりすぎるし車輪が空回りして地面を掘るだけだ。ここじゃ地面にちっぽけな穴をあけると翌日には湿気で泥んこになる、いいね。一番いい方法はここで止まり、人夫たちにトレーラーをはずしてもらい、トラックをスタートできる状態にしておく。それから彼らがトレーラーを押してまたトラックに繋げる。トレーラーは空だから問題ない。この際、君はトラックとトレーラーを、材木を積み込むのに最善の位置につけておくんだ」

「オーケー、分かった。積み込みには何を使うんですか」

「他の大製材所のように特別の器具はなくて、ケーブルつきのウィンチだけだ。だが四〇トンの馬力があるし、緊急時には二〇トンの木材伐(き)り出しジャッキを使う。ウィンチの重量は一〇〇kg以上あるから、四人の人夫がトラックから積み上げ場所まで運ぶことになる。頑丈な樹木を選んでひっかけ、ケーブルをトレーラーの梁(はり)の上と積み上げる材木の上を通ってから一度ウィンチに戻り、今度は丸太と梁の下側を通してウィンチに繋ぎとめるんだ。

ケーブルを引っ張った途端材木はトラックへと転がって、二つのとても頑丈な木材の土台に乗る寸法だ。木材は鉄以上の固さでその先端は地面にあり、一方はトレーラーのレールに胴体をあずけながらトラックに達する。つまり、それが積み込み用ランプ（スロープ）だ。

材木がその天辺でとどまったら片方はしっかりレールに固定される必要がある。レールにくくられる前にスロープの上で安定するのは危険だ。材木の基底部が滑って空中に上がり、次にトレーラーの梁に落ちると梁自体がマッチ棒のように折れてしまう。人夫たちはよくわかっているし君が未経験でも慣れるさ。さあ、出発しよう」

ロパのハンドルさばきは、はじめから腕のよさを証明した。牽引道の行き止まりで右折すると製材所に戻った。不安定な橋に通じる坂道の上に来ると、モーリスは大きな根幹を積んだ場合、その場所から通過できるかどうか確かめる必要があると説明した。下り坂ではハンドブレーキを引くのがこつなのだ。

「いろいろと前準備をしていても積んだ材木にさらに凄い力で押されるから、橋では時速二〇kmに落とさない限り勾配（こうばい）の外に放り出される危険性がでてくる。それは大災害につながるんだよ。橋ではハンドブレーキをはずして四番ギアに入れる。材木が押す力で前に進むんだ」

製材所に戻ると、モーリスは新入りに数々の販売用材木の手入れ法を得意げに披露した。

「……終盤で、厚板を長さ六m、厚さ三・五cmに切る。家具職人は自分の欲しい長さに切り、ヤスリをかけて脚を四本つけてテーブルの出来上がり。小さな木片を継ぎ合わせる必要はないんだ。いい仕事だとは思わないかね?」彼はロパに厚板を見せながらアゾベ材の一枚を持ち上げるように言った。赤橙色をして材質は驚くほど目が詰まっていた。

「五×五cmのサイズを持ち上げてみるといい」

ロパがその重さに驚くとモーリスは嬉しそうに説明を始めた。「この木材は艀船の甲板用に販売される。大工や家具職人は材質の固さを敬遠するから必要に応じてわれわれが切り分けるんだ。二〇年前ドゥアラ港でアゾベ材の柱を取り付けたが塗料も何も塗布しないで持っているよ。嘘じゃないさ。木材は取り付けた日と同じ状態のまま何の影響も受けていない。木片を水に放り投げたらスティール片と同じく素早く沈んでいくよ」

製材所の案内を続けるなかで、モーリスがドライバーを確保しただけでなく、母国の同胞で自分が築き上げた仕事とやり方を賞賛し認めてくれる教養の持ち主、つまり、「承認者」を得て満足しているというのがロパの印象だった。彼は現地人たちが通路でひそひそ自分のことを話しているらしいことを感じとった。第一日目の夕食後、マルグリットの希望でドミノゲームをすることになった。「丁度、三人そろったわね。あなたが勝つか見とどけましょう」彼女は言ってロパにウィンクした。

ロパが勝つと彼女は大喜びして言った「まあ、パルディさん、夫を負かすなんてなかなかだわ。さあ、飲み物のお代わりをどうぞ。全然飲んでないわね」

彼がグラスを受け取ると、マルグリットは自分のグラスにウィスキーをなみなみと満たした。何か喋ろうとする彼女の舌はもつれて既にアル中気味だった。夫のモーリスは知っているのか想像し難かったが心優しい雇い主だけに気の毒に思った。

ロパはやっと自分の部屋に戻った時モーリスが蚊帳のことで言ったことを思いだした。ベッドの内側の上の方には既に二匹入っていた。ハマダラカ（マラリアを媒介する蚊）が三層張りの網をかいくぐっていたのだ。

第4章　巨人の死

ロパがモーリス・プレボーに雇われて既に四カ月過ぎていた。乾季には朝早くから遅くまで働いて、雨季に備えて貯蔵量を確保しようとできるだけ多くの丸太を製材所に運んだ。イブカが位置する赤道上では乾季は事実上存在しない。いつでもかなりの降水量の雨が巨大な森を濡らした。

手入れされずいつもぬかるんでいる小道では、短時間の雨でも二輪駆動のトラックは車体とトレーラーごと泥沼にはまることがある。そうなると、積んだ丸太をおろし、ウィンチで泥のなかから引き上げて砂利道に移すことになる。作業には丸一日以上かかり、おまけに材木の牽引道をひどく傷めてしまう。

雨にたたられることが少なかったロパは、日に三、四本の丸太を運んでいた。彼がただ勤勉な働き手というだけでなく、きめ細かい作業も出来ることがはっきりしてモーリスは大いに満足していた。ロパが何度かてこずる場面もあったが、たいしたことではなかった。

雨降りの日、ごく稀にロパは製材所の工房でモーリスを手伝うことがあった。材質の違う木材で色彩は異なったが金色のイロコや黒ずんだアゾベなど美しい厚板を目にして楽しんだ。材木の香りも何ともいえず家具職人の仕事が理解できた。

この日、ロパには朝から心配ごとがあった。サヴォニャン号からのサービス便でイブカに届いたリーダーズ・ダイジェスト誌の記事についてずっと考えていた。記事は「うそ探知機」の販売と使用方法の指導担当をしていた男を紹介していた。この男が小部屋で待たされていた時、暇つぶしにおかしなことを思いついたという。

部屋の隅におかれた大きな鉢植えの観葉植物に気づいて、男は販売していた機器の箱を植物の隣におくと蓋をあけ、何枚かの葉にワイヤーをかけた。機器の針が動くかどうか確かめようとしたのだが、針は全く動かなかった。男は単純な植物が針を動かせると思うなんて、自分の馬鹿げたアイデアに笑ってしまった。

ワイヤーをすべて外して機器をしまおうとした時、別のアイデアが浮かんだ。人に向かって行うように、部屋の片隅で静かにいる植物を尋問してその感情を刺激しようと試みた。ワイヤーを再度繋ぎながら植物にどんな感情を引き起こせるだろうかと自問した。そしてタバコの先で葉の一枚を焼いている場面を考えると、その瞬間男は幻覚を見ているのかと思ったという。なんと「針はゲージのてっぺんに飛び上がった」のだ。

男は驚いて繊細な機器の操作ミスかもしれないと思い、実験を続け、再度「タバコで植物を焼こう」と考えると針は動いたが、最初の四分の一ほどしか動かなかった。ちょうどその時ドアが開いて、彼がテストするべき人物が入ってきたが、男が植物と遊んでいるのを見てとても驚いたようだった。男は自分の考えと発見について伝えたが、相手はやや面白がる程度だったのでくわしい説明はさけた。

この男は翌日別の植物で試した実験について雑誌の記者に語っている。植物には思考力つまりある程度の知性があると確信したという。実際のところ初回の実験で針が天井に飛び上がったのは植物が拷問を極度に怖れたからだ。

「植物の反応を見たくて、やけどさせる場面を真剣に想像したんです。二度目では植物を怖がらせようとして、頭の中で前と同じ針が上がっていくイメージを投影しようとしました。ですが植物には考える力があるなら苦しませたくないと思ったので、いわば自分に嘘をついていたのです。実際、健全な人間だったら、ただその反応をみるために無抵抗の相手にやけどさせようなんて考えないでしょう？」

『この実験の一番興味ある点は、この男性が植物にテレパシーがあるか否かだけでなく、植物は人間が誠実かどうかを見極められることを証明しようとしたところにある』と記者は述べている。更に彼の個人的見解に続き、理解を超えた自然の神秘を感じてはいるが、あえて詮索したいとは思わないロパはやや懐疑的になっていた。

そんな理由で、今朝トラックを運転しながら彼は初めて違う角度から森を見ていた。聖書のサウル（サミュエルの油を注がれたイスラエル初代の王デビッドに人々の賞賛が集まるのをねたんだ）の物語が浮かび、「ロジャー、ロジャー！　何故、私たちを罰するの？」と木々が声高く叫んでいる思いがして、何となくおかしくなった。

観葉植物が知性的に反応するなら樹木はどうだろう。ロパは一連の考えにとりつかれていた。

樹木は切り取られる度に凄まじく苦しんでいるかもしれない。モーリスが森に出かけ、樵にどれを切り倒すか印をつけるたびに、樹木はテレパシーでだが怖れ始めていたことになる。死刑宣告を受けた罪人にとって、処刑が近づくにつれて昼夜募る苦しみは処刑されるよりも強烈なのと同じだ。

ロパ自身はモーリスの共犯者なのだろうか……?

＊　＊　＊　＊　＊　＊　＊

肉体的に最高の状態にある四人の屈強な男たちが、その手首ほどの若木に鉈を振りおろしていた。これから切り落とすイロコの巨大な樹幹の周りに足場を作るため、彼らは異なる種の樹木の内で一番硬質な材木を選ぼうとしていた。熱帯雨林の多くの巨木の根幹は根が連なった巨大な基底部を形成して四・五m以上の高さに達するから、樵はヨーロッパや北米でやるように地面のレベルで切ることはできないのだ。

つるや木の枝それぞれに柱を用いて地上四mの高さの足場をつくり、その上に立って伐採斧を振るうのがここでのやり方だ（地域の慣わしで、木を伐採する前に、その周りを回りながら粗塩と新鮮なキジバトの血を撒く。森の精霊に許しを乞う儀式で、それなしでは樵に災難がふりかかるとされ、一九六〇年代はまだ伐採斧が用いられていた）。モーリスの下で働く四人の樵はそれぞれに得意とする技術を持つ最高に腕のよいプロチームだった。いったん、木が倒れると彼らは樹幹を三つ、四つ、時には六つに鋸で切り分けた。樵は木を横挽き鋸で切ることはしない。ねらいをつけた辺りで木を切り倒すことに誇りを持っている。一方、横挽き人夫は樵が口を挟もうものなら丸太に横挽きの跡を残してまで反発を示した。誰もが自分の領分を持っているのだ。

四人が作業を終えた頃、遠くで雷の音が轟きだしていた。思わず空を仰ぐまねは樹木の厚い天蓋で見えるはずがないので滑稽ですらあった。暗黙の了解でチームリーダー格とみられるバンバは帰る合図を出した。「もう終わりにしよう。まだ午後二時ごろだが、明日の用意はできていて他にすることはない。おまけに、嵐がきそうだ」

「でも、モーリスの旦那は帰りが早いと言って怒りだすぞ。いつもわしらを怠け者と呼ぶのが口癖だから」アテポは叫んだ。

「そうかい、じゃ何すればいいんだ。このツェツェバエのいる中で時間つぶしか？　村に戻ったほうがいい。ともかく、ゆっくり歩けばいいから……」

「木を切り始めてもいいよな」ジェアクが控えめに言った。

「黙れ！　今は塩も血の用意もないんだぞ！」バンバはきつい調子でさえぎった。

ジェアクは製材所で働き始めたばかりでチームに加わったのは昨日だった。チームで最年少の上、北方、ウバンギ・シャリ（以前の中央アフリカ共和国の名称）周辺から来たバンダ族だったから、すぐには受け入れられはしなかった。

コンゴ人は彼らを低く見下していた。だが、彼は他の三人よりも背が高く体が大きくて見栄えがした。怖れることもなかったので黙らなかった。

「そんなの現地人の迷信さ。俺は信じないよ。ともかく今朝、聞いた通り固い木なのか調べようと樹皮に近い部分を一片切り取ったんだ……」彼は他の三人の恐怖の形相を前に黙った。

「お前は気が変だ、完全にいかれてる。何と言うことだ……どこだ、来い、どこか見せろ」バンバの声から感情が失せていた。

その時、ジェアクは仲間の目に自分が思うよりずっと事態が深刻なのを見てとった。別の種族出身の上、自分が浅はかなことをした意味がのみこめてひどく悔やんでいた。

四人は足場の上に戻ると、ジェアクの説明で樹幹の裏側の枝についた切り傷を目で追った。基底部が根幹に交わる部分に鉈（なた）の傷あとが何箇所も見られた。黄色の粘り気あるゼラチン状の樹液が切り傷に溜まっていてジェアクはそれをきれいにふき取ろうとした。

「触るんじゃない、馬鹿野郎……」バンバはその手首を掴（つか）んで、止めさせようとした。「お前の馬鹿さかげんはもう沢山だ。木のことを全く分かっちゃいねえな。一体、どんな暮らしをしてたんだ。アウトバングィに木がないとでも言うのか。木は動物と同じく生きていて切られたら苦しむとことをお前は知らねえんだな、このアホが。あの木はお前のつけた切り傷を自分で手当てし始めたところなんだぞ……」

「でも……、どうせ明日切り倒すんなら同じこっちゃないのかい？　明日はもっと苦しむんだろう？」

「お前は全くのアホだ。塩と血でもって許しを乞わなくちゃいけねえって言ったろうが。さもねえと仕返しされるんだ。何も分かっちゃいねえ。あの木はミグェングゥ（軽く白っぽい取るに足らない木）じゃねえ、イロコなんだぞ！　分かったか？　まあ、切り倒されたとき分かるだろうよ。それからまだあるぞ、お前は最後まで残っているんじゃねえ。まぬけめ、何も言うなよ。ぐずぐずぬかさず、皆あっちで俺を待ってくれ」

ジェアクはすぐその場を離れると他の二人も地面に降りて後に続いた。バンバは巨大な樹木に身を近づけると、切り傷に溜まった粘液を優しく撫でながらつぶやくように祈り始めた。樹液のついた指を樹皮の上にこすりつける儀式を祈りを捧げながら四回繰り返した。

"Tala nao ya, Tala nao ty　　聞くがいい、よくお聞き
Yoro ty couye aka pepe　　毒はない、よく効く薬だ
Yoro ti M'bi, Ake pindere mingui　　飲むがいい、苦しめはしない
Oha no Licoundou, oha na pepe na mo……"　　お前は無事だ

ジェアクは他の二人と一緒に木から十分距離をとって立ち止まった。何も言わない仲間の顔は見ないようにした。皆しゃがみこみ無意識に手をパタパタさせて周りを飛び回るツェツェバエや、ぶよを追い払った。突然、森の遠くの方で叫び声がした。一斉に声の方へ目をやると少なくとも五～六〇匹群れた猿が自分たちの領域を侵害する人間に抵抗を見せていた。森の分厚い天蓋が彼らの姿を隠していたが、木々の枝の揺れと叫び声で彼らが近づいてくるのが分かった。その中にバンバの姿があった。彼はまるで催眠術にかかっているように見えた。

責任を感じたジェアクは誰よりも不安げで、おまけに今夜はチーフのバンバと泊り込むことが気になっていた。

「さあ、行こう」バンバはそれだけ言うと四人は七㎞先の村を目指した。

＊　＊　＊　＊　＊　＊

巨木は六本の丸太に切り分けられて、その日はロパがトレーラーで牽引（けんいん）にあたって二日目だ。ここのところいつも遠くで雷が鳴っていて嵐の到来が予想された。だが、彼は雨が降らない分ついていると思っていた。森は静かでウィンチの単調なカタン、カタンという音の外に一定の低いくぐもった薪割り斧の音だけが聞こえていた。バンバのチームが巨大なイロコを切り出していて、今日倒されるはずだと一昨日ドゥマから聞いて知っていた。

イブカでの仕事は四カ月になっていたが、ロパは木材と接していながら木の伐採も立っているイロコも見たことがなかった。不思議なことに、巨木に近づく機会がなかったのだ。製材所の周囲、川や屋敷の近くには何千、何万という木々がありながらイロコはずっと以前に切りつくされてしまっていた。切り倒す木には樵が印をつけモーリスが決断を下した。森のルールでは伐採する木のサイズは厳しかった。それに特別なハンマーで丸太にマークをつけ、木材にI.B.A.（イブカの印）の判を押すことが義務付けられていた。その判をおすのはロパの役目だったから、目にするのは地面に横たわって死んでいる木だけだった。

今日は作業をしているごく近くで伐採斧の音がしていた。丸太をトラックに積むまでまだ一時間半はあるし、ドゥマはトラックの操作をよく知っていた。伐採は一〇分ほどの射程で行われる上、数日前に読んだ雑誌の記事でロパはある意味良心の呵責（かしゃく）を感じていたこともある。彼はドゥマに聞いた「バンバたちが伐採しているイロコまで遠いのかい、ドゥマ？」

「いいや、ミスター、音がする方へ一〇分くらい行けば、バンバたちいるよ」

「分かった。じゃ行ってくるから事故には十分気をつけて。もし何かあって私を呼びたいときは警笛を鳴らすんだ、いいね？」

「はい、ミスター。心配しないで、問題ない」

ドゥマと仲間はしばらくの間管理を離れて自由に作業ができて嬉しかろうとロパは思った。モーリスはロパの仕事ぶりに不満は何もなく、むしろ逆だった。時には仕事の息抜きにもなっていたのである。ロパはタバコに火をつけて材木の牽引道を静かに斧の音のする方へ向かった。砂利道を横切って空を見上げた。空が見えるのはここだけだった。そこからほぼ一〇mの道際の小さな木々が刈られて、陽射しを通して道が乾くように工夫されていた。

ロパは四人が作業するイロコの根元に着くと今まで見た中で最大のイロコの姿に胸をうたれた。その日運ぶことになっていた巨木より背が高く厚みがあった。

足場には四人がいたが、一人だけが斧を振り他は休んでいた。既に木の切り口は大きく、四人が一斉に働くスペースはなかったからだ。ロパの姿を認めると仕事の手を止め訝（いぶか）しげな顔つきをした。仕事上これまで一度も樵との付き合いはなかったからだ。

「やあ、みんな。あれはいつ倒れるのかな？　ここが道の反対側からそう遠くないと聞いてやって来たんだ。でかい木が倒れるのを一度も見たことがなくてね」ロパは声をかけた。

「あと、一時間ほどでこっちへ倒れる。見るなら、あっちへ行っているがいい。木の枝が多く、遠くまで飛び散るね。あそこの黒い幹の後ろにいるといい、わかるか？」しばらくして、バンバが応えた。彼は倒れるジャイアントの軌道を想定して、はるか前方に切られても立ったままでいる木を指し示しながら言った。

「ここにいると、とっても危ねえです、十分気をつけてくだせえよ」

「オーケー、ありがとう。見させてもらうけど、気にしないでくれ」

「お好きなように、ボス」

　バンバは三人に合図すると、再び薪割り斧の不吉で単調な音を響かせ始めた。裂け目は深く素人のロパには巨木は何時でも崩れ落ちそうに思えた。だがバンバが一時間と言うならそうに違いない。彼は伐採では周辺数百キロ四方で一番の腕ききなのだ。

　ロパは何世紀も経た巨大な樹幹を見上げると、はるか高く頭上五〇m以上に伸びて壮観な姿をしていた。その頭上の枝は何人かの人間の体が繋がったような形をしていた。力強いこぶのある枝が直径六〇mを越える巨木の頭を形づくっていた。

　先端で細くなっている枝の幹が何千、何万という葉に栄養を運んでいた。そこはユニークな酸素製造工場だ！　無数の昆虫、小動物そして鳥たち、それらの融合された生態系がその堂々とした大枝や樹幹の周辺近くに棲息していた。ジャイアントはずっと川や山或いは岩のように環境の一部としてそこにいると信じられてきた。

　オウムの群れがキーキーと甲高く叫んで飛び立った。ロパに見えたのは赤や金色の閃光だけだった。それでも熱心に葉の茂みに目をこらすと、伐採の様子をうかがう何匹かの猿が目にとまった。白と黒の毛皮の小集団だ。突然状況をのみこんだように彼らは騒がしく木々を揺らして消えた。ただ若い一匹だけ残り、興味深そうに人間をうかがっている。二本の脚を持つ『動物』が聞きなれない叩きつける音を森中に響かせていて、彼はひどく不安そうに見えた。

　母猿らしい、堂々としたメスが彼を叱りつけた。その調子は言うことを聞かない子どもに対する人間の母親そっくりで、本来なら即座に従うのが決まりだった。だが小猿は従わないだけでなく、眼下で起きている尋常でない様子に見入っていて母猿の呼びかけが聞こえていないようだ。母猿は怒り狂い、けたたましく叫んでも小猿が耳を貸そうとしないでいると、見事な跳躍で彼に飛びついて激しくその腕を掴んでまさに人間と同じように叩き始めた。それから叫びを発せず小猿を別れたグループが行った方へ放り投げた。彼は大きい枝に落ちると母猿の剣幕に慄いてわめき声をあげた。枝から枝へ背後から小猿を追い立てながら二匹は森に消えた。

　ロパはくすっと笑い、タバコに火をつけると物思いに耽った。動物と人間は似たところがある。自然に反するいろいろ罪深い行為をする人間は、本当に動物より優れているのだろうかとロパは思った。人類は自分たちの権利を行使して目の前に展開する光景を眺めてきただけだ。

　ふと時計を見ると四五分が過ぎていた。思いをめぐらしている間に何かが起きていた。だが何かは分からなかった。深い眠りから覚めるように少しずつそれが何なのか分かってきていた。鳥のさえずりはもうなかった。ただ一羽だけ絶望の叫びを繰り返して仲間に知らせようとしていたが、答えは返ってこなかった。

この片隅だけが突然呪いにかかって全住民に見捨てられたようだった。凝縮された重たい静寂がジャイアントを包んで、二本の斧が木を打つ音は新たに不吉さをかもし出していた。まるで、もぬけの殻になった礼拝堂のドアが悪魔の手でバタンと閉められでもするように響いていた。

二人の男が足場の下をくぐってロパのところへやって来た。一人は背の高いバンダ族の男、もう一人はアテポだ。

「もうすぐですよ、ミスター。大きくて、強いね。まだ、倒れないよ」二人はしゃがむとひそひそ話を交わした。突然バンバの声が響いた。教会の独唱者が祈祷をささげるように彼が森に警告を発したのだ。ロパには言葉の意味は不明だったが胸をうたれた。

自然にささげる祈祷、それはテレパシーで伝わったのだろうか？　スワヒリ語だったが、一瞬意味が理解できた。それは祈祷以上のもので、樵と自然との親密なコミュニケーションだった。

ああ、木々よ、
ああ、雲よ、

木を打ち付けるバンバの相棒が一句一句を受けてくり返した。

ホーイ、頭上の雲よ、
ホーイ、そこから見上げている目撃者よ、
ホーイ、高みから見ている目撃者よ、
ホーイ、低く飛ぶ全ての鳥たちよ、
ホーイ、高みから見ている目撃者よ、
ホーイ、君たち全ての動物たちよ、オーイ、君たち全ての動物たちよ、
ホーイ、君たち偉大なる森よ、
注目せよ、一本のジャイアントが倒れるぞ、注目せよ、一本のジャイアントが倒れるぞ、
ジャイアントが倒れるぞ、
皆に告げるぞ、皆に、
森の巨人が間もなく死に横たわる、
ヘイ、ヘイ、ヘイ、ホーイ、ホーイ、ヘイ、ホーイ、ヘイ、ホーイ、ホーイ、ヘイ

声が止んだ後には脈打つ斧の音だけがずっと続いた。重たい薪割り斧を素早く絶え間なく振り続けるにはひどく体力が要ったが、何か超自然的な力で二人の男は疲れを知らないように思えた。斧の音を除けば静寂は重く感じられ、ロパが木に全神経を注いでいなかったらツェツェ

バエすら姿を消していることに動転しただろう。

ジャイアントから低いブーンという警告音が聞こえてきてロパは息をのんだ。その音は大砲の音、何か呪われたような、引き裂かれる音でなく、ただ内部で低くノックする音に似ていた。伐採に当たる二人が叫ぶとロパの隣でしゃがんでいた他の二人が加わった。「そうら、そうら！　やれいけ、それいけ‼」

驚いたことにバンバの助手が斧を投げ捨て、足場を素早く滑り降りると木が倒れる方向と逆に走りだした（伐採での危険を最小限にするため、木が倒れる寸前は一人で作業する。その一人は『最後の一人』と呼ばれるが、またの名を『生け贄』ともいう）。バンバは斧で木を叩き続け、打つ音の間隔は早さを増していった。

現地では木が発する警告音を『死にいく魂の発する音』と呼ぶが、それが止んで訪れる静寂はまるで一つの存在、巨大な手で胸を掴まれたように一段と重苦しくなってロパは不安を感じていた。バンバがこの木を倒してこのまずっと祟られるのに、木は決して倒れようとしない。そんな思いもわいてくる。まるで巨人がリリパッドの国民をあざ笑っているようだ。チームが何故バンバ一人に作業をまかせたのだろう。ロパの思いは木が裂ける乾いた音に遮られた。その瞬間バンバが斧を投げ出し足場を滑り降りようとしていた。

ジャイアントは一瞬ためらうと二度目の亀裂音がした。少しずつ間をおきながら散弾銃のような響きをたてて裂けていき、その速さは加速された。空から大粒の小石が無数に降るような音はバキッ、バキッという鋭く短い連続音になって、やがて耳をつんざくような凄まじい勢いで裂けた。ロパは目の前の光景に催眠術にかかったようになって爆裂音にもかかわらず動かなかった。果たして幻覚をみているのか。木は抵抗するかのように振動していたが、幹は真っ直ぐのままだった。暑さも感じずロパはむしろ震えながら木を見上げると、反射的にバランスをとろうと腕を伸ばした。森全体が傾いていき足下の地面が動いているように思えた。この幻覚は圧倒的で恐ろしい感じがした。

上方の、はるか上で、無数の大きな枝が動き、木の巨大な頭は揺らいでいた。強靭な腕のような瘤のある枝が周囲にしがみついたおかげで、その重さに耐えかねたように恐ろしいやかましい音をたてていた。直径一m以上ある木々の幹は上から下へ割れた。人の太腿くらい太い蔓は弦のように硬く先端にいくほど細くなっていき、ついに身震いするようなシューという音をたてて破れた。

何千という繊維が裂ける音は雷鳴のような低い轟きになって続いた。少し前は静かだった木々の葉は他の音と混ざり合って滝が一箇所に流れ落ちるような騒音をたてた。森が秘める卓越した力で抵抗していた木々数本がしなると、突然根っこが地面から持ち上がってそのまま身を横たえた。ジャイアントのとてつもなく大きな頭部がその重さに耐えかねた周囲を巻き込みながら傾いでいくと曇り空がのぞき始めた。

ロパの目は大きく開いたままで、背筋は震えて冷たいものが走るのを感じながらこの世の終わりのような情景から目を離せずにいた。あたりに轟く一連の騒音で彼が発作を引き起こしているのに、動物の恐怖の叫びや抵抗の雄叫びも何も聞こえなかった。

ジャイアントの頭はその軌道上にあるもの全てを粉砕した。枝えだは飛び散り跳ね返り、蔓にあたって宙返りをした。突然光が森に注ぎ悲惨な光景を浮かび上がらせた。とどめの亀裂は強烈でジャイアントはその大きな頭部を粉砕し、樹幹を地面に打ちすえて終わった。

その場から六〇m以上も離れていたにもかかわらず、ロパは自分の足下で大地が揺れるのを感じとれた。彼は腕を伸ばしたままその場で立ち尽くしていた。今、目の前で起こっていることに注視しているのではなく、彼自身何かよく分からないが、こんな短時間にこれほどの破壊と何百種という生き物の宇宙と熱帯雨林で最も美しい一本のジャイアントの消滅を目撃したことに内心恐れ慄(おのの)いていたのだ。

彼の生涯を通して、ベトナムでの戦争体験も含めて、今ほど悲しく空虚に感じたことはなかった。ロパは自分の全存在を通してそれが自然に歯向かう人間の行為そのものだという感じを抱いた。何ら容赦なし！　戦争では敵対者は少なくとも自分の身を守ることができるが、ここでは人間が無抵抗の存在を攻撃していた。

誰かに上着の袖を引っ張られて、「ミスター、ミスター……」と呼ぶ声を夢うつつで聞いたが、ロパはまだ目撃した光景のショックから立ち直っていなかった。破壊の悲しみに圧倒されていた感覚を振り払うのは簡単ではなかった。

「ミスター、ミスターロパ」

「うむ、どうした？」やっと、彼はわれにかえった。

「ミスター、来て。バンバが死んじまったみてえだ」

「何……死んだって？　何処だ？　そんな、まさか。どの辺だ？」

ロパはアテポの後についていくとジェアクと他の二人は既に集まって、バンバを覗き込んでいた。だが何か変だ。顔を下に横たわる男の上に何があるのかロパには呑みこめなかった。急いで現場に行ってみたとき、その恐ろしい状況が理解できた。二mくらいの長さの男の腕ほどある太い木材の破片がバンバを突き刺したのだった。破片はイロコが倒れ始めたとき基底部から剥れ、矢のように飛んでチームリーダーの背から胸へ五〇cmほど貫いていた。破片の飛ぶ勢いに自分の体重が加わって地面に叩きつけられた瞬間、昆虫採集の針で蝶を串刺しするように地面に磔にされたのだ。

ロパはしゃがむと形式的にバンバの脈をとった。即死は疑いようがなかったから、その振る舞いは滑稽ですらあった。背中には大きな穴があき背骨が粉砕されているのははっきりしていた。唯一の慰めがあるとすれば、彼が苦しまずに逝ったことだった。結局、自然は実は防御しなかったのでなく復讐にでたのだとロパは思った。

三人の樵の態度が注意をひいた。二人がジェアクを非難しているように思えたのだ。何を言っているのかロパには分からなかったが、バンダが恐怖で顔色を変え何も言わないのは確かだった。ジェアクが何か間違いをしでかしたのか思い巡らしたが、木が倒れる前のかなりの間ロパの側にいたからそのいきさつを判断しようがなかった。

そこでアテポにたずねてみた。「どうしたんだい？」

「ああ、別に何でもありゃしません。奴は死んでますね。村につれていかなけりゃ」彼は当惑した表情で応えた。

「そうだな」ロパは賛成した。

アテポとドゥバはバンバの体から木片を引き抜いた。ジェアクは手を貸さずに何故その場を離れてしまったのかロパには分からなかった。

彼は二人に近くに停めてあるトラックで遺体を村に運ぶよう勧めたが、驚いたことに樵の間のことだから死者にも彼らのためにも他の助けはいらないと断られてしまった。そして、二人でバンバの住む小屋に遺骸を運んでいった。

ロパは彼らの態度が理解できずに道を戻ったが、更に驚いたのはジェアクがロパの後を追ってきたのだ。

「何故私の後をつける？　遺体の運搬を手伝わないのかい？」彼は振り向いてたずねた。

「俺がそばに寄るのを嫌がるで……」ジェアクは顔色が変わっていた。

「何故なんだ？」

「ああ、皆迷信深くて俺のせいにするだよ」ジェアクはごく手短に二日前の出来事を説明した。そのいざこざを聞いてやっと状況が読めたロパはジェアクをトラックに便乗させた。

二人が戻ると巨大な丸太がトレーラーに積まれるところだった。男たちは手早く固定し動かないようにした。

ジェアクが彼らに事件について話すと口々に問いかけが始まって混乱し、あちこちの安全用の連結ピンやらブロック用チェーンのかけ忘れが起きるほどだった。

ロパは一人で道路をチェックし全て手ぬかりなく進めなければならなかった。これほど重たい丸太を運ぶのは初めてだし、出発には落ち度があってはならない。一段落して男たちは村に向かったが、用心のためにロパはジェアクの側を離れなかった。

アフリカではニュースは面食らうほどのスピードで知れ渡る。その方法はわからなかったが、ロパの助手たちは二日前からの迷信めいた話の詳細を知っていて、それもバンダ族のジェアクが話したのでないことは確かだった。

ジェアクに対する男たちの敵意が感じられ、いつ何が起きるかわからない気配があった。ロパがジェアクを側におく限り、あえて手はだせないはずだった。

製材所に向けてトラックを走らせるロパの目にその日の出来事が次々に浮かんできた。とりわけ、厚板にされるために倒された自然の不思議とも言うべき立派な木。一つの命、成長するジャイアントの命が消された。それもあんな風に！　観葉植物に感覚があるなら、あの木にないはずはない。

ロパはすっかり想いにふけっていたので、スロープの上で停車し、大きな丸太を運ぶときはいつもするようにハンドブレーキを引いてファーストギアに切り替えるのを忘れた。今日の丸太は一一トンもあり、今までで一番の重さがあった。そしてスロープの上までフォースギアで登った。その間違いに気づいたときは遅すぎた。すぐサードに変えてハンドブレーキを目一杯引くと、丸太が凄い勢いでトラックのエンジンを押した。ロパは素早くセカンドに変えようとしたが、ダブルクラッチ操作でもギアは変わろうとしなかった。二度続けてうまくいかず何とかサードに戻ったときはほっとしたが、どんどん斜面が急になって、丸太がトラックを押してエンジンがうなった。

未開拓地（ブッシュ）では橋がかかる道路は単に川の支流に丸太を渡した上に板製レールを固定しただけのもので、その巾はトラックの二対の二輪よりわずかに広いだけだった。土砂降りの後は地面がぬかるんで橋と地面のレベルに差異ができる。この特別な橋は少なくとも道路より二五cm高くなっていた。

トラックはそこに時速六〇kmでぶつかった。二つの前輪が最初の板にあたると突然飛び上がり着地と同時に車体からはずれた。

トラックは斜めに滑り、後ろの車輪はレールから投げ出されて、その結果トレーラーは支流へと横すべりした。丸太は支えを失ってトレーラーごと川につかるとトラックが空中に持ちあげられた。

ロパと隣の二人の男は一〇m先に横たわっている木のほうへ投げ出された。後部にいた四人の男たちも投げ出され一人がトレーラーの下敷きになって死んだ。助手の少年は腕の骨折ですんだ。

ロパは片方の脚と右手首を骨折し、肩を脱臼（だっきゅう）してその痛みから気を失った。母なる自然は報復に出たのだ。

第5章　森の神秘

　見渡す限り砂漠が広がっている。はるか遠くの地平線から黒煙を吐き出す火の手が、まるで果てしない津波のように押し寄せていた。

　ロパが安心できる唯一の場所は樹下だけだ。灼熱の砂の真ん中にぽつんと一本立つ木は際立って堂々としている。その冠がある先端は黒煙の渦のなかに姿を消して見えなかった。樹幹は途方もなく太く、巨大な根は大きな壁のようにいくつかの基底部を形づくっている。ロパはそのくぼみに身をおいた。喉が焼け付くようで、ポケットからナイフを取り出すと、基底部の樹皮に突き立てた。その傷口からどろどろした血のように赤い液体がにじみ出ている。口をあけてごくごくと飲んでも一向に乾きが消えない。

　その時声がした。「ロジャー、ロジャー！　何故、わたしを苦しめるの？」声がする方に体を向けようとしたが、足が二本の根に挟まって動かない。痛みから思わず叫んだ「離せ、離せ、ああ！」

「さあ、さあ、少し水を飲みましょう。よくなりますからね。少し熱があるだけですよ」

　髪をベールで覆った女性が覗き込んで微笑んでいた。片手でロパの頭を支えるとコップから水を飲ませた。ロパはわれに返った。

「うう、脚が痛む……、とても痛い」

「静かにして、手術は成功よ。ドクター・ガッサンは優秀な外科医で、あなたはとても幸運よ。彼がトッサキにいらしたという意味でね。痛み止めの注射をしてあげましょう。手首はどうですか？」

手首はギブスで固定されているのに気づくと、ロパはかすかに微笑んで言った。「あまり、いい状況ではないようですね、シスター？　いろいろお世話をおかけして……おお、神よ、脚が！」

シスターはいったん部屋をでるとモルヒネの注射をしに戻った。

「二、三日で痛みは緩和されるわ」彼女はやさしく言った。

「何故？　僕、死ぬからかい？」皮肉っぽくたずねた。

「まあ、そんな減らず口を言うなんて、悪戯坊やだこと！」

「ま、僕のユーモアですよ」

「いいですか。あなたは複雑骨折だったため、ドクターは筋肉、神経、それに組織を繋ぎ合わせたのですよ。私たちはあなたのためにいるんです。つまり、花形患者のためにね。ここには充分な外科手術の器具が揃っていないため、ドクターはあなたをブラザビルに送ろうとしたんです。でも、雨がひどくて降りやまず、視界ゼロで小型機は着陸できないほどだったんです。ドクター・ガッサンは躊躇しませんでしたよ。そして、全てうまくいったとおっしゃったんです。神様、感謝します」そう言って十字をきった。

「さあ、休む前に、もう少しお水を飲んで」シスターが口にあてがってくれたコップから、ロパは存分に水を飲んだ。「もう、痛みは薄らいできたでしょう?」ヒンヤリとした手を彼の額にあてながら、彼女は微笑んでたずねた。

「よくなり始めている、ありがとう」

「よかったこと。では、お休みなさい。何か用があれば、枕元の側にあるコードを引いて呼んでくださいね。じゃあまた後で」彼女は静かに部屋を出た。

開いた窓の外に、空をふちどるイロコの枝が見えた。前回に続いてイロコを目にするのは今回二度目だが、皮肉なことに、ここではロパが横たわり樹木は立っていた。雨季が始まり、外は豪雨だった。

モルヒネが効き始めてリラックスしたのか、ロパはあれこれ思いを巡らせ始めた。モーリスのためにかなり多くの木材を運んでおいたのはよかった。ひどい天候では、しばらく木材の積み出しはできないはずだ。トラックとトレーラーが川の支流から引き上げられるといいのだが。

ロパは死者と負傷者それぞれ二人という出来事をもたらした大自然の報復について、じっくり考え始めていた。もし木が倒される度に代価を支払わねばならないとしたら、木の伐採はずっと減っているだろう。モーリスが適切に施した応急手当のおかげで、ロパの怪我の痛みは抑えられたのだった。状況の深刻さをとっさに判断して病院へ急いだのは、熱帯地方では壊疽を引き起こす恐れがあったためだ。

ロパはドゥマとジェアクと一緒にすぐ用意された小船で運ばれた。状況下でジェアクをイブカに残せば取り返しのつかない状況が予想されて、一緒に連れて行くよう彼からモーリスに頼んだのだった。モーリスは樵の一人がイブカを離れることを渋ったが、わけは後で説明すると説得した。

モーリスにとっても事故は災難だった。製材所の評判が下がるが手の打ちようはなく、使用人を二、三人現場に送って支流につかった遺体を運ばせた。一行がイブカの埠頭を離れたとき雨は土砂降りになり、防水シートを屋根代わりに雨を避けたが暑さは耐えがたかった。トッサキまでは五時間の旅で、更に病院までの全行程は六時間以上になるはずだ。鎮痛剤は大して効かず痛みはひどかった。

骨折したのはベトナムで負傷した脚で戦争の記憶が戻ってきた。今度の痛みのほうが強いから損傷は同じではないはずだ……。降雨はすさまじく、コンゴ川の水かさが上がっていた。ロパは瞼をゆっくり閉じて、やっと眠りにおちた。

＊＊＊＊＊＊

ペペは民族調査の進み具合に満足していた。サヴォニャン号を離れて以来三つの部落を移動して、今はトッサキから下流五〇㎞の開拓村ブウロにいる。遅めの午後、メモ書きを整理しているところへ給仕のウウアギィがコーヒーを運んできて、ごく最近の村のゴシップを興奮気味に嬉しそうに話した。

「ラドゥマに赤ん坊が生まれるそうだよ。でも、彼女も父親が誰だかわからないって。年寄りの魔術師ムゥドゥーバクサが死にそうなんだが、甥のカトが後を継ぐとかで、皆嫌がっている。ビルウの妻ネゴティを半分食べちまった豹（ひょう）だが、六カ月前には二匹の子羊と鶏が狙われたんだ。だが、豹が村にあれ程接近したのは普通じゃなくて、人間の魂が呪われた動物に化けたと言われてるよ。年寄りのムドゥーバクサは自分のせいじゃないとはっきり言ったけれど、豹が殺されると村に着いたばかりのドゥハリトがその日に死んじまった。

その間に、カトがいなくなって、三日後に戻ったときにその朝捕まえた魚を一杯おじさんに持ってきたんだって……とても不思議なんだ。

雨季がきたから、川の水位は上がるね。ボス、今夜の食事にチキンのチリバーベキュー好きか？　乾いた薪を欲しいだけ集めたし、ファトゥマは鶏三匹売って急いでトサッキにいるオイのドゥマに会いに行きたがっているんだ。昨日、腕を折って病院に入院したって言ってる。甥はイブカで運転助手をして事故にあったんだって……」

ペペはゴシップを熱心には聞いていなかったが、イブカの名がでると注意を傾けた。

「……で、ドゥマは白人が運転するトラックが川の支流に落ちたときドゥマは中にいたんだ。皆、あれはリコウンドウ（呪われた木）だと言ってる。二人が怪我して二人死んでるからね……」

「白人の名前は知らないか？」ペペはとたんに青くなった。

「皆、ホワイト、リトル、レッグと呼んでるけど」

「何だって？」ぺぺはギクッとした。それは黒人がつけたロパのニックネームだからだ。

「死んだのか？」

「あ、いや、同じ足を怪我したそうだよ。白人はドゥマと一緒に病院にいるが、リコウンドウで樵のチーフがやられ、別の奴が支流でトラックの犠牲になった」

ぺぺはほっとしたが、次の瞬間喉にしこりを感じた。ロパはよく気の合う友人になれたし脚だけの怪我と聞いてほっとした。すぐに駆けつけて見舞ってやりたい。可愛そうに、あの脚はついてないな……。

「……今夜着くって。船には彼女のフィアンセが仕事を見つけて戻ってくると言ってる」

「何のことだ？　どれ、どっちの船？」

「言ってるのに聞いてないね、サヴォニャンが今夜着くってタトゥミが言ってる。今朝漁師から聞いたんだって。その話だと、ミスターパタリ、農園の白人が通信機で知ったそうだよ。もしもお金ができたらボクも欲しいんだ。出来事いろいろ聞けるから……通信……」

ぺぺは給仕の長話をやめさせ、小銭を渡して鶏を買いにやらせた。

「もう少しあれば三羽分を安く分けてもらえるし、タトゥミもトッサキに行けるけど……」

「いや、一羽でいい、ありがとう。さあ行って、仕事があるからね。ありがとう」

ぺぺは自分がトッサキに行こうと決めたことは彼に言わなかった。それに鶏三羽はもてあましてしまう。三〇分もすれば村中にニュースがいきわたる。サヴォニャン号が今夜入港すれば明朝乗船できる。ともかく村の調査は終えていた。

＊　＊　＊　＊　＊　＊

ドクター・ガッサンと看護婦が入ってきて、ロパは目覚めた。もう夕暮れで、雨は降り続いていた。

「患者さんの具合はどうかな？」医者がよくやるように、元気な声で聞いた。

「丁度、聞こうと思ってましたよ。明日の朝コンゴ川を泳げますかね」とロパが応酬すると皆の笑いを誘った。

「そうか、士気は上がってるね。まずは回復に向かっているいい兆しだ」医者は毛布をはぐとギブスに開けた小さな窓穴をのぞいた。

「完璧だ、痛みはあるかい？」

「今は引いてますが、また戻ってきますよね」

「そう、よくわかってるね。モルヒネの注射を我慢ぎりぎりまで待てるのは理想なんだ。患者は皆、君のようであって欲しいものだ。パルディさん、君の前の傷はベトナムで受けたそうだね。手榴弾と聞いたが」

「ええ」

「保証はできないが、うまくいけば君は前ほど足を引きずらなくてもよいかもしれない。手術中に二、三箇所治療しておいたんだ。軍隊では応急処置されただけだったね。どうも医療技術はそれほどでなかったな」

「そうおっしゃるなら疑う余地はありませんよ。僕には知る術（すべ）はなくて関心は退院することだけでした」

「よく分かるよ。今回もまたラッキーだったな。聞けば、一人がトラックの下敷きになったそうじゃないか」

「そうです。実は、ちょっとした生贄（いけにえ）というところです。事故の前に樵のチーフに倒木の破片が突き刺さって死んでいます。巨大なイロコでしてね、皆はその祟りだと言うんです。事前にすべきお祓いをしなかったせいだとね。僕と一緒に来たジェアクの責任だと非難してるんですよ。つまり、倒木の許しを請う前に奴が樹液をためる傷をつけたから、木の怒りをかったと思われているんですよ。皆迷信深いからジェアクの身の上が心配で一緒に連れてきたんです」

「ジェアクと言ったかい？　背の高い、がっしりした美丈夫の現地人だね？　バンダ族かな」

「そうですが、ご存知ですか」

「確かに。今日の午後ひどい胃痛で入院してきたんだが、見立てができていない。毒にやられたと思われたから胃を洗浄したが変化はない。われわれにも分からない毒があるんだ。彼はイロコの四人目の犠牲者になるかもしれないな。まだ、そう決まったわけではないが」

「でも、信じられない！　ジェアクは僕と一緒に着いて誰にも手を出せなかったはずなのに」

反論するロパは脚がズキズキ痛み出して顔をしかめた。

「驚くことはこの先もいろいろあるだろうな。住人たちの団結は固いんだ。特に他の種族に対してはね。それに、彼らの報復の儀式になったら打つ手はないのさ」

ロパの顔は痛みでこわばっていた。医者の合図で看護婦が側に寄るとモルヒネを注射した。

「……いいかね、君。ここアフリカには秘術の法則とか罰則とよばれる『原始的通信網』がある。情報交換に太鼓を使う説を唱える文書もあるが、大抵は太鼓なぞ不要で話は口伝えで伝わる。ニュースは口から口へと、まるで火のついた火薬のような速さで広まるんだ。ホエールボートには、負傷した君とドゥマ、ジェアクとあと二人が乗ってきた。ここに到着後三〇分で、村中が呪われた木とバンダ族のジェアクのせいだという話は知れ渡ったんだ。地域の魔術師が手際よく、誰かに必要なものをひょうたんに入った水にまぜて与えることはありえた。それをジェアクは飲んだのではなかろうか。

本当のところ、報復というわけでなく、主に呪いつまり不運を食い止める行為というわけだ。起きたことの責任はジェアクにあって、すでに起きている呪いの連鎖を断つにはバンダ族の者を生贄にする必要があると人々は説得されただろう。大自然の報復を止めるには責任があると判断されたジェアクが生贄として死を宣告されたんだ。木が倒れる前の日の晩に毒を盛られていて、今になって効いているかもしれない。では、何か手を打てるか検討してみよう。君は眠りなさい。だがその前に何か食べたほうがいい。シスター・アグネスが美味(おいし)そうな料理を運んできたようだ。シスターのお気に入りの患者だからね」

医者は背筋をのばして歩き去った。シスター・アグネスはロパの食べやすい位置にトレーを置いた。外は土砂降り（どしゃぶり）で強い風が窓のブラインドをカタカタ鳴らした。

　食べ終わるのを待っていたシスターが立ち去ると、ロパは深い眠りにおちた。

＊　＊　＊　＊　＊　＊

　モーリスは雨を呪っていた。雨季は避けられないが、事故処理ができないのは不運だった。支流からトラックを引き上げることが先決だが、それには森にあるウィンチが必要だった。トラクターや他の車がないから、トラックとトレーラーを引き上げられない。とても厄介なうえひどく危険だった。丸太はまだトラックとトレーラーにくくられて直立し、大砲のように空を威嚇（いかく）している状態だった。材木の底部はトレーラーと一緒に支流の泥に沈み、もう一方は橋より二m高くシトロエンとその前輪を持ち上げていた。一つの後輪は水面近くにあり、もう一方は半分以上壊れた橋の十字型板に接触していた。

　ウィンチを使って全部を水から引き出すか、それとも丸太をはずして支流に転がすか、モーリスはジレンマを抱えて迷っていた。丸太を切り離せば空のトラックとトレーラーを引き出せる。それが最善で最も安全な方法に思われた。この日、朝早くから、二、三人の使用人にウィンチをとりにやらせていた。機具は重く作業は交代でやらなければ難航しそうだ。

　モーリスには、この日もう一つ大きな気がかりがあった。妻のマルグリットに神経衰弱の兆候がおきて、イブカに来て以来最悪の状態だった。彼女がどんなに気まぐれでイライラしようと妻を愛していたし何も起きて欲しくなかった。三年もすれば、十分資金を溜めてフランスに帰れると計算をしていた。マルグリットが生まれた小さな町ならゆったりと余生を送ることができるし、妻も女友だちに自慢話もできて嬉しかろう。ロパがイブカに来て以来マルグリットの機嫌はかなりよくなって、不機嫌な態度もほぼ消えたのを見て喜んでいた。勿論、飲酒癖は変わらなくても彼女は寂しがらなくなっていた。

だが、事故の後は症状がぶり返していた。自分たちを追いかけてくる不運を呪い続けていたのだ。この「神に見捨てられた国」では何もまともにできはしない。自分たちには金がないから故国に戻って「まともな」暮らしなんか出来ない。雨が何カ月も降り続いて、多分トラックはもう使い物になりはしない、など、など。モーリスが今朝九時に家をでるまでに、マルグリットはウィスキーのボトル半分を空けていた。

ロパのおかげで四カ月先まで製材所には丸太はたっぷり保存されている。ブラザビルに用事が山ほどあって、雨季に済ませたいと思っているのに忌まわしい事故に見舞われたのだ。ロパはあとどれくらいトッサキにいるのかわからなかった。

手術後、医者は何も言わなかった。間違いなくリハビリも受けるだろう。厄介なトラックを引き上げる際に壊れるかもしれないし危ない賭けだが、四輪とも無事な姿で戻したいとモーリスは思った。

何度も振り向いてスロープの上を見ると、人夫たちが泥の中でウィンチと格闘していた。重たいウィンチは半ば滑りながら揺れていた。汗をかき喘(あえ)ぎながら近づいてきた一行にモーリスがタバコを差し出すと、彼らの疲れた顔に笑みがもれた。自分たちの働きぶりが白人に喜ばれているのが分かったからだ。

　中でも愛嬌のある一人があえてモーリスに伝えようとした「いいですか、ボス。あの木にはよく、よく気をつけてくだせえ。あれはリコウンドウで……」。

「何を言う？　バンバを殺したのはあの木ではないぞ」モーリスは話を遮った。

「へえ、その通りで。だが他の木のリコウンドウがこっちに移ったかもしれませんぜ、分かるでしょう。この支流では何の事故も起きたことはねえ、そうでしょうが？」

　モーリスは現地住民たちが迷信深いことを知っていて、大抵そうした話に逆らわなかった。だが、今回は違う。木から木へ「呪い」が移る話を止めなければ自分は終りだ。一本の木も切り出せなくなる。それでも一つ譲ってバンバを死なせた巨木のことは忘れることにしたのだ。あれほど素晴らしい木を無駄にするのは全く惜しいが、時には潔く引き下がることも必要だった。

「いいや、そんなことはない。世界の木はどれも同じでリコウンドウが次から次へ広がるなんてことはない。フランスでは無数にリコウンドウはあったさ。だが、いきなり連鎖はなかったぞ。われわれの祈祷師に聞いてみるがいい」モーリスは嘘をついたが、フランスの話は大して効き目がなくてあわてて話し続けた。

「ガボンでは三回リコウンドウが起きたが別に問題はなかった。ウィンチを向こうの木にひっかけるんだ。頑丈だし、いい角度にあるからうまくいくぞ」

　ボスは確かにリコウンドウについて詳しそうだ。人夫たちはそれ以上逆らうのをやめた。言われた通りウィンチをひっかけると用心深く木の幹に鎖でつないだ。モーリスはこの瞬間丸太を支流に落としてトラックとトレーラーを地面に下ろすか、全部丸ごと引っ張りあげるか決断のときだった。注意深く細部にわたって調べると、トレーラーは橋の横方向の木材に遮られ、一一トンの丸太でも全部を引き上げるのは不可能だった。それに丸太が二m下の橋に落ちたらトラックを壊すことになる。モーリスは丸太を切り離すしかなかった。

翌朝、全てかたをつけることにした。必要な道具類を運んできて鎖（くさり）を切り丸太を離そう。ウィンチがゆっくりトラックとトレーラーを一緒、または別々に持ち上げる。その方がずっと楽で安全だ。モーリスはチラッと時計に目をやると三時だった。皆に製材所に戻るように伝えた。明日は新たな日になるぞ。

＊＊＊＊＊＊

シスター・アグネスの注射で、ロパは気分がよくなっていた。シスターから借りた二カ月遅れの雑誌をいろいろ読んでいた。今日の午後、ブラザビルから船が着くなら、最新版が読めそうだ。ロパはシスターに頼んで、船長に自分がイブカでなくトッサキにいてメールはここで受け取れると伝えてもらうことにした。

「おや、川沿いであなたの事故を知らない人はいないでしょう。トッサキの病院にいて手術は成功したなどもね。昼にキュウリのサラダを食べたことが地域の長には知らされてますよ」

「へえ、そうですか。それにどんな意味があるんだろう?」

「ええ、別に。何も知ろうとはしていなくても給仕たちは全てを報告したがるの。彼らは大したものよ。面白がって話しまくるけれど誰にもどうにもできないわ。私たちがすること全てに興味があるのね。トッサキに九年、嘘は言わないわ。アフリカの他の地域と同じくらい川沿いにニュースを伝えるのは容易いことなのよ。『原始的通信網』がアフリカ中に存在することは知られていて、事実私が秘密にしている事実が私に知らされるのよ」愛らしくいたずらっぽい笑みを浮かべて、彼女は出て行った。

「そんな、シスター、もったいぶらずに話して欲しいな。お喋りしすぎか、話が足りないかのどっちかでしょう。ねえ……」

「後でね。お行儀よくなさい、好奇心は大きな罪ですよ」笑いながら、彼女は廊下の方へ姿を消した。

ロパはどちらかといえば尼僧が苦手だったが、今回は考えを改めざるを得ない。あれほどの優しさで人を包む人柄はたまらなく魅力的だ。いつも快活で明るい上にユーモアのセンスにあふれ、好んで人をからかった。実に稀有な資質だとロパは思った。恐らく、ユーモアたっぷりで信仰心深い尼僧はいるかもしれないが、あえて外に表わそうとしないだろう。

シスター・アグネスは偽善的でも頑固でもなかった。とても心が広く、立ち去る前の最後の一言はロパをからかってやりたいという気持ちの表れだった。

ロパはたっぷり二時間ほどまどろんでいて、時折目をあけると見えるのは雨と風に揺らぐイロコの枝だけだった。時折響いてくる太鼓の音はぼんやりとシスター・アグネスの言葉を思い起こさせる……「皆の間にごくごく小さなニュースも伝わって、誰もが皆のことを全部知ってるの。川沿いの誰もがあなたのトッサキでの入院を知ってるわ。手術の成功も、成功……成功……」ロパは自分のベッドの側でそう言葉がささやくのを聞いていた。

目を開けると見えたものが何なのか分からなくて瞼（まぶた）を閉じたり開いたりした。まさか夢ではないだろうか。いや、彼だ、ぺぺがよれよれの古い帽子をオーストラリア風に被ってレインコートから水滴をしたたらせて立っていた。雨の雫（しずく）がかかった口ひげと顎（あご）ひげの間から白い歯がこぼれると笑いに変わった。

「なんと、幽霊でも見てるみたいだな！　肉と骨がついてる僕だよ。確かに骨までずぶぬれだけど正真正銘の僕だ。でも、これは何とかほぼ乾かせたよ」ぺぺはロパの動く手の近くにハンカチでくるんだ小さな包みを置いた。

ロパはぺぺの存在を確かめるように素早くその手をとった。「何と、君なんだな！　驚いたよ、まったく。どうやって僕がここにいるって知ったんだい？」そのとき、ベッドの端でシスター・アグネスが茶化すような顔つきで彼のほうを覗き込んでいるのに気づいた。

「言ったでしょう、あなたが知らないことを私は知ってるって」

「じゃ、ぺぺ、プシャールがくるのを知っていたのかい？」

「プシャールさんとまではね。でも、ブウロからお友だちがあなたに会いにいらっしゃることは知っていたわ……」

「ああ、それはひどい……。知らぬふりするなんて。恥ずかしくない？　バイブルをよく読んだらそれはきっと罪だとわかるよ！」

三人とも仲間同士のように笑うと、ロパは続けた「もう二人は紹介が済んだろうか。シスター・アグネス、僕の親友ピエール・プシャール氏をご紹介します。ピエール、こちらは僕の守護天使と同時に僕をからかい、わざと手を抜くという罪を犯す悪魔、シスター・アグネスです」大笑いしているところへ、ドクター・ガッサンが入ってきた。

「おや、おや、患者がこんなに元気だとは嬉しいな。だが、ずっと元気だと患者ではいられませんぞ。病院での騒ぎと職員を楽しませるかどで追放せねばなりませんな」

ロパはドクターを「おかかえのブッチャー（食肉解体業者）」と紹介した。赤道の常だが、闇が一気にあたりを包んだ。シスター・アグネスはランプを灯し、ドクター・ガッサンは患者を診て満足気だった。だがロパには大きな手術を受けた後だから興奮し過ぎないよう促した。

二人になってロパはペペに尋ねた「本当のところ、何故ここに来たんだい？」

「何故って、五〇km下流のブウロで丁度調査を終えたとき君が足を骨折してここにいることを知ったんだよ。君の部下の一人……というより……トゥマとかジェアクという名の運転助手も怪我をしてそれがリコウンドウの連鎖だとか。無知なバンダが森の基本的なルールを尊重しなかったためだとか……」ペペは応えた。

「おいおい、君までからかうのかい。僕が眠っている間にシスターから聞いたんだね。二、三人の現地人のゴシップではそんな細かいことまでわからないだろう」

「その通り、その通り。で、君のボスには象皮病で大酒のみの妻がいて、夫がドミノで勝つととても機嫌が悪くなるってことを君はシスターに言ったかい。使用人の少年をちょっとしたことでぶちのめす妻の頭にあることは、唯一この不愉快な国を捨てて自分の母国に帰り、どうしようもない使用人を働かせて稼いだ金を見せびらかすことだというのはどうだい？　それに、君がドミノでボスに勝つと彼女は上機嫌になって君の株は大いにあがる。もう少し飲めればこの上なく完璧な存在だってこと……」

「でも、信じられない。僕のことが全部知られてるなんて。何故、どうやって？」

「いや、いや、ロパ、聞いてくれ。住民たちのゴシップ情報だよ。無論、僕が知りたがると思ってありったけのニュースを知らせてくれたんだ。バンダの男の名もジェアクといってリコウンドウのせいで死にそうだということも聞いている。ま、僕がみたところ毒を盛られたと思うがね。儀式の生贄と自然の精霊の報復とでは違いがあるんだ」

「それ、どういうことなんだい。自然の精霊が報復するって？」ロパは怪訝（けげん）な表情をうかべて聞いた。

「君は笑い出すか、僕の気でもおかしくなったと思うかもしれない。だが、そういうことなんだ。ことさら森ではいわゆる西欧社会の論理思考では理解し難い、信じられないような力が動いている。われわれは拡大鏡で眼にすることや何世紀にもわたって築かれた宗教的教えを信じているけれど、目の前で起こっていることには目も耳も貸さないね。実際、自然は自分に逆らう行為をする相手には権利を主張するという証拠や証言を僕は山ほど集めている。それに、そうした発見以上に真実で否定できない出来事が多くあるのも僕は疑わない。今度のイロコを巡っては、イカノヤの典型的なケースといえる……」

「何だって？」

「イカノヤとは古くからアフリカに伝わることばで『見えない力』という意味なんだ」

「つまり、魔力かい？」

「いいや。この地の悪魔の言い伝えとは切り離すんだ。僕はそれは信じていない。僕は真剣に調べたものだけを信じるんで、悪魔はなしだ」

「じゃ、どういうことなんだい？」ロパはくいさがった。

「よし。僕らは目に見える物質世界に生きているが、この現実の背後にはスピリチュアル（霊的）な世界と非物質的な世界があるんだ」

「ぺぺ、君が宗教的だとは知らなかったな」

「いや、皆と同じように混同しないでくれ。宗教的という問題ではなく、単に自然という課題なんだよ。自然の世界は頭で理解し難い神秘的な力で裏打ちされているんだ。例えば、原子はわれわれには見えないけれど宇宙を形成する力だね。原子が融合すると途方もない力を発揮する。しかも、近年宇宙の創造にそれが作用したという発見があったろう。

　僕が言いたいのはスピリチュアルなパワーということなんだが、今話しているようにつかみどころがない。『スピリチュアル』とは現実的な言葉ではないからね。場合によっては、磁力或いは波動といったものが合わさった力と呼んでいいだろう。

分かりやすい例をあげれば、ドルイド（古代ケルト族の僧…預言者、詩人、裁判官、妖術者を兼ねた）の名を聞いたことがあると思うが、古代の僧たちは自然と親密に暮らしていて儀式は全て森とその近隣で執り行ったんだ。

儀式の一つは『ヤドリギの収集』だった。ドルイドは雨を降らせる力で知られているが、彼らは森に行くとヤドリギの掃除をして養分を吸い取る寄生虫を取り除いたんだ。そのお返しに、樹木に雨乞いをした。とても理にかなっているよね。ギブ　アンド　テイクだ」

「それでも、よく分からないなあ」

「まだ終わってはいないよ。木には他の植物もだが、いわば磁場がある。西欧ではオーラと呼ぶが科学的には生体磁場だ。僕は『アストラル体』または『電子体』とよぶが現地人にはスピリットだ。このアストラル体はテレパシーと同じ絶え間ない波動を発している。分かるかい？」

「まだ、何となく分かりかけているところだ」ロパは応えた。

「わかる感じだけでなく、君は全てを理解できるようになるさ。植物にはアストラル体があり、地球の全生命は電子体を有しているんだが、植物の中で最大の樹木には他のどの植物よりも大きな電子体が備わっている。

電子体は波動と同様のものだが、それも二種の波動があるんだ。一つは植物を宇宙の反応から保護している、触知できないごく軽い電気振動を持つエーテル波動だ。我々自身も同じものを持っている。木の電子体は周りの電子体とコミュニケーションするために特定の波動を発することができるんだよ。

実際全ての生命体は自分の仲間と意志伝達をはかっている。植物も動物も自分の存在を別の存在との関わりのなかで知覚するようにできているが、それは創造主つまり同一の源泉から形づくられたという明快な理由によるものだ。たとえて言えば、水と川は一体で互いが一部をなして川となっているようなものなんだよ。

いいかい、波動で周りの仲間とコミュニケーションをはかるという原理はテレパシーと同じなんだ。人がテレパシーでメッセージを受け取るということはよくある現象だが、それは木と人間との間でも互いにテレパシーを与え合える。どう、君は認めるかい？」

「勿論だ。この間読んだ記事のことを話すよ」ロパは観葉植物の記事について説明すると言った「君の推論はその著者の実験結果と同じことを言っているよ」

「それはいい、記事は僕も読んでみよう。『園芸の才』のある人の紹介になっているようだがむしろ人と植物の間のテレパシー、つまり精神性の問題だ。そろそろ僕の発表を終えるが二人の認識にはずれがないようだ。君はイロコの事件をもっとよく理解できるようになると思うよ。樵が報復を受けた理由は恐らく分からないままだろう。一つ考えられるのは、イロコのテレパシー波動で木幹から離れた一片の木材が飛ぶ軌道にバンバを立たせ、彼の死後自然の法則に従ってアストラル体の大半は二、三日肉体の側にいたが、やがて宇宙の元素に戻っていっただろうということだ。

仮説、全くの仮説だがいろいろと考えられるんだ。イロコの電子体が包含するテレパシーの一部がジェアクと君についていったとは考えられないだろうか。君はイロコの倒木に間接的にだが参加していたし、ジェアクは君と一緒だった。このテレパシー効果は君の仕事から意識をそいで事故の原因になった。現地の魔術師となかなか面白い会話をしたんだが、僕が根気よく話したおかげで確信的な話をしてくれたよ。この課題については少なくとも多くの興味深いことが考えられる……けれど、話は別の機会にしよう。お客さんだよ」

第6章 樫の木の嘆き

ルイ・コレットは部屋に入って、ずぶ濡れのレインコートを給仕に渡すとロパの方に近寄った。思惑ありげな顔つきで新聞紙でくるんだ小包をベッドの下に置いた。

「やあ、パルディさん、シャンペンに目がない君に二本、それとバーボンを一本差し入れしましょう。でも見たところ、まだ数日は待ったほうがよさそうですな」

「これはどうも、船長、それは有難いですね。サヴォニャンはどうですか。まだ安全バルブは大丈夫ですか？」

三人はジョークに腹をかかえ、川での出来事で話に花を咲かせた。船長によるとロゼットの二匹のドーベルマンは現地住民を脅かしていたが、不思議にも相次いで死んだという。

「ロゼットは二匹が毒殺されたと怒り狂って、調理場の召使を首にして二週間自分で調理していて、えらくご機嫌ななめだ」

ルイは航海の話のなかで、バンギに寄るたびにサンディと子どもたちに会っていると伝えた。

「サンディが船にくる度に、君のいた船室を覗(のぞ)くんだよ。美しい娘だね。君がひょっとして出てきやしないかと思ってるんだろう」船長はぺぺにウィンクして言った。

サンディの話でロパは胸が熱くなった。さっきペペがベッドにおいてくれた手紙の束のなかに彼女からの手紙があるよう願った。だが二人にからかわれるのを気にして彼はあえてそれらを開けなかった。

「船長、この雨続きで川は増水しているから砂洲は心配しないで済みますね」

「そうはいかないのさ。時折砂洲は場所を変えるんだ。おまけに、増水と強い風で折れた睡蓮が流木と一緒に川の真ん中を妨いでしまって、雨季にはオールが折れる危険が大きくなる。ところで、川沿いではイブカのリコウンドウの木の話で持ちきりだが、知ってるかい？　モーリス・プレボーが無事にやっているといいんだが。あの類の話で村全体が置き去りにされるのを何度か見てきているからな」

「本当の話なんだ。南米でも起きるし、アフリカではよくあることだ」ペペは同意した。

「ご両人ともそろそろ退出の時間ですよ。患者を休ませなくては。術後まだ二日で、疲れやすいですから」シスター・アグネスがドア越しに姿を見せた。夕暮れは足早にやってきていた。

「明朝、何時に出航ですか、船長」ロパはルイにたずねた。

「ああ、一〇時だよ。サヨナラを言いに立ち寄ってサンディ宛の手紙を受け取ろう……勿論、君にその気があればだが」ペペとルイの大笑いにロパはどぎまぎした。

「ロパ、封筒にバンギの受領印があるから見分けやすいだろう。さて行くとしよう。

手紙がいろいろ来ているしね。では、お休み……。ペペ、行こう。君を船上の夕食に招待するよ。ロースト・ターキーディナーだ、今日の君はついてるね。じゃ、明日、ロパ。シスター、さようなら……ロパがやたらに女性を追いかけないように見張って下さい……」

「さあ、さあ、お二人とも出てお行きなさい」シスター・アグネスは優しく叱ってみせた。ロパがトレイの上の夕食を済ませると、シスターはお休みを言って退出した。ロパはやっと一人になって手紙の束をみると二通はサンディからだった。

サンディは独特のユーモアのセンスで子どもたちや出来事について書いていた。ご主人と現地住人との間の日々の出来事をコミカルに綴り、アフリカ人が好んで使うサンゴ（中央アフリカ共和国で話される一種の『エスペラント』語。九つの方言が話される地域で部族間同士コミュニケーションをはかるには共通語を必要とする）を話し始めていた。

バンギ周辺のことを実に詩的に描写していて、ロパは行間から彼女がアフリカを愛し、その喜びをロパと分かち合いたがっている様子が読み取れた。

サンディからの手紙にはすぐ返事を書いた。事故のことは最小限に近況を簡単に書いた。言葉を選びながら彼女の美しい描写にある場所そのものよりも、彼女に会うために仕事を辞めてバンギにいくつもりだと書き添えた。

それと、一つのメッセージを忘れなかった。「君と一緒に野外映画劇場に行ったり、川でカヌー下りをしたい。それから何よりも君は覚えているだろうか、サヴォニャン号で交わしたような楽しい会話を是非待ち望んでいる」と。

疲労を覚えていたが三通目の手紙を開けた。誰もがやるようにその両面を確かめると、読むのに三〇分はかかりそうな部厚い中味だった。好奇心が疲労感を押しのけて、姪のジャニスからの実に不思議な手紙を読み始めた。彼女はロパの姉の子どもの一人で一八歳のはずだ。両親と住むフランス、マイェンヌ地方のヴェロヌから投函されていた。

親愛なるロジャー叔父様

あれこれ考えた末、お手紙することにしました。私のこと覚えていらっしゃるかしら。前回お会いしたのは、叔父様がベトナムに行く前に、軍服姿でお別れにいらしたときでした。私はまだブロンドのおさげ髪をした少女で、家に居たがらない子だったために、『小さな未開人』と呼ばれていました。ヤガノンの森に行っては、一日中そこで過ごしていた頃です。

母はシモーヌがお気に入りで、私は放っておかれたのです。それで、五、六歳の頃の思い出ですが、よく自分のベッドで泣いていました。父か母が来てキスをして欲しい、抱きしめてもらいたいと願ったのですが、どちらにもさして注目してもらえませんでした。翌朝も前の晩と同じような気のないキスをされただけでした。母にしっかりと抱きしめられたり、優しいことばや愛していると囁かれることもありませんでした。

私は毎日何度も人形のセシルを相手に愛していると繰り返していたわ。ああ、セシル！セシルがいるだけでも、私は幸せでした。セシルは何処へ行くにも一緒で、今も側にいます。金持ちの子どもが遊ぶ、お洒落な人形とは違ってセルロイド製でシンプルなの。でも、水浴びもできるわ。三歳のクリスマスに誰かから頂いたのだけれど、何処かで私が落としたために靴をはいていません。だから、寒くならないよう足に布を巻いてあげています。

叔父様、一八歳の私がこんな風にセシルのことを話すからといって、からかわないで下さいね。セシルがいなかったら、本当にどうしたらいいか分からなかったんですもの。とても愛に飢えていたのです、お分かりでしょうか。誰かにしっかりと愛され、私も愛したいと願ったのです。

母が意地悪だったわけではありません。ただ愛を示してくれなかっただけです。それでも、一度だけ人生で最も素晴らしい日がありました。それはクリスマスから二、三日たった日で、父が美しい箱入りの砂糖をまぶした栗を母にプレゼントすると、母は私を呼び、手をとって寝室に連れていってくれました。

「待っていてね」母はそっと言うと、衣装ダンスの引き出しを開けて、洋服の下から誰もが知っている菓子箱を取り出してベッドにおきました。

その時の母の一つ一つの動作を私は一生忘れないわ。私を抱き上げるとベッドに座らせて囁くように言ってくれました。「栗が大好きでしょう、ダーリン？」それまで『ダーリン』と呼ばれたことのない私はもう返す言葉がありませんでした。おしゃべりで魔法の時間を台無しにしたくなくてうなずいただけでした。

大事そうに栗を一つつまむと、彼女を見上げて食べていいものか確かめたほどです。母も一つ口に運んで言いました「お食べなさい、美味しいわよ」。言われるとおりにすると美味しいだけでなく、母と二人でまるで秘密を分け合う仲間のような感じを味わったのです。二つ目を私に勧めると、箱を元に戻して側に座って聞きました。「美味しかった？」私が大きくうなずくと、母は私の額にキスをしてくれて二人は階下へ戻ったのです。

温かな気持ちになって、私は心の内に音の響きを聞いていました。「やっと、わかったわ。マミーは私を愛してる！」その後、またダーリンという呼びかけを聞きたくて、寒い日などは納屋をうろうろする代わりに暖炉の側で一日中待っていたわ。でも、二度目はなくて母は二人の共謀は忘れていました。その晩のキスはいつもと変わりなくて、私はセシルに特別のキスをすると泣きながら寝入ったのを覚えています。

私はよくセシルを連れてヤガノンの森に出かけていました。そこでは音楽が聞こえたし春はことさらでした。とても不思議なことですが、ほんとうに起きたことなのでお話しします。三〇〇mくらい道をゆくと、ヴァリアーさんの土地に通じる小道にでます。小道をくだり支流へくると、川のなかの石をつたって渡ってから、低木の茂みとシダが絡（から）みついたなだらかな坂の小道をかき分けていくと森にでます。

季節にはブラックベリー摘みが楽しめます。私もセシルもよくドレスにしみをつけたまま森へ行ったものです。あたり一面広がったヴァリアーさんの敷地には、一本だけ他から離れて大きく伸びた木が立っているのですが、父の話では樹齢二〇〇年くらいの樫の木なんですって。セシルと一緒にその木の下でどんぐりを拾ったり、樫の根元に彼女のために小さなあずまやを作ってあげては何時間も遊んでいました。

耳には葉っぱの間を通り抜ける風のつぶやきや、バッタ、鳥のさえずり、蜂のブンブンという羽音や遠くから牛のモーという声が響いてきます。遊び始めにセシルと樫の木に寄りかかって頬を粗い樹皮に押し付けて、彼女にあるメロディを歌ってあげます。しばらくの間黙ったままでいるととても不思議なことが起こったの！　荘厳な音楽が聞こえてきました！

それはミュージシャンがかき鳴らす楽器の類とは全く違う音で、薪ストーブの上で大きな釜の水が煮え立つときの音に似た単調な調べです。ウーホーが突然ホー、ホー、ヒー、ヒー、ハ、ヘに変わったりして説明しにくいんですが、ちょっと変わっていてティーポットの旋律より楽しい音なんです。それはもう素晴らしくうっとりします。

それに、樫から離れているのに、その幹の形の周りにピンクや緑、黄色や明るい青、金色などの色がチカチカしていたのです。そうした色に魅せられて、まるで天国にでもいるような恍惚感に何時間も浸っていました。セシルとの会話さえ忘れるほどでした。

ある日、音楽を聞きながら、幹に沿って飛びかう色にうっとりしていると突然全てが静止したのです！　色は消え、音はやみました。驚いた私は全て自分の想像だったのかもしれないと思うようにしたのです。すると、周りがざわついて葉の茂みをかきわけて父が近づいて言いました「音楽を聞きにきたよ」「今、止まってしまったわ」私は考えもせずに応えました。一〇年後の今、なぜ、その短い会話と場面を思い出せるのかをたどれば、そこに神秘の答えがあるからだと思います。

もちろん信じられないでいる父は三〇分ほど私の側にいて、「聞こう」としましたが、もう音はしませんでした。それから、二人で夕暮れのなかを家に戻りかけたところ、置き忘れたセシルを思い出して、急いで連れ戻しにいきました。

夏が過ぎ、秋のある日の午後、セシルと一緒に小さなかごを持って、ブラックベリー摘みをして、沢山摘んでお腹もバスケットも一杯でした。

森を抜け小道を横切ると、ヴァリアーさんと街からきた二人の男性に会いました。彼らは森の方からやって来て、私の顔を見るとブラックベリーの汁で顔がシミだらけだとクスクス笑われました。私は袖で顔をぬぐいながら森まで行き、いつもの場所にセシルと座ると、樫は見事などんぐりに覆われていました。

音楽と色のダンスが始るまで三〇分くらいかかるのですが、その日は驚いたことに、セシルとジャムづくりのままごと遊びをして一〇分もするとうめき声がしてきたのです。とてもはっきりした声でした。思わず樹木を見上げたのですが何も見えません。立ち上がって木の周りを回っても何の気配もありません。座りなおすとまた、苦しげな声がしました。まるで誰かが胸の奥から絞るため息に似ています。

樹幹の周りの美しい光はなく、他の木々も生気なく見えます。周りの全てが『悲しげ』なのに驚くと、私の中に怒りが忍び込んでくると同時にひどく悲しくなりました。うめき声は続き、ブルブル震えるようなリズムでまるで樫の木が泣いているようでした。そのうめき声に耐えきれずに私はセシルを抱えると家まで走って戻りました。私はあまりのショックでブラックベリーの籠(かご)を置き忘れてきました。

青い顔で家に戻ると母は具合が悪いのか心配したようですが、笑われるのが嫌で説明を避けました。やっと落ち着いてベッドに行くと重く苦しい眠りにおちました。砂漠の枯れ木が汚れた枝を伸ばしていて、そこにやせ細って羽毛のない首をした黒い鳥が棲みついている悪夢のような不吉な夢をみました。

強い悲しみに襲われていて二日間は森には行きませんでしたが、三日目の日曜日の午後にセシルを連れて出かけることにしたのです。

森に近づくにつれて何かが変わったと感じて先を急ぐと、目の前にあるのは凍りつくような光景でした！　その場に釘付けになり目をさらのようにして、セシルをぎゅっと抱きしめながら脚がすくまないよう一歩一歩ゆっくり近づくと、あの美しい樫の木、セシルと私の友が……地面に横たわっているではありませんか。あの見事な樹幹と樹陰で強い陽射しや雨から私たちを守ってくれたのに。その樹皮にほほを押し当てると『歌』をきかせてくれた友、無数の鳥たちのねぐらとなってくれた友、美しい自然の一部でありながらそのまま小宇宙でした。

二世紀もの間この場所で多くを魅了してきた荘厳な樹木が切り倒され、巨大な樹幹が地に伏せている。大きな枝が二つに裂かれた幹から切り離されている。周りの幾本かの木々は樫が倒れる際に傷つき、枝が哀れに垂れ下がって数日前のあの美しさは跡形もありません。

倒れた木に歩み寄って幹の上に身を投げだして愛撫し、涙を流してキスしながら叫びました。「ああ、何故？　何故こんな目にあわされたの？　わからないわ。何てひどいろくでなしの人たちなの？　ああ、とても愛していたのよ、素晴らしく美しいあなたを。ああ、ひどいわ、あなたを切り倒すなんて」とめどなくあふれる涙をそのままに、キスを繰り返しました。

何日も考えた上での結論は、両親は認めませんが樫の木はとても苦しんだということです。

私が聞いた苦しみの声は木の嘆きだったのです。木は街から男たちが伐採にやってきたことを数日前から知っていたと信じています。私の頭がいかれているか想像のし過ぎとお思いでしょうが、今でもそう信じています。

叔父様、母から聞いたところでは今ブラザビルにいらして、コーヒー園でのお仕事をお探しとか。お仕事見つかるといいですね。お金のために木が切られることがない場所には無尽蔵の手付かずの自然があるでしょう。そうしたところに住めるなんて素晴らしいわ。今日手紙にしたことは今まで誰にも話したことはありません。どうぞ、誰にもお話しにならないで下さい。あなたが自然を愛し、他の誰とも違っておいでだと思うからこそ打ち明けました。勿論両親には何も話していませんが、もしあなたから直接申し出があれば断る術がないでしょう。例えば休暇に私を招待してくださるなら、まずそちらへ行ってからあとは私が自分で滞在を続ければいいのです。

どうぞ、叔父様、お願いします。是非ご返事をお聞かせください。キスを贈ります。

愛するあなたの姪、ジャニスより

手紙を置いたロパは動転し、ぐったりと疲れを感じていた。やっとの思いで手紙をたたんで枕の下に滑り込ませると、深い眠りにおちた。

第7章　生態系と生体エネルギーの場

雨季によく起こることだが、ここ数日のように激しい雨が降り続けていたかと思うと、今日のように急に終わりを迎える。雨は全てを洗い流し浄化してくれるというが、まさに自然には自浄作用がある。病院の周辺に無数の鳥が群れていて、まるで討論するかのように騒がしい。ロパが目覚めると、窓の外にはダークブルーの空を背景にイロコの明るい青葉が見えた。脚の痛みが戻るといけないので動かずにいると、シスター・アグネスの足音が聞こえてその姿を見せた。

「英雄の今日のご気分は？」

「英雄だって？　僕が？　別に目覚ましいことなんてしてないし、今痛みはそれ程でないけれど、この姿勢を変えるのが怖いんだ」

「痛みはだんだんなくなりますが、まだ早い……あら、いい感じだわ。ドクター・ガッサンは喜ぶでしょう」シスターは毛布をめくってロパの脚をチェックして言った。「今日は素晴らしい天気ですから窓を開けましょうね。間もなく朝食がきますので、座って食べられるよう手を貸しましょう」背中にクッションをあててもらうと彼の脚に痛みが走った。シスターは手紙をベッドのサイドテーブルに片付けるかどうか聞いた。

「いや、また読み返すかもしれないので、ここに」ロパは動く手で合図した。

少年が運んできた朝食をすませた後、若い見習い看護婦が彼の入浴を手伝った。一段落したところへ船長が別れを言いに立ち寄った。

「今日の調子はどうだい？　天気は素晴らしいじゃないか。出航が九時になって早く寄ったんだ。まだ木材を積んでるよ。スウスティ村では充分に伐採しなかったとかで普段より多く積むんだ。で、出す手紙はあるかい？」

船長は快活に言った。

「ええ、サンディに一通あります……切手代はズボンにあるんです」

「いや、それには及ばないよ。サンディが乗船してくるので手渡せる。それから二人で君のことを話すよ。彼女は喜ぶぞ……君さえよければだが」

「ええ、どうぞ、どうぞ。ですが、事故のことは控えめに話しておいていただけませんか」

「わかった」

「ところで、プレボー氏にお会いでしたら僕は順調に回復していると伝えてください。それと事故のことは済まなく思っていると。まだ本調子でないので手紙は書いていないんですよ。サンディへの手紙だけで疲れてしまって。手首がギブスで固定されていると大変です。マダム・プレボーにもどうぞよろしくとお伝えください」

「気にしなさんな、全てうまくやるから。ところで、ドクター・ガッサンの話だとどうやら来週までに退院できそうじゃないか。彼は君の回復ぶりに満足しているよ。ま、腕も確かなんだな」

「ええ、彼の手術を受けられたのはラッキーでした」

「確かに……よかった。さて、友よ、わしは行かねばならん。また会おう。サンディから多分、いや間違いなく手紙を受け取ってくるよ」船長はロパの自由が利くほうの手を握ると、手紙を受け取ってドアに向かった。

「コレットさん！」ロパの呼びかけに船長はドア越しに振り向いた。「何だい？」

「小包をありがとう」

「いや、どういたしまして。ま、飲むときはわしのことを思ってくれ給え。じゃ次回また会おう。シスター・アグネスにはお手柔らかに」ニコニコしながら、船長は去った。

シスター・アグネスは包帯を換えに来て、痛みが戻ったところでモルヒネ注射をしたが、前日よりは量は減らされていた。再び一人になると、ロパは手紙をまた読み返した。心からサンディにそばにいてもらいたいと思った。彼女への気持ちは確かだ……これは愛なのか？　そうだ、彼女に写真を送ってもらえるよう頼めばよかった……。そのあと姪の手紙を読み返すと、一回目よりも興味をそそられた。

＊　＊　＊　＊　＊　＊

今朝、モーリスは二つの理由でとても早く起きだした。一つは幻覚を伴う譫妄（せんもう）状態にあるマルグリットにあった。彼女はひどく落ち着かない眠りの後、朝の三時に目覚めて大きな毒蜘蛛（ぐも）が蚊帳（かや）の中にいると金切り声をあげたのだ。モーリスはその言葉をうのみにしてあちこち捜したが蜘蛛はいなかった。「あそこに毒蜘蛛が、あそこよ、毒蜘蛛がいるわ」彼女は蚊帳の上、次に端を指差したかと思うと次に蛇（へび）がいると言い出した。彼が睡眠薬を与えるとマルグリットは静かになった。五時になっていた。

雨がやんでいたので、急いで朝食を済ませて村に出かけ使用人全員を起こした。彼らの力を借りて危険で細かい作業に手をつけようと決めたのだった。後に残したのはスチームエンジンの火夫とその下働きだけだった。三〇分後、モーリスは縄、酸素ボンベ、スティール製ケーブル、斧（おの）、鋸（のこぎり）、シャベル、錐（きり）などを運ぶ七〇人の縦隊の先頭に立って進んでいた。

現場に到着するとすぐにモーリスは状況を詳しく調べ、どう巨大な丸太を切り放して支流に落とすかという厄介な作業を見定めようとした。まず、丸太がトラックを鎖で宙づりにしていたから、スティール製ケーブルをトラックの下に通し、切り離されて落ちるショックを抑える必要がある。全ての工程には二時間はたっぷりかかるだろう。

太陽が昇ると澄んだ青空の下で前日より気持ちが明るくなった男たちは二時間以上汗だくで取り組んだ。丸太とトラックそれにトレーラーをまとめて吊り上げていた鎖を切ると、丸太は泥水の中へ落ちていった。男たちはそろって腹の底から喜びの声をあげた。丸太はもはや誰も傷つけることのない場所におさまったからだ。祈祷（きとう）の節も聞こえてきていた。

モーリスが深く胸をなでおろしたのは迷信を気にしたからではなく、ただひどく神経をすり減らした危険な作業がうまくいったからだった。自分にはタバコを一本、男たちに三〇分の休憩を与えた。

作業再開の合図で今度はトラックに同じことを、ウィンチを使って行う必要があった。車体は二本のケーブルでぶら下げられていたが、固定箇所がなかった。ウィンチのケーブルを滑車のように滑らせる箇所が必要だった。ただ一箇所考えられる場所は橋から六mの場所にあるバッサリの若木だ。他の木々は細すぎるか、遠すぎてしかも違う方向にあった。

バッサリはそれ程強い木ではないが、直径一mの樹幹は耐えられるとモーリスは踏んだ。若木は丈夫で二〇mほどに伸びている。その周りにスティールケーブルを回し滑車で下へ引っ張るつもりだ。

用意ができると、皆こぞってウィンチを引っ張って少しずつトラックを引き上げ始めた。これで、トラックを宙づりにしている二本のケーブルを緩められるはずだ。

人夫たちは車体の下を通るケーブルを外すと、トラックはバッサリの幹に回されたウィンチのケーブルだけでぶら下がった。

ゆっくりと車体が下り始めたところで、モーリスは動きを指導するため橋の反対側に移動した。幾度となく車体と、滑車としてのバッサリの木に目を走らせていたが、四五分たっぷりかけてトラックが橋の上五〇cmほどまで下りたあたりで、モーリスは目を見開いて凍りついた。

男たちは状況を見ていないか何も考えていなかった。木の幹がほぼ五分の四ほどケーブルですり切れているではないか！

モーリスは叫んだ。「手を離せ、手を離すんだ！」まさにその瞬間、木は裂け倒れ始めた。気がついた連中は大慌てで橋にそって走った。アテポが橋で滑って顔から転んだ。起き上がって皆に追いつこうとしたが一瞬遅かった。木が橋の方へ倒れて枝の一本がその後頭部を一撃すると、哀れな男は血の海のなかで息絶えた。トラックは同時に橋に落下したが無事だった。

ウィンチのそばにいたドゥドゥリと人夫たちはアテポの死を目撃したが、モーリスをはじめ他の連中は木に隠れてアテポのむごい最期は見えなかった。誰かのうめき声でモーリスはまた新たな災難に見舞われたことを察知した。「リコウンドウだ!!!　コウンドウだ!!!　うぁ、おお、リコウンドウ、彼は死んだ、ホー、ホー、リコウンドウ!!」七〇名の男らは嘆き、手を振りながら、恐怖の眼差しで辺りを見回していた。

騒ぎを前にモーリスはアテポにはなす術がないと見て取ると、素早く遺体をどけるよう指示した。全てを迅速に進めなければ呪いの迷信から男たちが一斉に仕事を投げ出してしまう。今度の犠牲者もまた樵だと皆に思わせてはいけない。時を同じくして、トッサキではジェアクが毒を盛られて死んだことをモーリスは知る由もなかった。

数人体制を組んで遺体を動かし、残る男たちには橋をふさいでいる枝葉を片付けさせ、ウィンチを移動してトラックとトレーラーを引くようそれぞれ仕事を与えて、考える暇がないほど忙しく立ち働かせた。目下の状況にはそれしかないというモーリスの采配だった。

アテポの遺体は仮設の担架に乗せられて村に戻った。その頭はモーリスのシャツでくるまれていたが、死者とその家族へ払うモーリスのせめてもの敬意だった。

それから二時間、橋はすっかりきれいになりトラックは道路に戻った。幸いすぐに稼動できる状態にあった車上に作業員たちは全ての機具を積みこむと、歩いて製材所に戻った。気味悪い事故のせいで、モーリスが唯一ほっとしたのはトラックが無事だったことくらいだった。従業員たちは製材所を逃げ出すかもしれない。それでも、彼らを責められない。アフリカでは珍しいことではないからだ。もし、伝染病で誰かが命を落としたならそれもリコウンドウのせいになる。

その日の午後遅く、一度製材所に戻るとすぐに皆でアテポの家族を訪れた。モーリスは未亡人に二カ月分の給与額四〇〇〇フランを渡した。金は有難いが彼女の痛みを和(やわ)らげはしない。夜通し響く嘆きの声と太鼓が森中に響いた。

マルグリットは事件を知ると、彼女は「村人たちはいなくなって廃村になる」と怖れてわめきだした。モーリスはまた彼女に睡眠薬を与えてから、取り返しのつかない行動にでないよう見張らねばならなかった。薬による深い眠りにおちる前、彼女はサヴォニャン号が翌日一〇時ごろイブカに着くというニュースをラジオで聞いたと伝えた。

寄航は予定よりずっと早く、マルグリットを残して船に出かけることは心配だった。しかしその一方でロパのニュースを聞けるのは嬉しかった。

＊＊＊＊＊＊

モーリスがトラックの回収に没頭している頃、ペペはロパを見舞っていた。トレードマークのパイプをくゆらしているとシスター・アグネスが部屋に飛び込んできて、すぐにやめるか何処か外で吸うよう一喝した。パイプの火を消しながら、ペペはぼそぼそつぶやいた。

「シスター、ここが病院でなく尼寺とは知らなくて……」

「いいですか、プシャールさん。お二人とも間違ってますよ。タバコがどれほど体に悪いか、それ以上に病みつきになればドラッグと同じですから中毒症状を治さねばなりませんわ。どの依存症も同じで難しいですが、望めば治療できます。それにしてもあなたのような知性のある方がタバコ依存になるなんて驚きですわ」

「タバコがどんなものかご存知ない方にはおわかりにならないでないでしょう、シスター。もし……」とペペが答えると、シスターはそれを遮(さえぎ)って、「いいえ、それは間違いです、プシャールさん。わたしは一四歳でタバコを吸い出して、一〇年くらい日に二箱つまり二〇本を吸っていましたからよく分かっています。ある日喫煙も含めて生き方を変えようと思いたってすぐにやめました。大変でしたね。つまり分かった上で話しているのですよ」

彼女は窓のほうへ目をやると続けて言った。

「あら、コレットさんが出発するわ」サヴォニャンの汽笛が三回鳴って、船はドックを離れ北へ向かった。

「さ、聞き分けよくね、お二人とも。それでは」

地味な修道服の裾を翻して彼女は足早に部屋を出て行った。

「シスターは大したものだな。医者の右腕として病院を見事にきりもりしているという話だし、修道僧たちにも指示を出すそうだ。感服するよ」ぺぺは囁いた。

「そうなんだ、彼女は聡明だよ。それにしても今日は天気がいいな」

「確かに。だが午後の暑さは耐えがたい」

「ぺぺ、聞いてくれ。姪から手紙を受け取ったんだが、君に目を通してもらって考えを聞かせて欲しいんだ。それ以上は余計なことを言うのはよそう。読んでもらえれば有難いな」

「オーケー、お望みどおりにしよう」ぺぺは手紙を受け取ってその分厚さに驚いた。

おや、これはまるで書物じゃないか！　さて、ではベランダで読みながらパイプをふかすとしよう」彼はジャニスの手紙を手に腰をあげた。

ぺぺがいない間、ロパは再びサンディの二通の手紙を読んで彼女に会いたいと思った。船で別れる前に彼女から受けた一瞬のキスを幾度となく思いやった。

川の遠くの方から船の汽笛が聞こえて、それが船長からロパにあてたサヨナラの合図だととれた。ちょうどその時、シスター・アグネスの同行なしにそれも予定外にドクター・ガッサンがやってきた。「やあ、パルディさん、どうも暑い日ですな」

「ええ、ドクター、お見受けするにお暇なんでしょうね」

「そうでもないんだが……実は、君に関係することで、伝えておきたいと思ったんですよ。バンダ族のことです。彼の胃をすっかり洗浄したほか手をつくしたんだが、強靭な身体にもかかわらず助からなかった……一五分前に亡くなりました。残念ですがわれわれの医術では対処できない毒があるんです……」ドクターは肩をすくめた。

「当然のように病院のスタッフは樹木のリコウンドウのせいにしていますよ。でもどうやら、イブカの魔術師かまたは共犯者の仕業で猛毒を盛られたと思っています。宣教師が葬式をとり行うことになりますが、まず君に知らせておきます。やれることは全てやったのに残念です。ところで、脚の痛みはどうです?」

「ああ、つれる感じがありますが耐えられますよ」

「ひどくなるようなら、遠慮せずシスター・アグネスを呼んで対処してもらいなさい。さ、これから産婦人科病棟へいかなくちゃ。帝王切開の手術があるんでね。それでは、今夜は付き添い看護人がいるようだから退屈しないで済むでしょう」。ドア越しにのぞいたぺぺを指して、ドクターは去った。

「診察は短かったね。彼が入ってきたのは?……」

「診察ではなくて、ジェアクの死を知らせてくれたんだ……プレボーの配下の樵で僕が連れてきたんだが一五分前、毒でやられた」

「気の毒に思うが少しも驚くことじゃないさ。彼らのやり方で手の下しようはないんだ。ところで、君の姪の手紙は実に面白かったよ。僕が木から出るオーラの話をしにきたのと重なってこの手紙の内容だから驚きだよ。そうは思わないか？」

「そうなんだ、興味深いしタイミングもね。それより姪の話についてどう思うんだい……彼女の空想か或いは見た気になっている幻影のことだが」

「『クリマクテリック』って聞いたことあるかい」ぺぺは聞いた。

「何だって？」

「クリマクテリック（厄年）の年は知っている？」

「いいや」

「人生の七年目或いは九年目ごとの年回りをいうんだが、古代の賢人は危機の年とよんだ。どちらかといえば七年目をさすが、九年目でも構わない。誕生日に合わせて変化が起きるわけではなくて、七年目少し前か後にずれるようだ。全生涯を通して繰り返されるが、人によっては八年半から九年の周期になる」

「知らなかったな」

「そうだとしたらこれから解説してあげよう。周期について大いに興味を引くのは、僕が思うに最初の七年だ。人が何処からかこの世に無垢の状態で生まれてくる。未使用の写真フィルムにたとえると、少なくともこの物質主義の世の中で『汚染され』ていない段階にある。ただ、生まれてきた赤子はまさに自分の記憶を持つので、僕のたとえが悪いかもしれないが、全くまっさらのフィルムというわけではない」ロパは怪訝（けげん）な顔つきで聞いた。

「記憶？　どういう意味だい？」

「とても深く無意識に刻まれた記憶のことなんだ。ユング理論でいうアーキタイプ（原型）だ。つまり、宇宙の構造は集合意識からなっているという……」

「ちょっと待ってくれよ。説明がやや飛びすぎているな」

「いや、全然。いいかい、われわれがこの世に来る前、つまり生まれて来る前に未来の人生を選ぶんだが……」

「それって、輪廻転生を言ってるのかい？　君は信じてるの？」

「勿論、自然の法則だからね。ま、君が信じようと信じまいと全く何も変わらないがね。とてつもない数の人間がコンゴ川は海から源流へ流れると信じていたとしても、川そのものは源泉から海へ流れるという事実は変わらないだろう？　つまり信じるのでなく知ることに意味があるんだ！　自然のもとで全てが組成を変え、循環している。人の肉体は死ぬと腐敗して腐食土に変わり、それが土壌を肥やし、野菜や穀類を育てて動物や人間を養う。つまり死と腐食が繰り返されて循環が成り立っている。植物も同様だよ。

中国人がこのプロセスをよくわかっているのは、人口密度が猛烈に高くて生きるための食物を確保するのが容易ではないからなんだ。だが彼らは自然の現象を知って何世紀もかけて土地を改良してきた。人が死ぬと亡骸をいろいろな残骸、カスや腐った野菜と一緒に畑に埋めた。何千年もの間そうやって土地を肥沃（ひよく）にして改良してきた。一方、他の国では持続性のある有機物質を使わずに化学物質で土地をだめにしている。

どうも話がそれた、元に戻そう。土や腐植土といった目で見えるものに起きる変化は人の肉眼で捉えられないものにも起きている。

つまり電子を形成しているアストラル体のことだが、人が死ぬと八一％のアストラル体の電子はハイヤーセルフの一部となり残りは大気に戻っていく。そしてわれわれが生まれ変わるとき大気に戻った一九％分が、母親の子宮内六週目で胎児に宿るはずの八一％に合流してアストラル体は一〇〇％の電子で満たされるんだ。実際はもっと込み入っている話なので続けよう。

占星術のサインの構成が、ある意味で、真実と全くの誤りの要素をかねているのは面白い。例えばこどもが双子座の星の下に生まれた場合、その性格や行動をあれこれ星のせいにしたがるが星は何ら関係ない。むしろ一九％に組込まれている電子に起因している。誕生日にアストラル体が費やす部分に左右されるんだ。それに我々の地球は絶えず動いているため占星術師は星座と相対関係にあるとして、「彼は双子座」といった印をつける。

当然同じ星座に生まれた者同士には類似する部分はあるだろう。地球は宇宙ではっきりした地点に位置して双子座と関係しているからだが、双子座自体は一連の出来事には関係しない。違う星座生まれの者同士の差が生じるのは、この世の自然が一瞬にして一九％の電子をその時に生まれた人々の一部に付け加えるという単なる事実にしか過ぎないんだ。

自然には塩の干満が月の影響で起こるように、何度も繰り返される独自のサイクルがある。双子座を例にとればその時期に電子が運ばれるというより、むしろ一定の時期に類似する『記憶』を持つ電子を運んでいるのだ。

木のオーラを見たという君の姪の話になるが、今世では彼女の記憶が『新鮮』なため、年長者より見えやすい状態にいたんだよ。あの年頃では、脳は彼女のアストラル体の電子の作用を受けやすい。新鮮な電子は物への欲求や心配、数々の儀礼や宗教、信仰、金銭、こどもの主張を頭から否定したり想像の産物だと決めつけたりする両親や大人たちなど多くの事柄に穢（けが）されていない。全く自然な現象だと言いたいのだよ。

こどもの頃、君の姪は手紙で話したことを見ていたんだ。やがて大人から否定的な介入を終始うけて、遂には何も見えなくなった人生が続くというわけさ。

それがまさに僕が言いたいことで、彼女が体験した過程だ。木のオーラを見て木が奏でる音楽を聴いていたんだが、父親がやってくると出現していたものが止まってしまった。彼女は父親の到着を知らなかったからその存在に左右されるはずはないのに、実際には彼女の周りの木は父親が近づいてくるのを知って、いうなれば態度を変えたんだ。例えば、神経質だったり、恥ずかしがり屋は面識のない第三者が近づいた場合話をやめてしまうようなことなんだ……。

彼女の話は人間、動物、植物つまり自然の生命全てに見られる密接な相互関係を裏付けていて、僕の主張が正しいことになる。まさに風を帆にはらんで自分の思う方向へセーリングを続けられるよ。人と自然で相容れないことは唯一コミュニケーションを欠いている点だ。

何よりも大事なことだけに正道をはずしているとしか言えない。人間は宇宙の全生命体のなかで最も知性が高いと主張しているが、その行動たるや愚かだ。あえて言うが自然とコミュニケーションをとらないのは第一級の愚か者だ。

自然は大変賢くて、愚鈍でないのは事実だよ。今や誰もが口にするエコロジーとはまさしく自然の知恵だと証明している。小さな一見取るに足らない昆虫も役に立っていて、例えば蟻がピクニックにいくと這い上がってきて煩わしい。だが残飯や小動物の死体をきれいにしてくれる。空中に腐臭がたちこめないのは蟻のおかげだし、土中で暮らして土を肥やしている。それに作物の害虫をやっつけもする。

ところが人間様は自分のほうがはるかに優秀だと思い込んでいて、小さな生き物なんぞよく見ようともしない。僕に言わせれば、人間はあえて自分たちを貶めたがっているとしか言いようがない。事実我々もミミズも自然と相関関係で生きているんだが、一つ大きな違いがあるとすれば、ミミズは土壌の改良に計り知れない貢献をしているのに、人間は劣化をもたらしているという点だよ。

幼いこどもの話をしよう。物質主義に毒された成人は世の慣わしや『体裁』などを気にかけるが、それがこどもに備わるある種の千里眼に対して最大の敵になる。幼いこどもほどテレパシーが強いのだ。生まれたての赤ん坊はテレパシーで母親や、医者、看護師、それにごく近くにいる人たちの心が読める。それればかりか植物や動物から生命あるもの全ても同様だと言っておこう。

母親の子宮に入って六週目から赤ん坊は母親の考えや感覚を読むことができる。だが彼の能力はさっきも言ったように、大人たちの理解が無くてやがては失われていくんだ。

能力を否定し、こどもが説明しようとしても話を聞かず信じようとしないで逆に天賦の才をだめにするんだ。こどもは自動的に防衛線をはって全面的に信じられる相手でなければ、普段は大人には打ち明けようとはしない。

君の姪のジャニスも両親とは深く話せなかったんだ。見たこと聞いたことを説明したいと望んでも、彼らはただ『肩をすくめた』だけだったよね。九歳くらいまでの多くの子どもには想像上の友だちがいて両親の心配の種になる。

子どもには彼らが見えるのは偽り（いつわ）ないことで、全くノーマルな状態なのだから親は心配することはないのだよ。落葉樹は葉を落とし多年性植物は葉を茂らせ続けるように自然なことだ。自然の全ての営みには道理があって偶然はない」

ロパは魔法にかかったようにぺぺの話を聞いていたがまだ聞きたいことは多くあった。

「こどもには想像のなかの友だちが見えるというけれど、分からないな。空想を信じ込むのとどう違うんだろうか？」

「前にも言ったがこどもにはテレパシーがあるだけでなく千里眼の持ち主だから、アストラル体として別の世界から旅してくる『親しい存在』が見えて、少なくとも一定の期間はお互いに友だちになるんだ。その存在は子どもが眠っている間に、地球外の星かまたは世界からアストラル体としてやってくる」

「ぺぺ、君はまさか今の話を信じてはいないだろう？」

「信じる、信じないの話ではなくて確信しているよ！　同じような話を二、三年前、偶然に友人から聞いて興味を持ったんだ。その五〇代の友人が四〇歳前半のころ一緒に夜遅くまであれこれ話しこんだ際、彼が七、八歳のころの出来事を三〇年経ってからはっきりと思い出したと話しだした。ほぼ一年の間、彼は毎晩夜がきてベッドに入り、ともだちの『家』にいくのを待ちきれない思いで過ごした。その『家』とは別の世界のどこかのようだった。

彼の話では父親は亡くなっていて、母親と暮らすなかで一緒のベッドに寝るのが習慣になっていたそうだ。母の側で身体を丸くすると間もなく眠りについて飛び始めるのだ。いや、むしろ体がベッドから浮いて天井と屋根を通り抜けると、射られた矢のように空を抜けたといった方がいい。

下のほうに地球が遠のいていくのも見えたそうだ。その後間もなく話で繰り返される『家』に着いたという。ともだちはこどもだったか彼にたずねると、どちらとも言いがたいと言うんだ。顔つきは同じ人間のように見えたが大きさははっきりしなかったそうだ。

彼らは優しく色鮮やかで愛想が良かった。彼らはまさに彼の友人で、皆家で一緒に寄り添っていた。

そこにずっと居たいと思ったのに、朝は余りに早く明けたのを思い出したと友人は強調した。朝になって母親の側で目を覚ますととても彼女を愛していたけれど、ともだちの家に一緒にいるほうを望んだという。

学校でクラスメートと遊んでいても夜が待ち遠しくて『家』に戻れるときを思っていたという。そのことを母親や級友に話したか僕は聞いてみたが、応えははっきりとノーだった。話せば裏切りに思えたし、彼は自分だけの秘密にしておきたくて誰かに話す気は全くなかったそうだ。

それから話を打ち明けた相手は僕が最初かどうか聞いたところ、一度瞑想のために集まった席で個人の体験をグループに話したんだそうだ。誰もが奇妙で変わった体験談を話すというので友人は自分の話を参加者と共有できると思ったんだ」

「だが、毎晩繰り返された夢だったかもしれないな。いい夢だが、夢は夢さ」

ロパは口を挟(はさ)んだ。

「実際、僕も同じことを言ったんだ。彼の返事は、眠った後のことだから夢と判断されても仕方ないが、夢そのものも夢の記憶も大抵はぼやけているのに、自分の体験はあまりにはっきりしていて、翌日の夜或いはその後になっても実感は消えなかったそうだ。

毎夜の旅も終わりに近づいた頃、ベッドから屋根へと浮いていく際ひょっとして母親にもう会えないかもしれないと心配になっていた。

彼のともだちと母への二つの愛の谷間で悩むようになっていたらしい。はるか後に思い出した夢はいろいろあるが、どれも『家に戻る』というその体験ほどはっきりしてはいないそうだ。

やがて九歳近くになったある日彼はもう『飛び去る』ことはなくて失望したのは当然だが同時にホッとしたという」

「ホッとしたって？　帰りたくないほどの気持ちだったのに」ロパは問いかけた。

「その通り、だが、やや恐れ始めていたんだ。僕の理解では、年齢からいって彼の肉体がアストラル体より優勢になったと思う。そういうわけで幼いこどもの言うことは時に不可解に思われても、実際に体験しているのだから尊重されるべきだね。体験は純粋にアストラルな旅だから。

長い話のなかで僕の友人の体験が夢の続きだったかもしれない可能性に触れた。彼の旅が終わりに近づくにつれて、夢を見る頻度(ひんど)は増える一方で旅はしなくなっていったそうだ。

その現象は当時の母親の思い出と同様にはっきり心に残っていると話してくれた。それだけに彼は体験をよく覚えていて、現在でも夢と冒険を明確に分けることができるようだ。

君の姪のジャニスの場合だが、覚醒した状態で起きるクレアボヤンス（透視）の典型的例だといえる。ともだちが見えて話しかける子どもがいるように、彼女には木のオーラが見えていた。それを彼女の両親は想像上の友だちがいるのではないかと心配したんだ。彼らにとっては想像なんかでなく本当のこと、真実そのものなんだ。

それは、例えば君と僕がサンディを想像して、君のベッドの側にいる彼女と話をしていると思い込むのとは違うものだ。ときに一人暮らしの人や耳が悪い人が自分はよく一人ぼっちだと思いがちだがそれも想像になる。

それに対して一人ごとを言う人々を全て『頭がいかれている』というのは必ずしも正しくはないんだ。ただ、このテーマはもっと時間があるときにしよう。

想像上の友だちには別の面白い話があるよ。オーストラリアのブリスベーンに医者の親友がいるんが、結婚して女の子二人と男の子一人の父親だ。娘の一人が六歳の頃よく想像上の友だちベティーに話しかけていたそうだ。母親は少々当惑しながらも、幼い子にはよくあることなので娘にはとくに何も言わなかったという。

ある日、母娘はバスでブリスベーンのビジネス街まで行くのに母親は別の女性と並んで腰掛け、前列の娘には気を配っていて何事もなかった。街の中心で親子は他の乗客について降り、バスが発車しようとしたとき娘は母親の手を振り切ってバスのドアにしがみついたそうだ。ドアをドンドン叩いて叫んだ『止めて！　止めて！　ベティ！　ベティ！』ってね。発車寸前だったドライバーは驚いたが母娘が大切な忘れ物でもしたかと思って快くドアを開けてくれたそうだ。

その光景をあっけにとられて見ていた周囲の人々や当惑した母親をよそに、娘はバスのステップの上にいたベティを外へ降ろしたんだ。降りたところで彼女はポカンとするドライバーに礼を言ったそうだよ。『ごめんなさいね。わたしの大事なおともだちのベティを置き忘れたのよ。どうもありがとうございました』ってね。片手で誰かを導き降ろすと、もう一方の手を娘の風変わりな行動に顔を赤らめてドライバーに謝る母親にあずけた。帰りはタクシーで家に戻ると妻は夫にことの仔細（しさい）を話すと、娘を心配した夫婦は友人の精神科医に診療してもらうことにしたそうだ。

彼は友人夫婦の娘と長い間ベティについて語り合った。医者に促されて、彼女はベティが青い目をし、明るいブロンドで、自分より少し背が高く、とても美しくて、バスに取り残されても笑顔でいると説明した。ベティの服装にはふれなかったので裸なのかなと聞いたそうだ。娘は驚いたように叫んだという。

『まあ、そんなわたしと街を歩くのに裸なんて。あなただってそんなことしないでしょう』。なおも、医者がベティの着衣のことを聞くとその答えは『いいえ、ドレスでも下着でもないわ。光の輪にくるまれていて、それはシフォンのような感じなの。ピンクや明るい緑、青、それに金色がベティの頭や体全体を覆っているのよ』というものだった。

　娘の精神分析の結果ではベティの話以外は何も変わったところがないと両親に告げると、それ以上は詮索しないで様子を見ようということにしたそうだ。女の子はとても聡明で学校の成績も優秀だった。

　ただ、八歳になると突然ベティのことは話さなくなったという。今では彼女は腕のいい医者としてメルボルンで暮らしていて二児の母親でもある。世界中に似たような話は数限りなくあるだろう。ただ、皆あからさまには話さないんだ」

「では、ジャニスは実際に手紙に書いたことを目にしたし聞いたんだね？」

「確かだろうね。彼女が受けた印象は強烈だったろうから、自然を大いに愛する君に打ち明けたんだ。もちろん君が製材所で働いていたとは知らなかったしね。どうするつもりだい？」

「分からない。当面は彼女には何もしてやれない。どうしたらいいと思う？　今は家もないし製材所の仕事をしていると知ったら怖気づくだろう」ロパは思いに耽った表情でいった。

「それは確かだな。ただ、僕の勘だが君はもう製材所に長くはいないと思うよ」

「そうなんだ。だが当分はじっとしていよう。事故にあう前から他の仕事を考えていたくらいだよ。サンディのせいなのかバンギに気持ちがひかれるんだ」

「そうか、手紙の束にあったのは姪の手紙だけじゃなかったんだな」ペペはからかった。

「その通りさ。正直、彼女に会いたい。ただ、バンギに惹(ひ)かれる理由はほかにもあって、それは説明できない力みたいなものなんだ」

「君の言うことはよくわかる。だがまずは旅ができなくちゃ。医者は二、三日で退院できると言ってるが、走りだせるというわけでもないだろう。ギブスを外したらリハビリを始めるだろう、ご存知と思うが。正直言うと僕も変化が欲しいんだ。熱帯雨林がやや息苦しくなってきたのでウウバギィに行ってみたいと思っているんだ。北と中央アフリカには美しいサバンナの森林と野生の生き物がいると聞く。時々アンテロープのうまいフィレをバーベキューで食べたくなるよ。年中ラムとチキンじゃ飽きてしまう（熱帯雨林では家畜がツェツェバエに殺され、ラムとチキンの肉以外手にはいらなくなる）。

ウウバギィに行くアイデアは大分前からのものなんだ。僕が小さなボートか大型のカヌーを買って一緒にバンギまでいくのはどうだい？　無論君の調子がよくなってからだが」

「それは素晴らしい。僕は……僕……、ああ、畜生……」ロパは急に動こうとして脚がズキズキ痛み始めた。

「おい、おい、興奮するなよ。言ったろう、まず治ることが先決だ。では守護天使を呼んで手当てしてもらおう」

シスター・アグネスが入ってきてベッドの端でパイプタバコを詰めているペペをにらむ素振りをすると、彼はからかい半分で応えた。

「ご心配なく、シスター。外で火をつけますから」

それから、ロパには午後に戻ると言い残してペペは部屋をでた。

外は突然の嵐でたて続けに稲光が走り突風が吹いて、見習い看護婦は急いで部屋の窓を閉めて回っていた。イロコの枝はまるで巨人の手が彼らを粉砕したがっているかのようにあちこち曲がりくねっていた。自然の力は荒れ狂っていた。ロパはコレット船長も安閑としてはいられないだろうと思いやった。こんな天候では一連の艀船はコンゴ川の河岸に吹き寄せられる。事実、風が船と艀船の横に吹きつけ強大な力となってのしかかった。船楼のある主甲板は常に水面よりずっと高い位置にあるので船の操舵はことのほか難しかった。

注射がいつもより早く効いたのは、シスター・アグネスが興奮している患者を早々に鎮めようとしたからかもしれない。ロパの瞼がおりて深い眠りにおち、夢を見ることもなかった。

第8章　嵐の日

ホエールボートの準備をおえたモーリスはベランダに腰を降ろし、船がイブカに近づいたら鳴らされるコレット船長の合図を待っていた。マルグリットはオーダーした積荷の品々を忘れないようにモーリスに幾度となく繰り返した。中でも、ウィスキー、ワイン、それと睡眠薬は特に大事な品だ。

モーリスはわずかな時間でもマルグリットを後に残したくなかったが、彼女はホエール・ボートに乗るのを拒んだ。「君にはいい気晴らしになるよ。コレットや乗客に会えるし……二、三時間船で過ごし、一緒に食事できるんだ。たまには召使の調理でない食事もいいじゃないか。それに腕のいいシェフがいるので、君のためにカタツムリを用意してもらえるし、一度飲めば味が忘れられないようなバーボンもあるんだよ。乗客の誰かとブロット（フランスのトランプゲームの一種…三二枚のカードを使って二～四人でプレーする）をしたり会話も楽しめるだろう……」

「もう沢山……分からない？　この腫れた足で、聞こえるのよ、ここからでも乗客たちの声がね。まあ彼女を乗船させるのに助けがいるわ！　『ともかくお座り下さい、マダム、大変でしょう。病院にいくかフランスへ戻られたほうがいいですわ。』ええ、ここから聞こえますとも、あなたの知り合いの乗船客どもが群れているのが見えるわ……嫌な奴らよ！　だめ、だめ、だめったら！　わたしがこの惨めな場所を出るときはここに永久にバイバイするときよ。それも充分な蓄えをもってね。で奴らに言ってやるんだ、げす野郎って。聞こえた？　皆地獄へ落ちればいいのよ。インチキのくそいまいましい、いけ好かない奴らめ！　皆、がつがつ食べればいいじゃない。聞いてるの、あたしの言うこと？」

マルグリットは自分の言葉に興奮して大声をあげた。「給仕、給仕！　急いで、チンザノを持ってきて。急ぐのよ」。彼女はぶつくさ言い続けた「……あんな奴らとベローテをするですって？　客の半数はフランスから着いたばかりで、恐らく黒人を辞書か映画で知ってるだけでしょうよ……それに未開地や、象皮病、ここでの生活の何を知っているというの？　ビンガ（長さ一mほどの真水に棲むサメ）が何か知ってる奴がいるかウォッカ一ケース賭けたっていいわよ。それなのにわたしにあんな間抜けどもと何しろっていうのよ。ええ？　ああ、おかしなアイデイアを持ったのね……そうよ。ボートがくるわ……」遠くからサイレンの合図が聞こえてきた。「……コレットと取り巻きの変人たち……のところへ行って、生活に必要なものは全て持ってきて。わたしはここにいるけど、あんたは好きなだけ船にいていいのよ。ここ何週間か厄介ごとがあったんだから、そのくらいいいじゃない」彼女はそう言って、給仕が運んできたグラス一杯のチンザノを一気に飲み干すと瓶ごとよこすように言った。

モーリスはレインコートを羽織ると妻にキスをして、油布にくるんだテーブルの上の小包を手に給仕に言った。

「ほら、この包みをボートに持っていっておくれ」彼は戸口のほうへ行きかけて振り向くとマルグリットに手を振った。実は給仕にわざと用事をいいつけたのだが、追いついてこっそり彼に伝えることがあった。マルグリットに気付かれないように、また『発作』をおこして自分を傷つけたりしないよう給仕に監視をいいつけた。そう簡単にはいかないだろうが、彼女につぐアルコールの量をできるだけ少なくするよう言いきかせた。

荷積み埠頭（ふとう）に行くと、モーリスは四人の使用人が待ち受けるホエール・ボートに乗り込んだ。ボートには驚いたことにアテポの妻と子ども、それに製材所の掃除係（そうじ）の甥（おい）の四人が乗っていた。

「ここで何をしているんだね？」モーリスはたずねた。

「ああ、ボス、わしらラリカタスさん（一五〇㎞上流にある農園主）の農園にいるいとこの家に行きますだ。いとことても悲しむ、イロコのリコウンドウのせい。ここに居ると、アテポのこどもが殺されるって怖がってるだ……」

「アテポが死んだとき、イロコはもう支流に落とされていたんだ。そんな戯言（たわごと）を。あれはただの事故だった……アテポはリコウンドウで殺されたんじゃない」モーリスは唐突に話に割って入った。

「はい、ボス、そのとおりで、ボス、そうおっしゃるなら、それでようがす。でもいとこの言うとおりにしますで」

二日前に、モーリスは給金を支給したところだが、どうやら家族はこの場所を怖れていて二日分の賃金も受け取らずにいた。ただ、離れようとしているのがアテポの家族だけなのでモーリスはほっとしていた。もっと悪い事態も予想されたから言い争うのはやめにした。

乗客はそれぞれ犬数匹やら、鶏の籠を二、三箱、身の回り品を詰めたトランク数個、現地で使用するベッド用巻きゴザ、それとアフリカの女性が様々なものをいれこむ大型のエナメルの鉢などを抱えて、船は体の置き場所がないくらい混み合っていた。

全員が乗り込むとロープが放されモーリスは気持ちが高ぶった。二度目のサイレンが鳴るまでに大分時間が経っていたから、彼は艀(はしけ)の先端に行って待機した。土砂降りの中でイブカの目の前にある小島を通過すると、風はますますひどく吹きつけた。少なくとも八〇cmほどの波がホエール・ボートにあたって前後に揺れた。ひどい荒れ模様で、モーリスは乗客にあちこち動いてもらってボートのバランスをとる必要があった。近くの小島の木々が稲光(いなびかり)のなかに浮かび上がった。


やがて、雨のカーテンの向こうにサヴォニャン号の姿が見えた。北東から吹き付ける強風から身を守ろうと四五度の角度で航行しているようだ。モーリスはエンジンをフルスピードにして漂う艀船の方へ近づくと、何とか船に横付けした。二人の乗組員の助けでボートは押し型ボートにつながれ、乗客と船荷は順調に移動された。

だが、一匹の雑種犬が主人を追ってホエール・ボートからジャンプしようとした際、濡れた甲板で足を滑らせて川に落ちた。流れはボートのスピードもあって犬には抵抗できないほど速かった。誰かが網を投げたが、その黄色い目で哀しそうに主人を見上げたまま船体に沿って見えなくなった。次の瞬間船の外輪が巻き上げる波のなかにその小さな姿を消した。

モーリスにはアテポの家族が交わしているスワヒリ語は充分理解できた。この犬の事故さえもリコウンドウのせいにして、この呪われた村を無事に離れる自分たちを祝福していたが、彼は聞こえないふりをした。

船は風のせいでスピードを落としていなかった。彼は最後に甲板に乗り移ってブリッジを見上げると、舵を握ったままコレットが窓ガラス越しに手を振っているのが見えた。人夫たちは仲間たちのところへ戻っていた。モーリスは階段をのぼり操舵室へ急いでドアを開けたとたん、紙片が何枚かテーブルから吹き飛んだ。

ルイは素早く彼のほうへ目をやると言った。「元気かモーリス、ひどい嵐だな。昨晩、トッサキとブルド間で見舞われた嵐と同じくらいひどい。多分、あと一時間ほどでおさまるだろう。この嵐は長く続かないので助かるよ。気づいたろうが、強風には船を四五度きっかりで航行するんだ。今、舵を離れるわけにはいかんなあ？」船長は舵をとり、副操舵士はその隣で彼の言葉にいちいちうなずいていた。

「やあ、ルイ！　君に手紙と昨日皮を剥いだ子羊の半身を持ってきたよ……缶詰と交換しても釣りが残るだろう。マルグリットから焼きたてのパンも預かってる。彼女にはシェフが見事なパンを焼くといっても聞かないんだ。僕と一緒に来て気晴らしに二、三時間でも船で過ごすといいいんだが、彼女は聞き入れようとしないんだ。客は多いのかい？」

「いや、それ程でもない。そうだな、ダニエル・デコンブ・ドゥ・ラポゼー、バンギに行くルイ・パノウドと弟のジュール、彼は森林局の役人でシナキオに行くようだが、それと、まあ言ってみれば世界のあちこちを旅行しているような英国人二人だ。話すフランス語は三語くらいで毎食豚のようにガツガツ食べるんだ。まるで誰かにフランス野郎と一緒なら、せめて食べて、食べて、食べまくらないと損だと吹き込まれたような二人だよ」

　三人はルイの言い草に笑い出したが、副操舵士に遠慮して、あとはごくありふれた話をして過ごした。視界はますます悪くなり雨はまだ土砂降り状態だったが風は静まっていた。

　ルイはエンジン速度を少し下げると舵を副操舵士に渡した。二人は会話がもれて川沿いの村々に広まらないよう船長室に行った。

「ロパはどうしてる?」モーリスは聞いた。

「彼の受けた手術の割にはいい回復ぶりだ。当然痛みはモルヒネで抑えているが、それも徐々に減らされているところだ。医者の話では、何もなければ来週には退院できるそうだよ。ロパは君がトラックを無事に支流から引っ張りあげたかどうか知りたがっていた」

「うむ、トラックは無事だったが別の事故が起きた」

「そうなのか!　ひどいのかい?」

「一人が、倒れた木の下敷きで即死したんだ」モーリスは事の次第を全部話すと、コレットはジェアクが毒殺されたと伝えた。

「ひどい話だ。事件は毒殺で木のせいなんかじゃないと奴らに理解してもらいたい。彼らが仕事を投げ出したら僕はおしまいだ。六人が乗船したのを知ってるかい?　最近の事故で亡くなった男の家族だ。四人の樵の一人だけ生き残っているんだが、村ではその事実は知られていない。もしニュースが広まったら、哀れな生存者ドゥビは恐れから死ぬかもしれない……ともかく様子を見るしかないが。ああ、別件だがトザンドのベルギー人がブラザビル行きの客船を手に入れると聞いた。それが事実ならいつ頃か知ってるかい？」

「一〇日以内のようだ。今朝無線で彼らが話しているのを聞いたよ」

「一〇日だって？　そんなに早いのか。ああ、ルイ、僕はどうしたらいいんだ。ブラザで済ませたい用事があって雨季の間に行きたいんだが……。船長にだけ打ち明けるが、マルグリットはずっと鬱状態で去年のように給仕に彼女を一人まかすのは憚られるんだ。ところで、彼女は君によろしくと言っていた。最近は酒量が増えて心配している。彼女をとても愛してるんだ。フランスに一緒に戻って、彼女に満足な生活を送らせたいと思っている。あと三年続けてから製材所を売るのが一番いいんだが、ここのところ事故や迷信騒ぎやらで……ロパの働きは実に助かってるよ。君は彼と話したと思うが戻ってきたいのだろうか、どうだろう？」

「はて、実を言うと、その件の話はしなかったな。だが君に話しても彼は気にせんじゃろう、船で出会った若い女性のことなんだ。お互いに惹かれているようで手紙を交換しているよ。彼女はバンギにいるんだが、若い者同士のことだ。特に恋人の生態を知っているだろう、ロパは彼女のもとに行きたがってるな。わしも昔は同じだった。ただ彼から聞いたわけじゃない、わしの勘だよ。あのギブスでは当面遠くへは行けまい」

「確かにそうでだろうね。だが、二、三カ月後なら大丈夫だろう。ともかく、僕の立場は今最悪だ。彼はいい働き手だしいい奴だ。マルグリットとうまくやれるんだから、わかるだろう。彼女にいつも機嫌よく、忍耐強く、ユーモア一杯で対応できるんだよ」

「おやおや、そんなに気落ちして悲観しなさんな、モーリス。全てはうまくいくだろう。ところで、ロパには話し相手ができたぞ」

「話し相手？　何処から来たんだろう、ベトナムかな？」

「いや、彼がサヴォニャンでイブカに向かう途上で出会ってすぐ仲良くなった。相手はボウロにいたんだだが、ロパの入院を知るや船に飛び乗ってトッサキまで来たんだ。彼もいい奴だよ。二人は互いに『相性がいい』って言ってるほどだ」

「それはいい、友だちがそばにいるとは。僕もロパに会いに行って一緒に戻るように説得できるだろうか。彼ならマルグリットとうまくやれるから」

「できそうだな。だがちょっと早すぎるかな。しかし医者は手術の結果には満足だし、早めに退院させるかもしれん」

「こんな不便な場所に電話がないのは全くどうしようもない」

「それならモーリス、トッサキに電報を送れば彼が何をしたがっているか分かるだろう。電報は電信で発信されるから、彼の返事は一時間で送られてくる」

「そんなに早いのかい？　それはいい、君は友だちがいのある奴だ、ルイ。だが微妙な状況だろう。電信で彼に即断を仰ぐなんていい考えだと思うかい？」

「こう言えばいいじゃないか、『君がイブカで休養してくれると有難い。一二日までにブラザに行く。どうかサヴォニャン宛に返信を送られたし。感謝。プレボー』」

「いいね、君の手助けがあって幸いだ……今送ってくれるかい？」

「勿論。手配している間バーにいたまえ」

モーリスはバーのある食堂に向かうと、ブリッジを通る際雨が吹き付けて顔を濡らした。

中に入ると一斉に皆の視線を浴びたが、二人の〝世界旅行中〟の英国人以外は顔見知りだった。その二人はモーリスが乗船したばかりとは知らず、長旅の乗客の一人だがなかなか会う機会がなかったくらいに思っていた。モーリスが数人の客と情報交換やジョークの言い合いをし終えた頃合いを見計らって、二人はやってきて彼に自己紹介をした。

「失礼します。クリストファー・リンクソンと申します。こちらは友人のジョン・ランキンです。やっとお目にかかれて光栄です」

「モーリス・プレボーです。お目にかかれて嬉しい」笑いを必死にこらえながらモーリスは相手に向かって微笑むと握手をした。一人はすごく分厚い度付きメガネをしていたが、そのせいで近眼の眼は飛び出ていて、ピンク色のヒキガエルを思い起こさせた。というのも皮膚が明らかに暑いアフリカの太陽のせいで鮮やかなピンク色になっていたからだ。頭は丸坊主に剃って、ある類の旅人が世界の何処に行っても着ていそうな大きな赤い花柄のシャツに、パンツはぞっとするような青色で、オレンジ色のサンダルというでたちだ。その首には望遠鏡とカメラをかけてすぐ行動に移れそうに見える。

相棒のほうは食堂の中にもかかわらず純白の植民地時代風のヘルメットを被っていて、ロンドンの警察官を思わせる。長いブロンドの髪をポニーテールにして背中にたらしている。長くとぼしいあごひげは濃くなって欲しいのだが、薄さは頑として変わらないようだ。シャツは青い花柄を除けば友だちのものと似ていて、大きくはだけた襟元からゆでたザリガニのように赤くてのっぺりした胸がみえている。パンツは蛍光性の赤で、極めつけは銀のあぶみがついて血の色に似た赤に染められた半皮製ブーツだ。まさにその極めつけのせいでモーリスは笑いをこらえかねた。このチャーミングな男の首にも双眼鏡とカメラがぶらさがっている。だが友人より度胸があるのかカメラをモーリスに向けて、「よろしいでしょうか」と言いつつシャッターを切った。

おまけに、地域の俗語とお粗末なフランス語のごちゃまぜで聞いてきた。「なぜ、もっとはやく会えなかったんやろ？　どこかとまり木にでも止まっていたんかいな？」応えようがなくてモーリスと一同はどっと笑い出した。

いつもユーモアを絶やさないダニエル・デコンブが今朝方、モーリスの届けた薪を消防夫がとりにいったが、二つの積み薪の間にいたモーリスを誤って船に荷積みしてしまったと説明した。二人の英国人は積み薪が何かも知らないし、ダニエルがあまりに早く話したから理解不可能だった。それでも分かったふりをして歯を見せて笑いながら、礼儀正しく驚いてみせた。

「おや、そうですか、そうですか、興味深いですな。それはいい、いいですね、燃やす薪ね」

皆は腹を抱えて笑い転げたが、二人の英国人は自分たちが何かとてもおもしろいことを言ったのかと思い、皆よりもさらに高らかに大笑いをした。

モーリスは戸惑いながらも二人にアニス酒をおごろうとしたが、驚いたことにバーテンは彼らにビールを差し出した。ダニエルから二人はアニスが苦手だと後で知らされた。

「彼らがアニスを飲んだ時、船から落ちそうなほどひどく酔っ払ったんだ。パンツや双眼鏡とカメラはともかくとして、あの鮮やかな衣服なら真っ暗な夜でもたとえ目をつぶっていても水の中で彼らを見つけただろうよ」ダニエルは吹き出しながら言った。周囲を巻き込んで笑いの渦は広まった。世界旅行者たちも笑いに加わったが、ただ頭のいかれたフランス野郎が笑っているのに合わせようとしただけのことだ。

ルイが食堂にやってきてモーリスを横に座らせた。

「ロパは今頃、君の電報を読んでいるだろう。もし眠っていたら起こされるはずだ。一時間ほどで返信をもらえるだろう。夕食は君が持ってきてくれたラムだが、まず君には特別料理を用意してくれるようシェフにたのんでおいたぞ。君を元気付けるためだよ」

「それは有難い、心遣い恩にきるよ、ルイ。で、どんな料理だい？」

「おい、おい、それを言ったらサプライズじゃなくなるだろう」

にぎやかな騒ぎのなかでもう何杯かの酒を傾けると、皆夕食のテーブルについた。モーリスはその日の来賓（らいひん）だったので、船長の右隣に座って周囲を驚かせた。さらに船長は英国人の一人をモーリスの右側に、もう一人は彼の対面に席をとった。モーリスは普段彼らが何処に陣取るかは知りようがなかったから取り立てた理由などない l'entente cordiale（英仏協商）ぐらいに思っていた。

二人の英国人は大抵テーブルの一方の角の席で母国語で話しながら食事をした。フライドポテト付きのステーキやラムチョップが主菜のときでさえおかまいなしにパンにバターを塗るのはフランス人にとっては作法に背く行為になる。最初にブラックオリーブ、次いでサラミが出て、ラムのインゲンソテー添えが続いた。

モーリスには船長の命をうけたシェフがまだジュージュー音をたてるエスカルゴ二ダース分の皿を運んできた。モーリスのお気に入りだったから彼は船長の気持ちに感謝した。

「そうか、これがサプライズだな」

「そうだが、君だけにではないんだ、見ていたまえ」船長はにっこりしながらフランス語の俗語で応えた。意味がわからない二人の英国人は目を皿のようにしてモーリスの皿をみつめていたが、隣にいる片われがようやく問いかけた。

「この小さな生き物をたべるのですか？　エスカルゴですね？」

「もちろん、これに目がないんですよ」

「ですが、とても汚い生き物でしょう」

「そうなんだ、トッサキ病院に隣接する墓場にいた奴でね」船長が会話に割って入った。

「ええっ、そうなんですか」もう一人の英国人が人生で最悪のものを見たような顔で声をあげた。モーリスには船長が彼を喜ばすだけでなく、この二人をコケにするという企みが咄嗟(とっさ)にのみこめた。一石二鳥という諺(ことわざ)もある、彼はゲームを続けた。

「どうぞ、味見してごらんなさい。こういう風に食べるんですよ……」モーリスは皿からエスカルゴを一つつまむと英国人のクリストファーの皿にのせて言った。ジェスチャーを添えて、彼は頭を後ろにそらすとカタツムリをのみ込んで殻のジュースを啜ってみせた。めがねの中で大きな目を回しているクリストファーは青ざめてみえた。

「遠慮せずに、美味しいですよ。まず殻から取り出さないと。モーリス、彼はフォークが要るんだ」ダニエルが続けた。

モーリスがカタツムリを英国人の口元へ差し出すと、彼は寄り目で小動物をにらんでその喉仏を素早く上下させた。「いや、いや、僕にはだめだ、カタツムリは駄目です‼」お粗末なフランス語で話すどころでなく彼は英語でこたえた。

「冷めてしまうな」モーリスはそう言うと美味さが分からない相手にはもったいないとばかり、手にした一片を呑みこんだ。

反対側にいるもう一人の英国人は小動物に関わらずに済んでほっとした顔つきだった。クリストファーはそっとパンをちぎると、気味悪そうに皿についたカタツムリのジュースをぬぐうと皿の下に差し込んだ。

一方モーリスがエスカルゴを大満足で平らげると、ボーイがラムフィレ肉の薄切りを盛った料理を運んできた。船長は英国人二人には分からないように、乗客たちにメニューはラムだと言わないよう忠告した。英国人たちはいつもながら肉をたっぷり皿に盛るとパンにバターを塗った。言うことない味付けのグレービーにバターとは！　モーリスは信じられない光景に鳥肌をたてながら、肉に満足かどうか二人に聞いた。

「ウィ、ウィ、ウィ、結構な味です」一人が応えた。

「すばらしい。ですがイギリスのラムも美味いですよ」相棒の評価にはエスカルゴへの仕返しなのか、やや好戦的な愛国心の響きがこめられていた。

「ああ、だが……、それはラムじゃなくて今朝モーリスが持ってきてくれたハイエナの肉ですよ」ルイ船長が口を挟んだ。

「ハイエナですって？」ジョンはよくのみ込めなくて聞いた。クリストファーが彼に英語で説明してやると急に顔を青くして『実に英国風』に同時に立ち上がった。ドアに急ぐとポテトの皿を運んできたウェイターとぶつかりそうな勢いで出て行った。客全員はのけぞって大爆笑したがモーリスはほとんど笑えなかった。

「ちょっとやりすぎじゃないか、ルイ。彼らの折角のディナーを台無しにしてしまった」ダニエルが言った。

「フランス人がゲテモノ食いだと思わせる趣向なのさ。後で全部ジョークだったと説明してやれば残念がるだろう。英国人が我らを『カエルを食う奴ら』と呼ぶが、全くの悪意だからな」

「そうかもしれないが、これからは彼らにハイエナ食いと呼ばれるだろうよ」

「いやそんなことはないさ。まあ見てなさい」船長つきのウェイターを呼ぶと何やら囁いた。彼が微笑んで去るとルイは続けた。「さて、五分後に彼らは戻ってきて食事を終えるという方に賭けるのは誰かな？」

「そうだとしたら驚きだな」森林局からの男が応えた。

「オーケー、では五〇〇フラン賭けるかい？」

「オーケー」

「ほかに誰か？」

「船長に逆らって賭けたことはないからな」ダニエル・デコンブが応えた。

その時、ボーイが紙片を手に入ってきて船長に渡した。さっと目を通して、モーリスに回した文面にはこうあった。「一〇日にイブカにいく。二人です。友人ロパより」

モーリスはにこにこして電報を握ると、低い声で船長に言った。「言ったとおりいい奴だ、あのロパは」

そこへ、がやがやと戻ってきた英国人は互いに尻を叩きながら入れ歯を見せて笑っていた。何事もなかったように自分たちの席に着くと、クリストファーが言った。「すみません、ジョンの気分があまりよくなかったもので」

「いや、そうじゃなくて君だったろう。彼は大丈夫だったよ」

「まあ、どうでもいいでしょう。我々はポテトをいただき、ハイエナを平らげますよ」

「五〇〇フランを失くした奴がいる」ダニエルが結果を解説して言った。

「何も見なかったな」とクリストファー。「いや」ジョンが大きなフィレをのみ込んで言った。

船長はおつにすましてお付きのウェイターを呼ぶと、彼から英国人に肉はモーリスが持ってきたラムだと打ち明けさせ、彼ら三人だけの秘密であるかのようにとり計らわせた。

二人はウェイターにそれぞれ一〇フランチップをはずんだから、彼はダブルの冥利にありついて満足この上なかった。周囲同様、彼も船長も大いに楽しんだ上実益があったのだ。ダニエルとモーリスは船長が何事か企んでいるのに気づいていたが、そのままにして森林局の男をからかっていた。食後、誰もがコーヒーと食後酒を楽しんだ。

そろそろモーリスがブラザからオーダーした荷物とビールとウィスキーの箱、それに手紙などをボートに積み込む時間だった。

ボートに乗り移っても大雨がやむ気配はなかった。「何故、こんな天候に出かけるんですか。明日は晴れるかもしれないのに待てないのかな……」一人の英国人が船長に聞いた。

船長はモーリスに深い同情を覚えて、別れの握手をしながらマルグリットの健康が回復するよう祈った。風はやんでいたからサヴォニャン号はスピードを最も遅くしていた。ロープが放たれるとモーリスと使用人たちはフルスピードで危険な波をさけて離れた。

彼の方向感覚は優れている上に、四〇km範囲の川の状況は充分知り尽くしている。ホエール・ボートを押し型ボートにつなぐと、入植者たちがやるように上流をめざす二、三時間は気ままにできるのだ。ただ横波の危険区域から脱出しても、嵐で川岸近くの小島が崩れて漂う無数の固まりに突っ込む危険があったから、気を抜かずにスピードを最低に保った。

波は静まっていたがイブカに着くまで二時間はたっぷりかかる。全て順調にいったとしても、家につくのは夕方遅くだろう。ボートには自分で設置したフォードV８型エンジンが装備されていてモーリスは満足していた。

予想どおりイブカには夕暮れ時にたどり着くと、雲のような蚊の大群が襲ってきた。栈橋(さんばし)にボートを着けると、料理人と給仕のナンゴとローガンの二人の姿があった。土砂ぶりの雨と蚊の大群の中で帰りを待っているのは何故だ。

普段はボートから何度も警笛を鳴らしたり、時には、荷物を取りに来いとどやしつけたりするほどなのだ。何かあったのか。ボートをくりつける手伝いをする二人にモーリスは聞いた

「大丈夫か？」

「ああ、ボス、怖い。マダムは狂ったみたい、何もかも壊して、わしらをぶつ。家中のものを壊しちまった」モーリスは桟橋に飛び乗ると二人に近づいた。ローガンの頬に切り傷があり唇は裂けていた。ナンゴは歯が一本折れて額と鼻から血が滴（したた）っていた。モーリスは使用人に荷を降ろすよう指示すると、少年二人には荷物を一緒に運ぶ手伝いを頼んで家に急いだ。

怒鳴り声や金切り声の混じるけたたましい騒音が聞こえてきた。ベランダに立つと声の意味がはっきりした。

「……ああ、薄汚い人種、どうしようもない役立たず……何て汚い国なんだ、くだらないものばかりで、年がら年中いまいましい天気。ほらこれでも食らえ、馬鹿野郎、もう一つ食らえ、とんま野郎……」叩き付ける音に続いてガラスが割れる音がした。

モーリスは部屋に入ってショックをうけた。マルグリットは片手をテーブルにおき、もう一方に持った杖を肘掛椅子（ひじかけいす）に振りおろしていた。一振りごとに椅子のなかみが飛び散って、部屋中は全く手の施（ほどこ）しようもなく散乱していた。

壁に掛けられていたフランスの何箇所かの風景画は床で砕かれ花瓶も粉々に散っていて、妻

の方に近づこうとするモーリスの足が破片を踏みつけた。割れたウィスキー瓶が床に転がって強烈な臭いを放っていた。怒りの発作で彼女には夫が帰ってきたのが聞こえなかった。振り向くと誰かの姿を目にして恐怖の叫びをあげた。部屋の暗がりで彼を見分けられないでいた。

「そこにいるのは誰？　下がれ、下がれ、さもないと殺すわよ、げす野郎」

「マルグリット、マルグリット、僕だよ、モーリスだ。さあさ、静かにおし。僕だ。おいで、腕の中においで。どうしたというんだい？」

「ああ、あなたなの、モーリス。ああ、モーリス、死んでいないのね？　話して、ああ、あなたね」

「正真正銘の僕だよ」彼は幼児をあやすように妻を腕に抱いた。杖を離すと彼女は身体を夫にあずけてわっと泣き出した。むせび泣きながら少しずつ話しだした。

「ああ、怖いわ、モーリス。若造たちがあたしを襲ったのよ、扮装して……ナンゴがいたわ……ロウゴンじゃないとしたら……いいえ、ナンゴだった。吸血鬼の頭をしてあたしの血を吸おうとしたのよ。ロウガンでなけりゃ……ああ、もう分からない……二人とも吸血鬼の頭をしてあたしを殺そうとした。

ああ、モーリス、愛してるわ、あなたが戻って嬉しい……もう何処へもいかないわよね？　あたしを吸血鬼に残して行かないわね？　でもあたし自分の身を守ったのよ。奴らを退治してやったわ。は、は、は」彼女はまたも興奮してきた。

「プレボー夫人に許してやりなさいなんて誰も言えはしないのよ、でしょ？　レインビルお嬢さんは追いかける男なんか、ただじゃおかないんだから、でしょ？　ねえ、あなたが最初の男だったってこと、あなた知ってるわよね、モーリス……」

「そうだよ、ダーリン……お聴き。さあもう怖がらなくていいよ。僕が戻ったから」

「誰も怖くなんかないわ……杖はどこかしら？　あたしの杖！　ああ、何処いっちまったの、あたしの杖は……」

「ほら、いいかい、杖は要らないよ。手紙を持ってきたんだ、ダニエルとレオンからもきてるよ。ベッドにいこう。僕が読んであげよう」

音がしてモーリスが肩越しに見やると、腕一杯に荷物をかかえた二人の給仕がベランダの下で使用人と音を立てないよう身を潜めるようにしていた。彼は妻を寝室に連れていくと彼女が横になるのを手伝った。サイドテーブルに備えつけのキャンドル二本を灯すと、モーリスは話し出した。「君にニュースがあるよ……ロジャー・パルディが来週木曜日に帰ってくる。一週間後だ！　嬉しいかい？　友人を連れてくるそうだ……本格的にブロットがやれるな？」

聞けば大喜びするはずのニュースにも応えず、マルグリットは横になるや深い眠りについていた。

第9章　自然の叡智

四本のがっしりした材木に支えられた天蓋の下でペペとロパは強い陽射しを避けていた。絡(から)み合った木の枝や椰子(やし)の葉、それにムシロをひもや針金でしっかり縛って覆(おお)いにしたものだ。ペペは天蓋のうえに約五mある油布の防水シートを、カヌーの船尾を覆うように広げて土砂降りに備えた。天蓋の端には二m四方のスペースがあって、油缶、石油二樽、錨(いかり)二つ、小刀二、三本、工具に食器収納箱二箱が置かれていた。

船首にはいくつかの食器箱、寝袋やキャンバス地のテント、ペペの個人用武器としてショットガン三丁、小麦粉、米、砂糖漬け果物の缶詰、現地の品々一式などが、書類やノート類を収納したメタル製の箱などと一緒にされていた。一三mある大きなカヌーの重量制限は三トン強で、全長のほぼ六mをそれらの品々がしめていた。天蓋の下の最大の梁(はり)は一・一mで、川船の中では最長だ（著者自身、一九五四年五四〇〇kmを旅したカヌーがモデル）。

ペペは幸運にもこのカヌーを手に入れたが、トッサキで川船を探していた時は選びたい代物は古く錆(さ)びた生簀(いけす)つき小型漁船か大型エンジンを取り付ける必要がある古いキャッチャー・ボートだけだった。だが、トッサキにはエンジンさえもあてがなかった。このカヌーに出会ったときはまだ周辺の村長の持ち物だった。村長はどうやら力づくで手に入れたものらしかった。ほぼ三年前一人の白人が舷外（げんがい）にモーターをとりつけたこのカヌーで村にやってきて、小さな村で村長から小屋を借り受けて住み着くと、さらに村長に支援を求めて薪（たきぎ）を切ってくれる働き手を探した。川を往来するボートに薪を売るためだった。二、三カ月でかなりの稼ぎを手にしたが薪職人には五分の一程度しか払わなかったらしい。職人を思いやる村長はその白人に支払の催促をした結果、カヌーと舷外モーター二機で不足分に当てるという条件で取引きしたのだ。

　カヌーは櫂（かい）やパドルで漕ぐとしたら二〇人の人足がいるほど大きくて、村長の小屋の前の川岸に停泊したままだった。彼の子どもたちが中で走ったり、跳ねたり、船首で魚釣りするには恰好（かっこう）だったようだ。ぺぺはトッサキで川船を買いたいと村の誰かに話すと、それから二時間くらいでカヌーをみつけた。

　一目見てモーターがないのでは役に立たないとぺぺは判断したが、村長は即座にぺぺを小屋に招き入れると油だらけのぼろ布に包まれた舷外モーターを見せた。二機ともいい状態で、よく調べてみても調整するだけで性能に別状ないと分かり満足したぺぺは取引を決めた。馬鹿でかい丸木船を転売できるとは思っていなかった村長も彼に劣らず満足気だった。

　今は朝の一〇時。雨は夜半にやんでいて太陽が深い青空に輝いている。非常に暑く、この季節としてはいい兆候ではない。午後までに大型の嵐が来そうだと告げているのだ。嵐の前に、イブカに着きたいとぺぺは願った。トッサキを出たのは朝五時半だった。二機のモーターはとても軽い青みがかった煙を吐いて動いている。ロパに言わせると状態良好だが、キャブレターは幾分調整を必要としていた。

ロパは村で入手したヤギ皮製のデッキチェアに横になり、怪我した脚を毛布でくるんでバッグの上にのせ休ませていた。二人は上機嫌だ。ロパの回復ぶりは驚くほどで医者は薬を与えると、彼に二カ月後に脚と手首のギブスをはずす予約をいれさせて退院を許可したのだ。

明け方の出航の際、シスター・アグネスが二人に小さな包みを渡して流れに乗るまで開けないように忠告した。開けてみると中味は彼女のお手製でまだ温かいアップルパイで二人は喜んだ。彼女は未明に作ったに違いない。

「大した女性だよ。彼女のような女性が何故尼さんになったんだろう。容姿も美しく、人柄はいいし、インテリだ」ロパは言った。

「天職さ。もっとも、よくある話だが恋愛関係で大きな失望を味わったのでなければだが」

「そうだな。ただ、今彼女は満足そうだし、それが大事だね」ロパは応えた。

「確かに。ちょっと待ってくれよ……」

ぺぺはモーターの一つの留め具合が少し緩んでいる感じがして、チェックのためカヌーの船尾に行った。道具箱を探してスパナーをとりだした。手早く作業を終えるとトッサキで雇った操舵手に指示を出した。

彼はジェアク同様バンダ族の一人で、一年前バンギから下流の村にきていた。バンギと逆側にあるベルギー人村でゾンゴに雇われて同じ作業をしていただけに、舷外モーターの取り扱いが分かっていた。ぺぺが彼を雇った理由はただ操舵法を知っているだけでなく、自分が行きたい先のバンギ出身で、しかも哀れなジェアクがバンダだったというセンチメンタルな思いからだった。

ペペの指示は川岸からあまり離れず舵をとって急な流れを避けること、ただし水かさが増していて木の切り株に邪魔されるといけないから近づきすぎないようにというものだった。それと、時には幅二五mはありそうな睡蓮の小島を避ける必要があった。

操舵手は宣教師から洗礼を受けてジャンと名づけられていた。彼が笑うと素晴らしく白い歯が印象的だ。ペペは非の打ち所ない主人でとても満足だし、しかも自分の故郷に向かえば皆に会えるのだ。同郷の者たちに面白い話をしてやれる上に村のヒーローとして迎えられるのだ。

多分ナゴウタの父親は娘への結婚結納金として、ヤギ四匹、ダーム・ジャンヌ（柳細工で包んだ小頸・胴太の大壜）二〇リットル入りワイン三本、サロン（現地女性の腰布）一〇枚と六〇〇フランなんていう法外な値段をふっかけないだろう。新しい仕事の月給は一三〇〇フランだから、バンギに着けば懐は潤っているはずだ。まあ五〇〇フラン相当のヤギなら何とか……

「おい！　ジャン！　夢でもみてるのか？　見ろよ、突っ込んじまうぞ」

彼は舵をグィと引くと、幅一〇mはありそうな睡蓮の小島を辛うじてよけた。

「目を開けていなけりゃだめだぞ。お前さんの仕事だろ、わかったな？」

「はい、わかってます、ボス、心配しないで。もっと気をつけます」

「そう頼むよ」ペペは言った。

ジャンは全てに注意を払わなければと気を引き締めた、もしナゴウタを娶るなら……。

カヌーの船首ではぺぺの使用人ウァギとロパと、一緒にイブカに戻ってきたドゥマがナックルで遊んでいた。ロパとぺぺは色々な品々を突然の雨や波しぶきから守るために覆った防水シートの上にしゃがんでいた。太陽が無数の小さな波頭に反射してロパは目を開けていられず言った。「面倒かけるが、ぺぺ、僕の居場所を移してくれないか。光の反射で頭痛がしてきた」ぺぺは言われた通りにすると座ってロパにはタバコを差出し、自分はパイプを燻（くゆ）らしながら聞いた。

「退院初日の調子はどうだい？　疲れるだろう？」

「しばらくは、まるで牛に馬車を引かせてフランスを旅するものぐさの王様みたいだね。だが君のカヌーは牛に引かれるよりはスムーズだし、脚にも楽なのは幸いだ。冗談抜きに元気だ。景色を見ろよ、まさにパラダイスじゃないか？」

「確かにそうだな、それに、壮大だ……ああ、だめ、だめ、触るんじゃない！」

ロパは元気な手を船べりから伸ばして指で水面に触れていた。「何故だい？」

「ビンガだ！」

「何だって？」

「ビンガ、コンゴの真水にいるサメだよ。体長わずか一ｍくらいだが歯は狼（おおかみ）用の仕掛け罠みたいだ。君の手くらい楽に食いちぎるぞ」

「冗談かい」

「とんでもない。ただ、水浴びしていて捕まったら必ず呑み込まれるというわけでもないが、裸で水中にいる原住民が時々事故にあっているんだ。その貪欲さであっという間に急所をくいちぎることもある。もっとも動物はどれも人間をおそれているから水泳中に騒がしくすれば奴らは逃げていくが、君の手をみたら突進して噛み切ることはありうるよ。底引き網みたいなものだから」

「よく分かった。だがこの辺やイブカでも見かけない鰐（わに）が一番危険だと思っていたんだ」

「奴らはこの辺にもいるからお楽しみだ。ただ人間と音を怖がるんだ。主に河口に棲息（せいそく）している。聞くところではサンガ川にはうじゃうじゃいるようで、中には体長一三mのやつがいて三〇〇m範囲内には近寄れないそうだ、想像できるかい？　このでかいカヌーと同じ長さだぞ。その鰐（わに）は『サンガの怪物』といわれているそうだ」

「そいつは一mくらい高さがあるだろうな」

「その通り。しかも、やつは賢い。狙（ねら）いをつけるハンターより賢いだろう。どの動物も、象のように、ずば抜けた力をもっていても人間を怖れている、いいね。小さな虫からサンガの怪物まで、自然環境のなかで全てバランスがとれている。それが生態系と生体エネルギー場だ。この地球でそれに背（そむ）く唯一の住民が人間なんだよ。例えば茂みからアンテロープの群れが腹の空いていないライオンの家族のそばを通り過ぎるのを目撃したとしよう。

　不思議に思うかもしれないが、アンテロープには、ライオンの腹が満たされていて攻撃されないと分かっているんだ。

　かたや人間の集団がいてアンテロープを殺し、肉を焼いて食べたとする。同じアンテロープの群れが人間のそばを通ったなら多くが撃たれるだろう。
何故か。動物の皮か枝角を売るか、仲間に狩人としての腕前を披露する勲章としたいからだよ……彼らはそれを〝スポーツ〟とよぶ神経の持ち主なんだ」

人間は雑食の生き物だからアンテロープを殺し、肉を仲間と分けるなら悪いことではない。だが娯楽で殺してしかもスポーツと呼んだり、鹿やアンテロープ或いはどの動物にせよ神聖な頭を居間の壁にかけたりする連中を僕は頭がおかしい類に入れるよ。人に見せびらかしたり威張ったりする行為は自然の法則を犯すことなんだ。人間は、地球で自分たちが一番知性ある生き物と思っているが、実は愚か者の振る舞いをする。

たとえ極めつきの優秀なエンジニアや博士号取得のドクターから一介の労働者まで、どの動物よりはるかに劣っているんだ。

いいかい、これから話すことはいい参考になるだろう。サハラ砂漠で日の出前に起きだしたら、砂漠に生息する小さな狐フェネックが見られるんだ。早朝に彼は棘のある茂みに出かけて乾燥地帯に生える硬い草の特別な場所を探すんだ。よく見ると草に寄生する小さなカタツムリを食べようとしているのがわかるさ。その上とても腹が空いていて、他には食にありつけなくても狐は一つの枝からつまむのは一つか二つのカタツムリで、後は残しておくのに驚かされるよ。はじめは不思議でも、よく考えるとフェネックの賢さに気づくだろう。実際狐はカタツムリを二、三匹残せばいずれ増えていき食物に飢えることがないと知っているんだよ。逆に一気に全部食べてしまえば増えるどころかカタツムリにありつけなくなる」

「それは凄い！　本当のことなんだね？」ロパは確かめた。

「勿論、君はもうお伽話を信じる年齢じゃないだろう。僕は真剣に真実を語ってるんだ。次は人間の行動について真実の物語だが、この動物は二足歩行で不敵にも洗礼を受けて大文字Mで表される。一八世紀、一人の男がマスカリン諸島（インド洋南西部のマダガスカル東方沖に位置する）に到着して、飛べないが食用にはいい大きな鳥を発見した。ドロンテ、通称ドードーという名の鳥を殺すには銃でなく枝木の串で充分だった。

数年で男はドードーの種を全滅させてしまった。彼はフェネックには程遠く、繁殖させる知恵もなくてドロンテは地上から完璧に姿を消したんだ。

僕があげた生態系と生体エネルギー場に関する話は二例だけだ。賢く知性的なフェネック（愚か者はそれを〝本能〟とよぶ）ともう一方は人間の低能さだが、その脳のサイズからして地球上で最も賢く模範例を示せるはずなのだよ。或いは少なくとも動物に見習うこともできるはずだが、〝優秀なる種〟が自らを貶めて動物のやり方に習おうとはしない。

だが、思わぬ障害がある、それも大きなやつが。今君が賞賛している母なる大自然だよ。とても静かで、美しく、穏やかだが、時として人間に嫌気がさしたらどうなると思う？　いずれにしても、大自然は排除にかかるんだ……」

「どういうことだい」ロパが遮った。

「言った通りさ。母なる自然は無数のノミにたかられた狐と同じことをするんだ。まず、ノミが多すぎて取り除けないなら、体を動かしてゆさぶってからゆっくり水に入るんだ。するとノミは急いで狐の頭にのぼっていこうとするが、動物が息をするのに頭を水面から出しているのを知っているからだ。さらに狐は水に深く体をつけていくほど、ノミは頭に集まっていくだろう。それから彼は鼻面だけ出して息をすると、ノミは一斉にその場をめざす。そこで彼は深呼吸すると水中にもぐり、ノミなしで泳ぎ去るってわけさ！

大自然は時々この狐のような行動をとるんだ。一万四千五百年前、一つの大陸が一夜で太平洋の真ん中に吸い込まれて何百万人ものみこんで消えた。或いは、伝染病、疫病(えきびょう)、コレラ、チフス、また火山の噴火や津波で数百万人が死ぬとき、母なる自然はいつも最後の言葉をつぶやくんだ。

前世紀でもやっていたように人間が増え続けるなら、大自然はいつ何時でも体を激しくゆさぶることだろうし、我々の予想を超えた手段を行使さえする。

生態系と自然を尊重するなら、大自然もまた君を尊重するだろうし、そうでなければリベンジ（報復）にでる。自然の報復はいつも怖いものだよ。

とにかく想像してみて欲しい。突然自然が地面を揺らし人間が消えたとして、或いは、たった一万人だけ地球のあちらこちらに取り残されたとしたら、『ああ、清々したわ』と大自然は言うだろう。

七五％以上の二酸化炭素汚染が消えて森は自由に再生し、川や海の汚染がなくなるので魚が倍増する。季節はもと通りになり、石油流出でありとあらゆる種の動物が死ぬことがなければ、絶滅の危機に瀕(ひん)した種が再生する。

自然が六〇〇〇年前と同じ状態に戻るとしたら素晴らしいじゃないか？　我々が一人残らず滅ぼされれば、もうイロコや樫や他の木々が金のために凄い勢いで伐採されることもなくなる。チンチラや他の毛皮で覆われた動物たちを金の名目で虐殺するのは止めなければならない。金のために赤ちゃんアザラシを虐殺するのはやめだ！

生存者たちは金以外にすべきこと、考えるべきことをみつけていくからもう金はいらない。聖書は『神が人間を創造せり』としているが、『人間が金を創出せり』とは言っていないではないか。

人間は来る道を誤り、間違った方向へ向かっているんだ。ロパよ、認めるのも口にするのも悲しいがそういうことだ。この川を見まわしてごらんよ。現地の人々全てを。一〇〇年前彼らは金を知らなかった。といって今よりひどい生活をしていただろうか？　答えはノー！　だ。実際、今よりいい暮らしをしていたくらいだよ。

守る規則があり、時には厳格な面もあったろうが村の長に従い目的を持って暮らしていたし、必要なものはそろっていて皆が幸せだった。今よりずっとね。

ヨーロッパの白人がやって来て、『物を必要とする習慣』を植え付けたんだ。彼らを働かせ、自転車だ、ミシンだ、ラジオだと新しい品々を見せて、中には彼らの気を引くために、『働くなら、ママドゥにあげたミシンをお前さんに買ってあげるよ』といった調子で無償で物を与えもした。哀れな連中は罠にはまって隣人を嫉妬し、同じミシンを手に入れようとして仕事についた……という次第さ。

結果がもたらしたもの、それは白人に象が金になるから殺せと言われればその通りにすることだ！　最後に苦しむのは誰だ？　母なる大自然だよ、それに早かれ遅かれ、生態系は敗者になるわけだ。例をあげればきりがないが、あっと言わせる話をもう一つしよう。

太平洋を航海する探検家たちは、海亀の肉は抜群でしかも甲羅がヨーロッパではいい値で売れるということを知ったんだ。現地人にまとめた量を獲らせるのは簡単だったし、ただ同然の値で買い上げることができた。「肉の代わりに甲羅を欲しがる白人は何て馬鹿なんだ」と思った島民はそこそこの値段に満足した。彼らにとって、亀の肉は甲羅よりはるかに豪勢だし貴重だった。そして海亀の虐殺がもたらしたのは非情な現実、つまり生態系の観点から言えば毒クラゲの捕食者としての海亀がいなくなったため、北オーストラリアの海岸ではその被害はひどくなるばかりだ。毎年海水浴客を巻き込んで命に関わる事故が増えているんだ。だが、世間は天候異変といった気まぐれな自然のせいにし続けている。

当然ながら、大自然は間接的に復讐しているといえるが、本気でかかったらそんなものではない。二、三カ月前サヴォニャン号の若い船客が死んだのを覚えているね？」

「ああ、ずっと忘れられないだろうな」

「そうだな。あの時、微細な生命は何よりも性質が悪いと言った僕の言葉も覚えているかい？　バクテリアがそうだが、素早く広範囲にわたって免疫力を奪う。コレラのような伝染性の疫病とか、スペイン人はメキシコを侵略した際、武器でなく水疱瘡でインディアンを殺したんだ」

「確か、その通りだ」

「じゃ、僕の言わんとすることは分かってもらえるよね。だが、ウアギが目玉焼きを用意してくれたようだから、君が食べやすいようにクッションをあてがおう」

既に昼だった。質素な食事を終えるとペペは舵手をつとめ、ロパは仮眠をとることにした。天蓋の下は涼しく、二台のモーターの音が耳に心地よく彼を眠りに誘った。

第10章 赤アリ

イブカでボイラーを操作する火夫のダウバが紐(ひも)を引いて警笛を鳴らした。朝のひんやりと澄んだ大気に小さな蒸気の雲が次から次へと渦を巻きながら昇っていく。彼はこの朝の日課が気に入っていて、この瞬間は自分がイブカの主人になったように思えるのだ。村中がダウバの鳴らす合図を知っていて、アトの話ではマルグリットでさえ合図が鳴ると目覚まし時計を見て時間通りかどうかをチェックしているという。

モーリスはといえば、合図に合わせて格納庫に行き従業員の出欠をとった。この日は特別に上機嫌で遅刻者を叱りもしなかった。夜のうちに雨がやんで天候は季節に似合わず涼しい。緑や赤、金色の斑(はん)点のあるオウムが群れて、騒がしい声で格納庫の上を飛び回っている。彼らは始終、森とイブカの前方にある小島を行き来しているが、それには理由があった。上空から白い首をピンと伸ばしたリバーイーグルが水上めがけて雄々しく下降してくるためだ。

出欠をとり終わると、モーリスは特技のない者たちに仕事を割り当てた。皆一斉に仕事に就こうとした矢先に彼はドゥバを呼んだ。「新しい伐採チームを決めたぞ。お前さんをチーフに推(お)すから、あと三人選んでチームを作ってくれ。給料をチーフ格に上げてやるぞ（バンバと同額を示すところだった）。ドゥバはいい給料とバンバや他の二人に起きたことが自分にも降りかかるかもしれないという怖れの間で気持ちが揺れていたが、ついに金の魅力に推されて言った。

「オーケー、ボス。ですが、俺についてくるよう皆に言ってくだせえ。さもねえと奴ら従わねえだよ」

　モーリスはドゥバに対して、相棒は仕事の厳しさに耐えるだけの頑丈さがある者を選ぶよう指示を与えた結果、ティサイオ、ペペ、ナルーバの三人が選ばれた。はじめは三人ともこの昇進を喜んでいるようには見えなかったが、彼らの技術でもっと金を稼げるというモーリスの説明を聞くと態度が変わった。彼らの迷信が消えない限りモーリスは手放しでは喜べない心境だった。

『鉄は熱いうちに打て』という諺に習って、彼は四人に伐採斧を持たせるとトラックに乗せて森に向かった。仕事の現場に着くとトラックを止め、四人は森を進んで美しいイロコの根元に行った。切る樹木を示すとモーリスは少し遠ざかってタバコに火をつけた。ドゥバがどうチームをまとめるかを見るつもりだが、残る三人の様子によってはチーフにもっと権威を与えて手助けする腹づもりだ。

　どうやらドゥバには指揮能力があるようで、仕事はうまくはかどりモーリスは満足だった。二時間後に足場の骨組みができると彼はトラックを走らせて家にもどった。マルグリットが使用人の少年にいいつけて、ロパの友人用にベランダの反対側の部屋をしつらえさせていた。彼女が上機嫌でおまけにあまり飲んでいない様子が嬉しかった。

実際マルグリットが全くしらふだったのは、彼女は自分の接待ぶりを示そうと心に決めていたためで、それはとても大事なのだ。ロパは彼女にとって大のお気に入りだし、自分の友人の友人である新たな訪問者はいい感じの相手に違いない。ロパが以前船で出会って友だちになった話をしていたのを思いだしていた。

イブカでは誰もが午後遅めか夕刻には二人が到着するのを待ちわびていた。ただ川の上では何もかもが不確かだ。道路での八〇㎞は何でもなくても、水上での小舟には危険はつきもので、エンジンやプロペラの芯棒の故障、位置を変える土塁(どるい)、水面下の木の切り株、または大波を伴う突然の嵐によって時には近くの村に非難を迫られることも起きる。

「つるす前にチェックするように言ったでしょう……」マルグリットは客用の蚊帳(かや)に穴が二つ見つかって給仕の一人を叱りつけた。

「マダム、わたし調べたよ、でも見なかったね。でも心配いらない、マダム、わたし直すよ」

「早くするんだよ、わかったね」

「はい、マダム」若い給仕は言うが早いか急いで針と糸をとってくると、素早く修理した。何といっても、何週間もご機嫌斜めだったマダムの怒りの発作を見ずに済んで嬉しかった。船上でアグウとティマが得た情報によると、ミスターロパは友人を連れて戻ってくる。その友人は『優れた白人』でとても優しく、公平で、教養が高いそうだ。彼は川沿いの村々にいる全ての魔術師に興味があって怖れてもいないとティマが言っていた。ミスターモーリスがイブカを見舞った悪いリコウンドウを何とかしたくて来てもらうのかもしれない。

ミスターモーリスはイロコのリコウンドウで樵（きこり）が殺されてはたまらないと思っているんだから。ほんとにいいボスだ。もし、タユボ出身のミスターパショウのようだったら皆、村を出ているだろう。イブカでは誰もがミスターモーリスを慕っている。月末、遅れずに給料を払ってくれる。厳しいが公平なのはとても大切なんだ。

彼は針と糸を持ってくるとベッドに登り蚊帳を外さず穴を塞（ふさ）いだ。それもボスが感心して見つめているなかで進められた。マルグリットは今日中に終わらせる用事をリストしたボール紙でパタパタあおぎながら、時折蠅（はえ）よけスクリーンを通して空を見上げた。天気はどんどん湿気をはらんでいく。嵐になればゲストの到着が遅れると思うと心配でならない。花をとってくるように命じると、二人の給仕は家の裏にある墓場の側から深い赤の花を摘（つ）んできた。彼女はヨーロッパの花屋が使うアスパラガスに似たシダの葉を何枚か切り取って、思い通りの素敵な花束にした。

製材所を見回って戻るなかモーリスは従業員の態度はいいし、全てが元通りになるように思えて大いに満足げだった。部屋では妻が背の高いクリスタルの花瓶に花を生け終わるところで目を疑った。居間のたたずまいはずっといい感じになっているのを見て、思わず涙が滲（にじ）んできた。妻に近づくとその腰に腕を回し、首にキスをしながらふざけて言った。

「おおや、公爵夫人はアーティストなんですな」

彼女は微笑（ほほえ）んで言った。

「公爵夫人は暑さで死にそうだわ。まもなく嵐になるという予報だけど、その前に彼らが到着するように祈ってね・・・　あら、もう四時半よ、どう思う？」

「もうすぐ着くと思うよ。でも、ここまで大変な思いをしなくてもいいのに、ダーリン。君も知っているように、ロジャーはシンプルライフ派だし友人も同じだろうからね」

「レインビルの家ではゲストを迎える度に母はいつだって家を飾ったわ。話してないで、コニャックのソーダ割りを頼んでちょうだい。喉が渇いて死にそうよ」マルグリットはしゃんと首を伸ばして応えた。このときモーリスは彼女がずっと酒を飲んでいないのに気づいた。そこへ給仕の一人が息を切らして伝えにきた「ボス、ボス、ミスターロパがきます！」
二、三時間桟橋で見張っていて知らせに駆け戻ってきたのだ。
「あら、どうしよう！　彼らを外でもてなしていてちょうだい。わたしシャワーを浴びて準備しなくちゃ」マルグリットが慌てると、モーリスはなだめるように言った。「大丈夫、まだ時間はあるよ。まだ黒い岩のそばを曲がる辺りにいるはずだから」マルグリットは杖をついて立ち上がるとそそくさと寝室へ向かった。

モーリスは埠頭に出ることにした。間もなく舷外エンジンの音が聞こえて、見ると天蓋つきのカヌーが静かな水面にV字を描きながらスピードを上げて川を下ってくるのが見えた。近づいてくるカヌーの船首でドゥマが元気に手を振って村人たちが歓声で応えていた。小舟と河岸の間でことばが交わされて、トッサキから既にニュースが口伝えに伝わっているのは明らかだった。

ロパは天蓋の下でデッキチェアに座って腕を振っていた。片方の端がカールされたオーストラリアン・ハットを被ったひげの男が舵（かじ）をとっていて、モーリスに控（ひか）えめな合図を送ると速度を落とした。モーリスには見たこともないサイズの丸木舟は何処で作られたものか興味をひいた。ひげの白人は見事な舵さばきでエンジンの一つを切ると、小舟を埠頭の錆（さ）びた階段の下にゆっくり横付けした。

　現地の若者が何人か急いでカヌーを繋ぎながら、ドゥマやペペのおかかえの給仕、それに操舵手（そうだしゅ）とひっきりなしに喋っていた。

「やあ、ロパ、医者の許可がおりたんだな」モーリスが呼びかけた。

「仕方なくね。許可しないと、病院を吹き飛ばすぞって脅したんだ」

「ハハ、変わらないね」

「モーリス、ピエール・プシャールさんを紹介したい。ピエール、こちらはモーリス・プレボーさんだ」

　ペペが階段を数段昇ると、モーリスはかがみ込んで手を伸ばした。「やあ、はじめまして、ようこそイブカへ、プシャールさん。どこでカヌーを見つけたんです？　まるで船舶ですな。あのサイズのものはお目にかかったことがないですよ」

「どうやら川で一番のでかさだという話です」ペペは微笑（ほほえ）んで応えた。

「おーい、僕をここから出してくれるのかい？　それとも嵐を待つのかな？」ロパは取り残されてからかうようにぼやいた。既に、雲の群れが川にかかり風がうなり始めていた。ペペの給仕二人と操舵手がロパをカヌーから降ろすと埠頭まで担ぎ上げた。

「ほら松葉杖を渡すよ。よければ先に家に行ってくれ。僕は荷解きして嵐に備えるから」ぺぺが言った。大勢の現地住民が川べりまでやってきていて、食器箱やら袋や防水シートを運ぶのに手を貸したのであっという間にカヌーは空になった。ロパは屈強な男二人が肩を貸してくれたので、デコボコ道を杖でよろよろ歩くよりずっと楽だった。屋敷に着くと、ドアが開いてマルグリットが杖で体を支えながら彼を温かく迎えてくれた。グリーンのロングドレスを着た彼女は身分の高い貴婦人のように見えた。

「パルディさん、戻っていらして嬉しいわ。一歩間違えればトラックの下敷きになっていたんですもの。こちらへいらしてアームチェアにお座りなさい。脚を休ませるのに小さな丸椅子とクッションを用意しましたよ。わたしの脚も休ませたら、病院にいるんだと思いましょう」

彼女はジョークを交えた。二人の男がロパをアームチェアに座らせると彼は応えた。

「こんなにしていただき、大変だったでしょう。色々とご配慮恐縮です。お元気ですか、プレボー夫人？」

「あなた、もう熱さで死にそうよ……ああ、モーリスがあなたの友人とくるわ」

興味深そうに彼女はドア越しに見やった。実際興味津々で、新しい訪問者に興奮していた。モーリスがぺぺを紹介した。生来の優しさあふれる心理学者らしいしぐさがマルグリットを魅了した。ぺぺは身をかがめて彼女の手の甲にキスをすると言った。

「マダム、お噂(うわさ)はうかがっておりました。お屋敷にお招きいただき、本当に光栄です」

「まあ残念ながら、私たちは原野に暮らしていますわ。もしフランスにお訪ねいただければ、見苦しくない場所にお泊りいただけますのに。でも、ここでは……ま、ともかく……中へお入りください。お付きの給仕さんはおいでになるのですか？」

「はい」

「結構です。では私どもの給仕に会ってあなたの身の回りの世話をしてもらいましょう」

彼女はペペをロパのもとへ案内した。強い風が森を震わせカーテンを巻き上げた。ドアがバタンと閉まると、ひどい雷鳴（らいめい）とともに稲光（いなびかり）が走って皆を驚かせた。嵐が迫っていた。皆が着席するとマルグリットが続けた。

「プシャールさん、いい時にお着きになりましたわ。こんな天気では船上より地面に脚をつけていた方がいいに決まってますね」

飲み物の後に、彼女は皆をテーブルに招いた。食後にカードゲームが提案され、ロパは旅の疲れを押して、ベローテをすることに同意した。彼女が喜ぶのを承知の上だ。遂に四人揃ってまともなゲームができるのだ。ロパは希望に応えて彼女と組んだ。彼女の酒量が以前よりずっと少ないのに気づいて彼はほっとしていた。マルグリットとペペがゲームに勝って彼女は有頂天だった。就寝したのは既に深夜を回っていた。

翌朝モーリスとペペは製材所に行き、ロパは松葉杖でゆっくり後についていった。何かまずいことが起きた場合どうすべきかペペは知っておきたかった。午前中は点検に費やされモーリスは指示や助言を与えた。彼は午後発って三週間戻らないのだ。雨は降り続いていて、従業員たちは格納庫の清掃をしたり、崩れている木板を積みなおしたりで、忙しく立ち働いていた。

全て順調でモーリスは午後早めに旅に出られそうだ。

飯盒(はんごう)用具箱が強力な舷外モーター一台を装備したカヌーに積まれた。モーリスは時折ベルギー領コンゴの河岸まで出かけるのにそのカヌーを使った。そこにはトッサキより大きい村があって多くのボートが停泊している。ベルギー製のボートは速くて乗り心地がよく、ブラザからスタンレープールを横切ってベルギー領コンゴの首都キンシャサに楽に行けた。

妻にキスと愛情表現をたっぷり贈ると、モーリスは重要書類を詰めたブリーフケースを手にカヌーに乗った。遠のいていく小舟から桟橋で見送る二人の友人に手を振ると、間もなくその姿は見えなくなった。

「何もないといいんだが」ロパは言った。

「わずか四〇㎞の距離を行けばいいとは驚きだよ。四時間もすればボランギに到着だ」

「そうだな、何もなければね。で、我らのホステスについてはどう思う?」

「彼女、思ったより飲まないようだが」

「確かに、僕もびっくりしてるよ。ずっとああだといいんだが」

二人は屋敷に戻ると、気温の高い間は身を横たえることにした。マルグリットは恐らく寝室にいったのだろう。姿は見えなくなっていた。

＊　＊　＊　＊　＊　＊　＊

ロパは姪にどう返信したものか思い巡らせていた。若い娘の希望を打ち砕く勇気はなくて、ことばを選びながら二、三カ月もすれば彼女が来られるように出来るだろうと説明した。保険でそれ相応額の怪我の補償がおりると彼は踏んでいた。少なくともそのようにモーリスから聞いていた。彼がブラザビルにある保険会社に出向いて、相応な措置をとらせると言ってくれた。まだ誰にも打ち明けていなかったが、ロパはいつギブスをはずしてもらい、バンギに行って農園の仕事を見つけるかすでに決めていた。

ここ二、三日は、マルグリットの深酒がまた始まって気がかりだった。モーリスが発ってから二週間が過ぎていた。毎夕食後には彼女を楽しませようと三人でブロットかドミノをした。ロパとペペは談話を楽しみたかったのだが、浅知恵の彼女とでは全く不可能だった。

飲酒の度が過ぎると彼女はペペに迫っては彼を困らせた。これまで三回そんな目にあっていたが今夜の彼女は手がつけられなかった。ゲームは彼女に勝たせるように計らって終わった。だが彼女がベッドに行ったら二人は一番端のペペの部屋で思いきり話をしようと考えていた。だがマルグリットは気が塞いでいたようでひどく飲んでいたから、「元気付けに一杯いこう」と声がけするわけにはいかなかった。

既に一〇時を回っていて二人の男が立ち上がるのを見ると、彼女はいつものようにロパに「お休み」を言ったが、ペペにはリクエストがあった。

「ピエール、今日の午後話していた有名な魔術師の仮面を見せてくださらない？　とりあえず、あなたの給仕が荷物をどう整理したのか見たいわ」

ペペはロペをチラッと見やると彼はからかい気味に眉を上げて、内心友だちに同情しながら寝室に向かった。ペペがマルグリットに手をかすと彼女は寄りかかってきて腕を彼の肩に回した。二人は彼の部屋へ向かうと、彼の給仕が点した夜間用の灯りがベッド脇のテーブル上で部屋を居心地よく見せていた。

「あら、いい感じね」彼女はため息をつくとベッドに身を投げ出した。ドレスがめくれて太腿をみせていた。「めまいがするほど熱いのよ」彼女はそう言いながらコルセットを外しにかかった。子どものいない彼女は歳のわりには美しい胸をしていた。コルセットがはずれるとペペは当惑した。

「水でも飲みますか？」彼女の気持ちをはぐらかそうとした。

「他のものが欲しいわ、あなたは？」ことばは不鮮明だったが彼女は何とかはっきり話そうと努めた。

「ウィスキーがいいですか？」彼はもう一度試みた。

「子どもっぽいこといわないで側に来てお座りなさいな……あなたが欲しいのよ、わからない？わたしを欲しくないの？　確かにあなたより年上だわ。でも、毎晩白人の女と寝るわけじゃないでしょう？」

ペペは女性から誘われて拒絶すれば相手を怒らせるということを経験から知っていた。女性が自分から誘うことは特にヨーロッパの文化では滅多になく、一般には逆で女性が最初に行動するのは芳（かんば）しからぬ行為と見なされる。さまざまな理由からその慣習を馬鹿げていると考える女性もいるが、彼女らはその価値を認めている。慣習を破って障壁を砕いたと思ってもプライドもまた傷つくのだ。男性に拒否されると女性は屈辱を感じて怒りだし、とても残酷になるが、男性が女性に拒絶されても彼は必ずしも動揺しない。長い間男が求愛し、女が事の成りゆきを決める慣わしは続いてきたのだ。

　ペペはその事実をよく知っていたから、マルグリットを傷つけたくなかったが哀れみ以外の感情は湧いてこなかった。追い詰められた状況で迅速に対応しなければならない。ペペに穏当なアイデアが浮かんで彼女の側に腰を下ろすと、親しげな調子で話し出した。

「マダム　プレボー……」

「お願い、マルグリットと呼んで」

「……マルグリット、僕の秘密を守っていただけるならロジャーにも話していないことをお話しましょう」マルグリットは興味を引かれて座りなおして言った。

「オーケー、約束するわ」

「僕はコルシカに住む若い女性と婚約しています」

「言ってあげましょうか、彼女は幸運よね。でも目の前に差し出されたものをやり過ごす理由ないでしょう?」

「いいえ、僕は誓ったんです。彼女と同じくらい美しくても他の女性には触れないと約束したその誓いを破りたくはないんです。来年結婚する予定です」ペペはぬけぬけと嘘をついた。

「でも、子どもっぽい話だわ。三五歳という年齢ですることじゃないわよ。わたしは五五歳だけどモーリスは文句をいう理由がないの。もう二週間も独りなのよ。あなたには不服がないしフィアンセには何もわかりはしないわ。このおっぱいを見て、ピエール、そして触って……」

ぺぺは立ち上がって言った。「僕は秘密を打ち明けたのだから分かってもらえないと困ります。僕は約束を破れないいし、それにあなたは少し疲れていて本当は心にもないことを仰っているんです。さあ、あなたの部屋までお送りしましょう。もう遅いですから」

彼女に手を差し出して友好的に微笑んだ。マルグリットの顔はさっと青ざめて気絶しそうだった。片手をベッドで突っ張り、もう一方でせかせかとコルセットのボタンをはめ終わると、ぺぺの申し出をことわり、杖をつかんで立ち上がった。

「お休みなさい、プシャールさん。家の中はわかってますから助けは要らないわ。あなたが思うほど年寄りではありませんし」

彼女は怒りの様相を彼に投げつけると出て行った。ぺぺは彼女がベランダを横切っていくのを遠巻きに見ていたが、次の瞬間そっと後をつけて彼女が無事に寝室にたどりつくのを確認しようとした。驚いたことに彼女は一度もつまずかずに寝室に戻った。怒りのせいで酔いが覚めたのかもしれない。寝室のドアが締まるのを見届けてぺぺは自分の部屋に戻った。彼女がベッドに伏せて少女のように身を震わせて泣く姿を目にしたら、彼はもっと驚いたはずだ。

＊　＊　＊　＊　＊　＊

ロパは夢を見ていた。彼は朝方よく夢を見るようになっただけでなく、夢は一層はっきりしてきていた。ぺぺから盗んだ祈祷師の仮面を被り、手に伐採斧を持って森を走っている黒人たちの夢だった。黒人たちは口々に叫んでいた「リコウンドウ！　リコウンドウ！　オウ、オウ、オウ、リコウンドウ！　リコウンドウ！」ベランダのドアが勢いよく閉まって、四人の給仕たちの遠くなっていく叫び声でロパは目を覚ました。

「マグナスだ（アフリカに棲息する長さ一・八cmほどの赤アリ）。リコウンドウ！　マグナス！　リコウンドウ！……オウ、オウ、オウホウ……!!!」

蚊帳をはずすと、朝はまだ早いのか部屋は暗かった。松葉杖をついてドアまで行くと同時にぺぺが開けた。足で床をドスドス踏みつけながらロパを急かした。「ベッドに戻れ、早く、早く、そして蚊帳に入れ。赤アリが一杯だ。ギブスにもぐりこんだら頭がおかしくなるぞ」。ぺぺは腕にロパを抱えてベッドに戻すと、ベッド脇のテーブルの灯りをつかんで部屋中を念入りに調べた。

「大丈夫だ。しばらくはやって来ないだろう。そのまま動かないですぐ戻るから」ぺぺは蚊帳を注意深くたくし込むと、あっという間に居間へ戻っていった。階下からは彼が凄い勢いで足を踏み鳴らす音と一緒に大声が聞こえた。「マダムプレボー、マルグリット、マルグリット！」精一杯の叫び声は一体何事なのかロパには知りようがない。またもだしぬけに別のドアから激しくバタンという音がした。マルグリットの寝室のドアをぺぺが力づくであけたらしい。床を踏みつける響きのなかで彼の声が聞こえた。

「マルグリット、マルグリット！　ああ、何ということだ！　ちきしょう、ちきしょう、くそっ、くそっ！」

居間を走り抜けて足は相変わらず踏み続けながらペペがロパのもとへ戻ってきた。かなり気を動転させ蚊帳を破りそうな勢いで外すとロパを腕に抱えた。何か言おうとするのを遮った。

「後だ、後、行くぞ」彼を抱えて外にでると、ペペはずっと離れた芝生で止まった。

「一体どうなってんだ、聞かせてくれないか」ロパは促した。ペペの顔からは血の気が失せていた。どんなに勇敢でも悪夢のような光景を目にしたら無理からぬことだ。

マルグリットの寝室に入ると赤アリの群れが出たり入ったりしていたが、数センチの厚さに盛り上がって数え切れない大群が彼女の体を覆っていた。

「彼女は死んだよ、ロパ。何故かは分からないが死んだ。今もアリが貪り食っている最中だ」

「彼女の蚊帳はどうなっていた……彼女、閉めなかったのだろうか？」

「そうかもしれない、昨晩は異常な暑さだったから。彼女はアリに覆われて真っ赤だ、ロパ。部屋中アリだらけでそれは怖ろしい光景だよ。手の付けようがなくてどうしようもない。奴らを退治するだけの殺虫剤はないから、ほとんど肉は食い尽くされるだろう……」

製材所で静けさを破るピーという警笛が鳴った。いつものように、従業員を起こす三回の合図の代わりに、蒸気を絶え間なく嘆きのように吐き出してボイラーの圧力を急速に落としながら、早朝には滅多に見られない黄色信号を点していた。まるで、死に行く巨人を悼んでいるように聞こえた。

まず、すごい勢いで話しながら最初の従業員の一群が、事態の第一発見者になって鼻高々の屋敷の給仕四人の案内でやってきた。朝の冷気に震えながら、裸の子どもたちも走り寄ってきた。そこに女性や老人、犬たちが加わって、中にはアリの通り道を踏んで痛みの叫びを上げて飛び跳ねている者もいた。会話の中で『マグナス』と『リコウンドウ』を、彼らは口を揃えて繰り返していた。アフリカでは頻繁に起きる赤アリの侵入と呪いとがどう結びつくのかロパの理解を超えていた。

事の真相は分からないが、雇用主の妻が死んだという状況では、陰口で二、三週間前にイブカで起きた呪いのせいにされるだろうとペペは思った。そして皆逃げ出さないでくれとペペは願った。そうなればモーリスは終わる。まさに悪夢だった。ペペは給仕を呼ぶと聞いた。

「倉庫にどのくらいの殺虫剤があるんだ？」

「たぶん、一〇リットル一缶くらいあるよ。それ以上はここでは見たことないね」

「強力なやつ、ヒクソンCみたいなのはないのか」

「そのなまえ、わからない、ミスター」彼らは目を丸くして応えた。

「よし、蝿(はえ)とりポンプは何缶あるんだ」

「居間に一つ、キッチンに一つあるよ」

「分かった、僕は居間にある分を取ってくるから、全部のポンプを満タンにしてマルグリット夫人の体のアリをやっつけるんだ」

「ミスター、おおせのとおりにしますだ。でもクスリ五〇リットルまいても、たべるところあるあいだ、マダムのところへくる」

背筋の凍るような話から、ぺぺも給仕の言い分を分かってはいても、彼女の体からアリをどけるのは自分の義務だと考えた。ぺぺに連れられ二人が倉庫から殺虫剤の缶を取り出すと残りは九リットルだった。居間にある蝿(はえ)とりポンプにはアリの大群がたかっていて、ぺぺは素手でつまみ上げると外に放り投げた。手を振って大食アリを振り払いながら、もう一方の手でこそぎ落とし、ポンプを外へ蹴り出した。

外へでると皮膚の上を這い回るアリを引きはがして踏みつけた。状況は一五分で更に悪化して、今や、食堂も居間もアリに乗っ取られていた。彼らを邪魔するほどそうした現象が起きるようだ。ロパの寝室も例外ではなくありとあらゆる場所に侵入していた。

ポンプに殺虫剤を満たすと、始終足踏みしながらドア越しにスプレーした。アリはシュシュという音をたててもみ合いへし合いしながら一目散に散り始めた。だがすぐには死なず他のアリが群がってくる。まるでぺぺたちがやっていることはコンゴ川をバケツで空にしようとしているようなものだ。結局それ以上スプレーするのは止めにした。

絶え間なく噛み付いてくるアリを足で踏みつけて闘いながら、ぺぺはある実験を思いついた。あと五リットル残る殺虫剤の缶から半分をドア際のアリに浴びせかけた。反応を眺めていたが数に変化はおきない。ただ時折目につく茶色の斑点をみると、彼らは殺したゴキブリを巣に運ぼうとしていたのがわかった。

ぺぺの視線を追っていた給仕が背後で言った。「明日、ボス、イエぜんぶきれいになる、ずっときれい。もう、ゴキブリずっといないね。アリ、せんぶきれいにするよ。ミスターモーリスよくしっている。アリがきたらそのままさせておく。イエのなかいても、かやのなかマダムとベッドにいても……」ペペは死んだマルグリットを思って給仕の話を遮って、状況が飲み込めないでいるロパと合流すると言った。

「彼女に近寄ることもできない。僕たちが生きたまま食われてしまう。それに彼女は死んでいて手の出しようがないんだ。どうしたというんだろう？　心臓発作でも起こしたのかわからない」

　ペペは昨晩のことを思うと胸が締め付けられた。マルグリットの死と関連するのだろうか？　ロパに話すべきだろうか。でもあれは自分と彼女の間だけのことだ。

　村の住民は皆興奮し口々に喋りまくっていた。村中の人々が屋敷の前の広大な芝生にたむろしていたが、数百万匹というアリの群れが二〇㎝ほどの幅で進軍していく森には近づこうとはしなかった。話声のなかにリコウンドウのコーラスが聞こえて、ロパはペペの注意をリーダー格の技術労働者たちに向けさせた。彼らは住民の中に混じって同調していたのだ。

「事態を早いうちに収拾させたほうがよさそうだ。このままだと皆逃げ出して、モーリスは夫人の悲劇に重ねて働き手を失ってしまう。僕が皆と話そう。君は彼らの言葉を話せて習慣も分かっているから、僕を助けて欲しいんだ、いいかい。ぐずぐずできないんだ」

　既にトゥバの周りに黒人の一団が集まって呪いについて話し合っていた。ロパは自分でも初めてと思えるような大きくきっぱりした声で群がる人々の注意を喚起した。威厳に満ちた声に誰もが話をやめると静寂（せいじゃく）が戻った。走り回っていた子どもたちも立ち止まると、ポカンとして白人の主をみつめていた。

「皆、よく聞いてくれ、とても大事なことだ。ミスターモーリスはあと二、三日もすれば、リコウンドウにすごくよく効く薬を持って戻ってくる。フランス製の薬で、戦争でアメリカに勝利できた代物だ。分かって欲しい。リコウンドウもそんな『グリグリ』には太刀打（たちう）ちできないんだ。それにマルグリット奥さんは心臓発作で亡くなった。昨晩はとても暑くて蚊帳を巻き込んでいなかったんだが、そこへアリに襲われた。奴らは年に二度でてくるだろう？　分かるな、君らはアフリカの人間なんだから？　それに赤アリは肉食だということも知ってるな？　これはリコウンドウとは無関係ということだ」

　集団のなかにある動きが感じられた。聞こえてくる反応から皆は充分に説得されていないか、迷っているのがぺぺにはわかった。ぺぺは住民たちの言葉で話し始めた。

「君らの魔術師から聞いて知っているだろうが、誰かが死ぬとその霊は夜、村を徘徊（はいかい）する。そして豹（ひょう）や象の体にとりついた霊は、動物たちを怒りで満たすと聞いているだろう。だから、慎重にしないといけない。以前のようにしっかり働かないとマルグリット奥さんは象になって、既に象の足になっていたのを知ってるね、村全体をめちゃくちゃにするだろう。

　彼女はご主人をとても愛していたから、君らが村を離れでもしたら怒り出すぞ。彼女は見てるんだ。君らが仕事に戻れば失うものはない。霊になったマルグリット奥さんは喜んで、リコウンドウに立ち向かって皆を守るだろう。奥さんとミスターモーリスが持ち帰る薬があるから、もうイブカにはリコウンドウは起きない」

　ペペは『ン・サパ』（神が啓示をくだされた）のことばで締めくくった。

　ペペの話は、月もない闇夜に焚き火を囲んでお告げをする現地の魔術師のように迫力があった。一体この白人はなんでそんなことを知っているんだろう？　おかげで、ロパの話が改めて力を持って彼の権威を高めた。火夫を呼びつけると直ちにボイラーの圧力をあげるよう命じた。

「分かりました、ボス、すぐやりますだ。二〇分で圧力はもどるだよ」彼は素直に応じた。皆向きを変えてそれぞれの場に戻り始めた。技術者は自分の仕事に、女や子どもはひそひそ話をしながら村に帰っていった。

　ロパはハンカチで額の汗をぬぐうとペペに向き直った。「ふー、君のおかげだ。皆を説得するなんて、何処であんな手を会得（えとく）したんだい？　ともかくうまくいった。多分これから君は魔術師だと思われるだろうな」

　ペペはわずかに笑顔をみせただけで、二人の男をよんでロパを家に運び入れた。松葉杖はまだ寝室にあった。彼をデッキチェアに座らせると、給仕がホットコーヒーとサンドウィッチを用意した。幸いキッチンは離れていてアリに荒らされていなかった。

　間もなく警笛が鳴って、全員に仕事に就くよう合図が出された。シャフトが回り、鋸（のこぎり）の音がして製材所は再始動を始めた。低く垂れこめる大きな雲を強風が押し流していたが、ペペが管理にあたって伐採チームを森に送り出した。それからロパに合流してコーヒーを注ぎながら聞いた。「彼女の墓穴を掘らせたほうがいいかな？」

「骨をそのままにはしておけない。埋めたほうがいいな。家具職人のトリに頼んで、棺桶を頼もうかと思っていたところなんだ。モーリスならそう望むだろうから」ロパはつらそうな表情で応えた。

「場所はどこがいいだろう」

「屋敷の裏の墓場のそば以外には思いつかないが」

「分かった。アリは明日でないと消えてくれないから、今日は蚊帳つきキャンプベッドを出して寝るしかないな。彼女は何故死んだのかまだ分からない。心臓が弱かったようにも思えないし……モーリスが四、五日で戻るというのに何と酷いことになったんだ」

「全くだ。彼はマルグリットを何があっても愛していた」そう言って、ロパは給仕を呼んで指図した。「チリチキンを用意してから、ピエールさんと僕用にベッドを二台、家の何処かに準備して欲しい。それと僕の寝室から松葉杖を持ってきてくれないか」

しばらくして給仕は松葉杖なしに戻ると言った。「ああ、ミスター、いまにもしんしつにも入れねえだ。アリはそこらじゅうにいて……れいぞうこにもちかよれねえです、あかアリだらけなんで、ミスター」

「分かった、分かった。待つしかないな。お前さんはやれるだけはやってくれたんだから」

製材所から響く音で四人は今朝方起きた奇妙な出来事を振り返ることになったが、その日は従業員の監督で過ごした。その夜の寝心地はあまりよくなくて、翌朝の起床の警笛がなる頃には起きだしていた。

　給仕がコーヒーと、ホッとする報告を持ってきた。「アリはいなくなった、ミスター。よければ、食堂でたべる、オーケー」

　コーヒーを飲み終えた後二人は朝露のなかを歩いた。屋敷に近づくにつれて二人は言葉数少なになった。前日ペペが蹴破って開けたままになっているマルグリットの部屋のドア先で二人は立ち止まった。彼女は全くきれいに骸骨（がいこつ）に変わり果てていて、目にする者の背筋を凍りつかせた。

　ペペはすぐにベッド脇のテーブル上で開いたままの小さな瓶に気づいて側によると、手を触れずにラベルを読もうとした。ガラス瓶には睡眠剤とマークされていた。一錠だけ目覚まし時計の側に落ちていたが瓶は空だった。「見るかい？」ロパに問いかけた。ロパは近づいてよく見ると、空のコップが、蓋が開いてほぼ空になったウィスキー瓶の側に置かれていた。

「彼女自殺をしたと思うかい？」ロパはペペにたずねた。

「残念だが、そう思う」ペペはドア越しに様子をうかがっていた給仕をよぶと聞いた。

「今朝、何か部屋のものに手を触れたか？」

「いや、いや、ミスター、わたし、ドアからなかみた。でも、へやはいらなかった」

「よろしい。ここへ来て、この小さな瓶わかるかい？」

「はい」

「その瓶を知ってるのかい？」

「はい、マダム、よるねるまえ、いつも二つのんでいた」

「一昨日、何錠中に入っていたか覚えてるかい?」

「ああ、はい、マダム、これレッドクロス(赤十字)のハコからおととい出したばかり。あと二つある、きてみて」

二人は給仕の後について浴室の隅にいくと、薬箱が壁につるされていた。箱には蛇の毒中和剤を含む色々な薬が詰まっていたが、マルグリットのベッド脇にあった瓶と同じ五〇錠入り睡眠剤がもう一瓶見つかった。処方欄には赤字で記されていた。『処方量以上を決して服用しないこと。二四時間に五錠まで。こどもの手の届くところに置かないこと』。ぺぺは給仕に言った「よし、家具職人に棺桶を届けるように言ってくれ」

「畜生、畜生、何故自殺なんかしたんだ? 一昨日はとてもいい調子に見えたじゃないか、そうだろ?」ロパは問いかけてきた。

ぺぺには理由がよく分かっていて、ひどく罪の意識を覚えていた。話さなければ、これ以上秘密にしてはおけない。ともかくロパは大の親友だからこの酷い罪悪感をどうしたらいいものか助けてくれるかもしれない。一時間後数人の従業員の助けを借りて、死者の遺骨を棺桶にいれて屋敷の裏にある墓場のそばに埋めた。家具職人は新しい墓の上に十字架をとりつけ、給仕はカンナユリを供えた。

ぺぺはマルグリットの部屋のものには一切手を触れないよう命じてドアを閉め、鍵を自分のポケットに入れた。二人とも食欲がなく、ぺぺの部屋にいくと黙ってタバコをふかした。やっとペペはロパに打ち明ける気になった。そして期待どおり、ロパはペペには他に選択肢はなかったと確信させる理由を言ってくれた。

マルグリットは他の誰の場合も同じように、彼女自身で自分の運命を決めなければならなかったのだし、彼女の予期しない振る舞いは他の誰のせいでもないと。

数時間語り合ってペペはやっと気持ちが軽くなった。理解があって誠実な友人を持つのは何と素晴らしいことだろう。

第11章 スペイン風邪

エンジンの一定音はしばしばロパの眠気を誘った。特に昼食後はうとうとまどろむことが多い。早朝から雨が降っていたが気温はふだんより涼しい。彼はカヌーの防水性天蓋の下で横になり、ペペはタバコを燻(くゆ)らしながら地図を調べるのに余念がなかった。川上の村バンギに向かう旅に出てもう二、三日になる。

ロパはモーリスを思いやっていた。モーリスはイブカに戻って妻の死を知ると打ちのめされた。それから何日かしてモーリスに製材所を離れるつもりだとロパは打ち明け、さらに二週間滞在してからトッサキのドクター・ガッサンとシスター・アグネスを訪れた。ロパのギブスが外される時がきて、同時に手足のリハビリが始まった。

やっとトッサキを離れることができたロパとペペは、バンギに発つ前にイブカに寄って数日間モーリスに付き合った。彼は悲しみを乗り越えたようだが製材所を売りに出した。多くの思い出の残る場所ではもう暮らせなかった。

スケジュール通りにいけばあと六日以内にバンギに着くはずだ。日々ロパの手足は順調に回復に向かっていて彼は満足だった。ビンガがカヌーに近づいてはねた水が彼の顔にかかった。

ビンガも水中で獲物を狙っているし、近くを飛ぶリバー・イーグルは空中から水中のビンガを狙っている。まさしくこれが自然であり、川、魚、鳥、木々、昆虫、巨体の動物から、ぺぺが力説する人間や動植物にとって最も危険な細菌にいたるまで生態系の循環だ。

「ごく微細なものの方が大きいものよりずっと危険だ」という友人の言葉とともに、ロパは船で出会った狂犬病で死んだ青年を思い出した。だが人間には、ワクチンや予防策がある限り、ぺぺの話がやや大げさに思えて彼の方へ目をやった。今ならこの話題を話し合ういい機会だと感じた。

「面白いかい？」ロパは聞いた。

「うむ、昆虫についての記事だ。オーストラリアだけで、八万種の虫がいて何千種かはまだ発見されていないそうだ」

「それで君は信じるのかい？　少し疑わしくないかな、八万種なんて？」

「多分君にはね。記事を書いたのは有名な昆虫学者だよ。ともかくバンギに着いたらサンディに聞くといい。彼女は昆虫に興味があるのだから、この学者を知ってるに違いない」

「ああ、そうだね。ところで危険な細菌についての君の説を思い返していたんだが、細菌のおかげで日々医薬は画期的に発展しているのも事実だから……、よく分からないんだ」

ぺぺはニコッとすると本を閉じてパイプにタバコを詰め始めた。ロパにはそれが多くの実話か冒険談、或いは理論などを話しだす前のぺぺの儀式だと分かっていた。

ぺぺは咳払いすると話し始めた。

「一九一八年、スペイン中央の小さな村にミゲル・ロドリゲス・デル・コルドバ・ドゥ・ラ・クルズという名の男がいた。恐らく先祖のおかげか、村では珍しく私的収入がある身分だった。それはどうでもいいことだが、もし彼に働く必要があったら話は変わっていたはずだ。彼はちょっとした土地とこじんまりした家を所有し、結婚して妻と可愛い娘と一緒に幸せに暮らしていて、趣味といえば小動物や虫、花の観察だった。『小さなものに驚きが隠されているのだよ』が口癖で、例えば普通ではまねできないことだが、花の中を調べて不思議な小さい世界を見つけたりした。

ある日彼は街で顕微鏡を手に入れてからというもの、その人生は一転した。書斎に鍵を掛けて一日中閉じこもると、裸眼(らがん)では到底見られない発見の喜びにとりつかれたのだ。ある日誤って指を虫ピンで刺して出血するとアイディアが浮かんだ。血の一滴をガラスの破片にたらして顕微鏡でのぞくと何か動いているのが見えた。

だが拡大の度合いはそれほどでなかったので街にいくと、銀行で必要額を引き出してもっと精巧で強力な顕微鏡を買い込んだものだ。ひどい張り切りようで家に戻ると閉じこもり、自分の指の血の一滴を実験用のガラスに垂らしてのぞきこむと、そこには得もしれぬ新しい世界が広がって彼は不思議に満たされた。もちろん、自分自身では何も発見していないのは承知していた。

数週間で微細な生命を見るために考えうる全てを調べつくしていた。自分が育てる鶏の糞(ふん)から卵の黄身、それに豚の糞まで含んでいた。彼はきれい好きでなかったようで、サンプルを採取するのに使用した古いナイフの刃や爪や外科用メスなどをめったに濯（すす）がずにバケツに残したままだったし、道具を乾かさなかったから水が容器の底に溜まっていたんだね。一カ月ほどたった時、彼はバケツの底に白っぽいカビが生えているのに気づいた。ある暑い日の午後太陽がその容器に当たっているのを見て、彼はできたカビをわずかに剥がして顕微鏡をのぞいてみた。いくつかの細菌はそれまでに見つけたものと同一だったが、今まで見たこともない数と種類の細菌に呆然となったんだよ。

それから薬に関する書物や記事、記録誌、そして自分の『調査』に関連する理論などを収集した。膿（うみ）について読むと好奇心から実験したいと思ったのだが、家族の誰にも膿瘍（のうよう）が見られなかったから、豚小屋に行って鳴きわめく豚の足に切り傷をつけると、その上に巻く包帯の下に汚いごみや糞をつめておいた。数日して包帯をとると嬉しいことに、傷口が炎症を起こしていた。

豚の膿を採取すると自分の腕からとった血液と一緒に小さな容器に入れ摂氏三七度に保つようにした。毎日のように注射器にサンプルをとると、状態がどう変化するか顕微鏡をのぞき続けたんだよ。その培養物に起きる奇妙な変化に驚きながら豚を調べると自然に傷は癒（い）えていた。

三週間ほどしてミゲルは培養物には変化がなく、細菌は以前と同じような増殖度合いにいるように思えた。試みは終わった。だがそれは本当に終わりだったのか、それとも単なる事の始まりだったのではないか？

ミゲルの考えでは細菌は生きていても休眠状態では増殖しないから、生きている環境におく必要があると解釈したんだ！　生きた標本としてまた豚を思いつくと興味を募らせた。もし豚の炎症があまりに早いようなら、殺して安全な部位は食べればいいとさえ考えていた。自分はひょっとして新しい大発見をして、第二のパスツールになれるかもしれないと考えていたに違いない。

皮下注射器を培養物の一部で満たすと、豚に注射して進行状況を観察していた。が、何も変化がないまま一六日目に再度注射しようとしたところ、豚は地面に横たわったままだった。彼は懸命に立たせようとして何とか立ち上がらせたが、結局は倒れて三時間後に豚は死んでしまったのだ！　豚は一年分の食料供給源だったので彼は心配になった。自分がしたことを妻に明かせないし、食用になんてできはしない。田舎では、自然死、病死、餓死を問わず、死んだ動物は決して食べないのだ。

もう一つの心配事は、体力がない彼には一〇〇kgもある動物を自分だけで埋められないということだった。解決策として埋める前に蛆をわかせて食わせ、なお実験用サンプルを採取することさえ思いついた。だが実践には至らなかった。

結局、村の便利屋ペピトを呼んでミゲルの土地の端に穴を掘って豚を放り込んだ。彼は死因を調べるので埋める前に肝臓の一部を切り取るとペピトに告げて、外科用メスで部位を切り取っておいて、夜を徹して彼は動物の肝臓の一部に起きていた珍しい変化を調べた。

それから二週間してミゲルの娘アニタは吐き始め、時間を追うごとに具合が悪くなりだした。医者を呼んだが原因不明のまま、元気盛りの一八歳の娘は六時間後に死亡した。

娘を溺愛していた夫婦にとっては晴天の霹靂だった。二日後に葬式を控え、村では名士として通って尊敬されてもいたロドリゲス家に村中の人間が集まっていた。便利屋ペピトはひどく具合が悪くて葬式には出られなかった。そして翌日彼は死んだ。彼の妻も調子を崩して臥せっているためペピトの葬式の準備に村人が駆けつけたそうだ。その妻も八時間後に亡くなった。

同じ日ミゲルの妻コンチタが夫に気分がすぐれないと伝えると、ハーブティーを一杯飲んで横たわった。心配でミゲルはまた医者に往診を頼むと、医者は低い声でペピト夫妻とアニタの三人とも同じ病気に罹っていたと彼に伝えた。伝染病とは断言できないでいたが奇妙な一致が見てとれた。翌朝六時にコンチタが死んで、彼女の葬式の手伝いにやって来た女たちの一人が書斎のほうから腐った肉の臭いがするとミゲルに告げた。彼は書斎に行って豚の肝臓の一部を放置したままにしたテーブルをすぐに片付けた。彼は怒りと悲しみに打ちのめされて、以前尊大にも『研究』と呼んだ作業を続ける気は失くしていた。

それから一〇日間は誰も具合を悪くしないで過ぎた。村人も医者も死者は伝染病が原因でなく、単に偶然の一致だったと胸をなでおろしていた。だが一一日目の朝は、同じ症状の患者九人の診察で医者は忙殺されていた。今度は疑いなく伝染病だった。

二カ月後スペインの死者は二六五〇人を数えた。伝染病は終末をもたらす怪獣のように、村から村、町から町へ火薬をつたう火の早さで広がると、間もなく山々の境界線を越えてフランスそして全ヨーロッパで牙を剥いた。三日前に会った人が亡くなったニュースを耳にする勢いで信じがたかったが事実だった。棺桶は間に合わず、埋葬場所に事欠いて共同墓地が使われたという。伝染病はスペインで発生したためスペイン風邪と呼ばれるが、全ヨーロッパでの死者は二千五百万にのぼり、一九一四から一八年の第一次大戦の戦禍を上回ったんだ」

「何だって？……死者が二千五百万人だった？　そんな膨大な数とは知らなかった……で、ミゲルだが彼も死んだろうね」

「皮肉なことに自然の不規則性というか、はじめからウイルスと一緒だった彼はいわば免疫ができていたかもしれない。彼は伝染病にはかからず、一〇年後落馬して死んだ。二千五百万人の死に責任を負う事実を彼は理解したかどうかは誰も知らないんだよ」

ペペは無意識にパイプを船体で叩きながら話し続けた。

「どうやって君はそこまで詳細を知ったんだ？」ロパはたずねた。

「南米への旅の最中、偶然出会ったスペイン人の神父がミゲルの村にいた名の知れた医者が原因を見極めたいきさつをすっかり話してくれたんだ。医者はミゲルの『研究』を知って、実際何が起きたかを推理して個人の日記に書き付けていた。医者は妻を亡くした一週間後、村を離れたためミゲルに事態を話す機会を逃がしてしまった。神父は不思議な状況下で医者の日記を読んでいたのだよ。だがこの話は出版されることはなかったし、賞賛にあたいするものは何もないんだ」

「まったくだ。ようやく、君が語る危険な微細なるものの何かがわかったよ」

「それでは数百万人が死んだ腺ペストの話もしよう。もちろんコレラは恐ろしいし、ガンも多くの犠牲者を出しているが、それらの蔓延はそれ程早くないし、手のつけられない伝染病ではない。それに人は忘れやすい。街で一〇〇人にスペイン風邪の話をしても彼らの七五%、主に若者たちはその伝染病が第一次大戦の時よりも多い死者を出したことは知らない。戦争については知っているのに、まるで伝染病を真剣に考えていないみたいだ」

「人々は無意識に迷信を信じたりするのと同じように、恐ろしい現実を忘れたいのかもしれない。話に出さなければ自然の怒りを引き寄せる危険が減るとでもいうようにね」

ロパはペペの言葉を受けて言った。

「君の言うとおりだ。自然といえばウイルスもその一部だということを我々は忘れがちだ。ウイルスの危険性はそれに抵抗するものがない点、つまりプレデター（捕食者）がいないことだ。プレデターは生態系の一部でありとても大事な存在なんだがね。いい例がオーストラリアにあるよ。母国の英国でやっていたように狩猟をしたいと思ってウサギを輸入した馬鹿者がいたんだが、すごい勢いでウサギは増殖した。英国では狐の数はハンターと同じくらい多いがオーストラリアには一匹もいないし、一〇㎞四方に人間が一人という広さだ。ディンゴはいるが既に彼らはカンガルーを追うのに忙しい。

それでウサギの増殖には歯止めがかからず、生態系的には大失敗した。ウサギのほかに羊も輸入されたが、カンガルーと分け合うだけの充分な草がなくて、農夫たちはカンガルーを殺し始めた。するとディンゴは狙いやすい羊を殺し始めた。それで農夫はディンゴを殺したため、ウサギとカンガルーの唯一のプレデターがいなくなった。おかげでカンガルーは増殖し、羊用に農夫が確保する草を食べてしまうから羊は死ぬ。それでカンガルーの大量殺戮（さつりく）が始まったというわけだ」

「すると、カンガルーはいずれ消えていく種になるんだね」ロパは確認した。

「ところがそうはいかない。彼らと農夫の戦いが起きているが、彼らはよく抵抗して消える気配は全くない。そして五千万匹に上るウサギだが、やはり草を食べてしまうから農夫たちは狐を輸入し始めた。人間が自然を配下にしようとして引き起こす混乱ぶりがわかるだろう？　地球上の哺乳類で最も優れた種だと思い上がっているこの二足歩行の動物は、自分のしでかした結果から学べると思うかね？　いいや、思い違いをしている。ミゲルに見るように見習いの魔術師だ。僕は自然を大いに信奉しているんだ。自然は途方もないパワーと知性を備えているが、それを宗教ではなく『崇高』とよぶ。黒人たちの迷信を滑稽だと笑えないかもしれない……」

「どういう意味だい」ロパはペペの言葉を遮って聞いた。

「意味どおりさ。かなたの未開拓の森林地帯に住む原住民は自然の中で、自然に生かされ、自然と暮らしている。つまり彼らは『自然の一部』で『自然を感じている』が、我々は全く感じない。つまり原住民は自然の受容体として現象を見通せるが、垢抜けした文明人は洗練された社会が不合理なものを浸透できないように覆いつくすので感じなくなってしまう。ところが目に見えず存在感のうすいものが想像以上に生態系のバランスを保つのに欠かせないんだ。というわけで人類はまるごと生態系の破壊へまっしぐらさ」

「まるごとっていうのは？」

「今、地球は破壊と汚染が進んでいるだろう。遅かれ早かれこの地球を取り巻く環境でしっぺ返しが起こって、我々の頭上にふりかかってくるだろう。これはことば遊びではないんだ。僕は……」出し抜けに、ペペは舵手に向かって叫んだ。「何てこった、こりゃ参ったな。気がつかなかったのか？」カヌーは突然川岸から二〇〇mほど離れた場所で三〇cmばかり水をかぶった砂洲につかまった。

「でも、ミスター、水にごってよく見えないね！」舵手は確かだった。ペペはこの事態を見て取ると言った。「オーケー、皆水に入って押してくれ。ロパ、君はエンジンをリバースにして舵をとってくれ。何とかなるかもしれない」

それから三〇分、カヌーが自由になると、ペペはゆっくりと流れて砂洲のない川の中ほどに進めた。三時間後には宵闇が迫るなか、木々の向こうに煙らしきものが見えてきた。村に近づいて一行は数軒の小屋の方をめざした。カヌーを水につかって艀の代わりをしている大きな木に結んだ。

夕食の調理につかう薪を燃やすにおいが漂って、その場所にアフリカらしい魅力を覚えながらロペとペペはこの貴重な瞬間を味わっていた。現地の人々は親切でやさしく、無条件の温かさで迎え入れてくれた。とても貧しいが村に立ち寄る旅人に進んで手をさしのべてくれる。当然のようにサービスに対して白人からは見返りのプレゼントを欲しがるが、それがどうしたというのだ？　それがアフリカ流で誰かから何かを受け取ったらお返しする風習があるのだ。

ペペは鶏を一羽買って夕食用にチリとグリルで焼こうと思っていたが、村長が旅人にプレゼントしてくれた。彼らの慣わしを知るペペは好意を受け入れると、カヌーから村長の妻に鏡を、村長にはナイフとタバコ一缶を差し出した。村長は上機嫌で椰子酒（倒した椰子の木幹の上端から一mあたりに穴を通すと、浸出し始める樹液をひょうたんで受ける。一日に二、三回収集するが、味は甘い。酒にするには、大きな器に樹液と樹皮を混ぜ発酵させるが、味は変わって甘味が消える）を運ばせた。味はひどかったがロパとぺぺは断れずに、ひょうたんにつけた口の端から液体を啜ると、人目を盗んで残りは地面に空けた。

宴会の終わりに一行をもてなすダンスが、雨季でも使えるように村の中央に建てられた大きな納屋で披露された。まず火が焚かれ、ドラムの音色がよくなるように火の側でドラムの皮を乾かすのだ。村は小さくて踊る女性も少なかった。彼女らの足首はブレスレットやら数々の木の実で飾られていて、ドラムのリズムに合わせて足を軽快に踏み鳴らす度にカチャカチャとカスタネットのような音をたてた。

ロパとぺぺは小屋の一つをあてがわれたが、そこに二人の給仕が蚊帳を張ったキャンプベッドを用意していた。暗闇で横たわっていると熟睡しない村人のまばらな話し声が聞こえる。実際、アフリカの村々の生活では夜になっても完全に静まることはなくて、誰かが隣人の小屋に行って話しこんだりするのだ。暑い夜は特にそうだ。今夜は二人の白人の到着で村中が興奮しているのか、ほとんどの村人は眠らないらしい。犬の喧嘩でロパはギクッとして起こされたが、一時間後、深い眠りにおちて、朝方まで目覚めることはなかった。

やっと雨は止んで、大きく広がる霧の帯が川を覆っていた。朝の冷気で人々は焚き火の周りに集まっている。彼らは裸だけに冷気には弱いのだ。旅人の出立の準備が整うと村中あげて見送ってくれた。何やらジョークが交わされたが、どうやら夜を一人で過ごさなかった二人の給仕たちに向けられていた。

朝の静寂をモーター音が破ると、オウムの一群がキーという鋭い声をあげて飛び立った。カヌーが遠く川岸を離れても村人たちはまだ手を振っていて、ロパとペペも小島に隠れて見えなくなるまで彼らに手を振った。

第12章　猛毒の蛇

　コンゴ川からウバンギ川を航行して二、三日が経つ。バンギのはるか上流にある源流から流れてコンゴ川に注いでいる川だ。一行は北へ向かっているが進むほどに森の開墾地があって、ココアやコーヒーを栽培している。川はあまり広くないが場所によっては幅が一、五〇〇mに達する。ある時はベルギー領岸、またある時はフランス領岸を眺められた。ある日の午後川の急な曲がり角に差しかかると、遠くにコンクリートのビルがのぞめた。バンギ港だ。近づくにつれ船舶が見分けられて、中にサヴォニャンがいるとは知らなかった」ロパは驚きの声をあげた。

「サヴォニャンがここにいるとは知らなかった」ロパは驚きの声をあげた。

「僕だって。確かにサヴォニャンだ、コレットはもう我々に気づいているだろう」ペペは双眼鏡を覗きながら、もう一方の手を大きく振って言った「どうやら、このカヌーは目立つようだな」カヌーを船に近づけるとコレットが喜びをほとばしらせて歓迎してくれた。彼の愛情が伝わってくる。

「まさかバンギにいるとは思ってもみませんでしたよ」ペペが声をはりあげた。

「長くはいられないんだ。ボイラーには火が入ってあと一時間後には出航する。最初の寄港はカトンガ農園で、コーヒー満載の艀船を二艘つなぐことになるよ」

　二人は船に上がって操舵席に行くと、船長は冷たい飲み物を振舞ってロパの回復ぶりを喜んで言った。「もう普通に歩いているな」「ええ、リハビリのおかげですよ……」ロパの言葉はドアをノックする音で遮られた。船長が入るように言うと、輝くブロンドの髪が垣間見えた。「お邪魔します……まあ！」小包みを手にしたサンディが現れた。「まあ、どうしたことでしょう!!!」彼女の反応がおかしくて、サプライズを仕組んだ船長は笑った。ロパはボーッとして言葉がなかなか出てこないようだった。ついに手を差し出して彼女のほうへ近づくと挨拶した「サンディ、これは驚きだ！　どうやったら君に連絡できるか思案していたんだ。素晴らしい、ペペと一緒に今着いたばかりだよ。ピエール・プシャールは覚えているよね」

　ロパに小包をわたすとサンディは言った「そんなに驚かないで下さいな。いつものようにコレット船長に届けにきたところですわ。まさかあなたが船にいらっしゃるとは！　素晴らしい驚きだわ！　いつお着きになったの？」彼女は気持ちを隠せず、顔をあからめてさえいた。彼との再会がどれほど嬉しいかが見て取れた。

「ちょうど一五分前だ」ロパは食い入るように彼女を見つめた。これまで離れていた数カ月間彼はサンディの全てを思い出そうとしていた。その彼女が今目の前にいるのだ。どんな細かなことも見逃すわけには行かない。彼女が笑うとできる下唇に近い顎の小さなえくぼ、顔から髪を後ろへ振り払う愛らしく素早いしぐさ、左肩にこじんまり集中するそばかす、それに何よりもロパの魂へまっすぐ届く藤紫色の瞳の深いまなざしの全てを。彼女の明るい笑顔は表情豊かで、時にいたずらっぽく、温かく、ちょっぴり悲しげかと思えば、突然爽やかで透明な滝のような笑いに変わった。

「ロパったら、そんなに見つめないで……わたし幽霊ではないわ。ここはバンギで、わたしの居場所はわけなく見つけられます。わたしここに住んでいるのよ、覚えてらっしゃるわね？」

「確かに。僕どうかしてる。さあどうか座って」ロパはわれに返って笑いながら、椅子を彼女のほうに寄せた。「何か飲むかね、サンディ？」船長が聞いた。「いただけるならミント水をお願いしますわ、コレット船長」そう応えるとロパの方を向いた。

「では、今着いたばかりなのね。ああ、全く、知らせてくだされぱいいのに、意地悪ね。見て、こんなに手紙を書いたのに無駄になったわ……」

「何だって？　無駄だって？　僕は君が何を伝えようとしたか知りたい。僕が面目を失っているか、あれこれと安全策をアドバイスされているかをね」ロパは彼女をからかった。

サンディは少し顔を赤らめるとぺぺと船長のほうへ視線を投げた。二人の間の秘密を明かされて彼女が気にしていることをロパは察知すると、体の中を温かいものが走り腹にかすかな動きを感じた。彼女はその変化を探知すると顔を真っ赤にした。

コレットは気をきかして話題をそらした。「ぺぺ、わしは港を管理するポール・ペレに話して、君のカヌーを桟橋に停泊させてもらおう。ただのカヌーじゃなくて船舶の分野に入るからな」彼はからかって言った。

「どちらかというとそうですね。それは恩にきます。最近バンギでは盗難が増えているとききますから、港に停泊できれば有難いです」

「そう、夜は無論だが日中も見回りがあるからな」船長は立ち上がると別れを言った「失礼しますよ、出航前の点検をしなけりゃならんので」

「ともかくひとまず停泊して、宿泊所を探すつもりです」

「待て、カヌーをほどく前に停泊場所をペレから聞いてみるよ。操舵室からすぐ連絡をとってみよう」そう言うと、船長は階段を上った。ペペとロパはカヌーに乗り込むと、後についていたサンディはカヌーを賛嘆した。タラップの上に立ってルイ・コレットはペペに停泊の場所を合図した。一同は彼に感謝と航海の無事を告げて、帰路に会う約束を交わした。

一行はアゾベ材の桟橋にカヌーを回した。この季節の川の水位は低いので、二人の少年がカヌー内でキャンプし交代で見張ることになる。三人は上機嫌で桟橋に上がると、サンディは二人を自分のジープに乗せた。「このジープは何処で手に入れたの？　極めて調子がよさそうだな」ペペが聞いた。

「入植して四〇年、今年七〇歳のコーヒー農園主と知り合いになったところ、長い間コーヒー小屋にねかしていたこの車を安い値段で売ってくれたんです。二、三週間かけて手入れしたら動くようになったわ」

「整備工がいたのかい？」ロパは聞いた。

「女性が整備方法を知っているのは珍しいかしら？　それって男性優越主義的でないこと？」サンディは笑った。

笑いながら、彼女は通りをぶらつく現地人をよけて余裕ありげにジープを走らせた。やがて町より高台にある居住区につくと、巨大なマンゴ、ブラッサイア（大きな葉が傘が重なるように育つのでアンブレラツリーともいう。タコの足のように長い紫赤色の花をつけるのでオクトパスツリーという名称もある）やアボカドなどの木が日陰をつくって通りは涼しかった。野生の鳩が木々から飛び立って、ハイビスカスやブーゲンビリアの花の向こうに可愛い感じの植民地風家屋の屋根が見えていた。

ジープのハンドルをゆっくり切りながら、手入れの行き届いた英国スタイルの庭園の真ん中を通る曲がりくねった小道を進むと、年季のいった屋敷の前にある巨大なマンゴの木の下にジープを止めた。玄関の上にはマホガニーやオクメ（アフリカ産の軽くて柔らかい赤みをおびたか家具用材）製のペディメント（ドアや窓の上の三角形の切妻）が、ジャスミン、赤や藤紫色のブーゲンビア、それに絡み合った幾種の熱帯の蔓科植物を通して浮かびでていた。サンディがロパに微笑みかけると二人はこの落ち着いた雰囲気のなかでロマンチックな気分を感じあった。二人が家に招き入れられると中はひんやりしていた。マダム・ドゥ・ラベルダンは車の音を聞きつけて居間に下りてきた。

「マダム、ロジャー・パルディさんとピエール・プシャールさんを勝手にお連れしたのですが。覚えておいででしょうか、ブラザビルから乗船した折にお二人ともサヴォニャン号に乗っていらした方々ですわ」

マダムは自分の身分に合わせて、丁寧で紳士的な態度で接する心理学者のぺぺに好印象を抱いていた。彼女はロパ共々訪問にあたって二人の好ましく控えめな振る舞いを気に入っていた。

周辺には友だちはいなかったし、単調な一日のいい気分転換になるように思われたのだ。その『貴婦人』的風情で彼女はペペに手を差し出すと、彼は余儀なく彼女の手の甲にキスをした。ロパは前に進むとわずかに頭をさげた。彼の第六感では彼女がペペのマナーのほうをはるかにお好みだと分かっていた。

「勿論よく覚えていますとも。紳士は忘れなくてよ」彼女は悪戯っぽく言った。「それに、パルディさんも。いつお着きになりましたの？」

「ちょうど一時間前にサンディにお会いしたのです」ペペが偶然の再会とカヌーでの川の旅でコミュニケーションする方法がなくて、誰にも到着を知らせなかったわけを説明した。

「まあ、あなた方は何て勇敢なんでしょう！　小さなカヌーで長旅をするなんて大いに勇気が必要ですわね。野生の動物がいただけで、わたしなんて怖くて死んでしまうわ。いいですか、通りの三軒先のお宅では犬が豹に食べられたそうです。バルデ夫人、コマルコ社社長の奥様の飼い犬だったのですって。そのご子息からアルナウディ夫人のご子息が話を聞いて、私どもの息子に伝えられたのです。想像しただけで恐ろしいことだわ。豹がそんなに近くにいるなんて。まあお喋りばかりして、喉が渇いていらっしゃるでしょう。どうぞお楽になさってくださいね」マダムはコーヒーテーブルからベルをとって鳴らした。

　ほぼ同時に、白いジャケットと黒いズボン姿の若い召使の少年が現れた。

「何を召し上がりになりますの、お二人は、コニャック、ウィスキー、ビールそれともアニスになさる？」

「マダム、どうぞお構いなく。お邪魔はしたくありませんので」ロパは彼女の気持ちを知りながら駆け引きをしてみた。

「まあ、そんなこと仰って。わたし嬉しいのですよ。まずは座りましょう。ジーンがトレーを運んでまいりますから、どうぞお好きになすってください」

一同は扇風機の下で快適だった。サンディはソファに座った二人の紳士と顔を合わせる形でアームチェアに腰をおろした。夫人は古風な低い椅子を選ぶと、彼女の古風なドレスによくマッチした。家の至る所にある鏡に自分を映して、自画自賛している女性を想像すると内心おかしかった。だが彼女のホステスぶりは素晴らしく、だれでも寛(くつろ)がせるコツを知っていた。

お喋りで一時間が過ぎると、オフィスからドゥ・ラベルダン氏が帰宅した。彼はきさくで二人をよく覚えていた。ロパはサンディがご主人夫妻に自分の二人の友人が温かく歓迎されるよう望んでいて、われを忘れた状態でいるように感じられた。二人は彼らにそろそろお暇(いとま)する時間だと伝えると、夫人はほとんど気づかないような合図を夫に送った。するとドゥ・ダベルダン氏から二人に差し支えなければ夕食に招待をしたいと申し出があった。

「それでは、ご好意に甘えすぎることになります。カヌーに戻りますので……」ロパは即座に応えた。

「それはご心配にはおよびません。私どもの心からの気持ちですから」夫人が言った。

「ほんとうにお邪魔でないのでしたら、喜んでお受けします」

子どもたちの世話で一五分ほど座をはずしていたサンディは部屋に入るなり、最後の言葉を耳にしてひどく驚いた。皆がスペイン風パティオの大きなテーブルにつくと、制服姿だが裸足(はだし)でお喋り一つしない二人の給仕によって食事が運ばれてきたが、料理のスタイルは統一されていなかった。子どもらはテーブルの端に座っていたが、テーブルマナーを忘れると横でサンディが視線やジェスチャーで合図を送っていた。ロパは夫人が船にいたときよりもずっと対等かフレンドリーな態度でサンディに接しているのに気づいてほっとした。

「それで長くバンギに滞在なさるのですか」ご主人が聞いた。

「ええ」とロパは喉を撫でながらサンディにちらっと目配せした。「実はコーヒー園での仕事を探すつもりでいます。どうも町は好みませんので、自然の中で仕事をしたいと思っています。もちろんバンギも魅力的ですが、夢は農園の仕事です。栽培だけで破壊しないで済みますから。ご存じないかもしれませんが、わたしの前の仕事は製材所で伐採に関わっていて、それが影響しています。地球の膨大な資源の破壊に加担していたと気づいたんです。樹木は酸素の工場です……凄いことですね！　これからは、破壊的でなく何か建設的なことをしたいんです。ピエールは新たにウバンギでバヤ族の調査を始めようとしています、そうだね、ピエール？」

「君の言うとおりなんだが、郊外に落ち着いて腰をおろせる拠点を借りようと思う。ホテルは高いし、でもどんなに大きくてもカヌーではまともな生活ができないからね」

「わたしのクライアントに何人か農園主がいるのでよろしければ、パルディさん、マネジャーを探していないか聞きましょうか？　コーヒービジネスにかかわったことはおありですか？」

「いいえ、ありません。ですが、どなたか手本を示していただければ一週間で農園の管理をしてみせます」

「そうですか、君を信じます。プーシュラン氏とドリンジャー氏に話してみよう。二人ともいくつか農園を経営しているが、彼らはフランスにいるので信用できる人間が必要なんですよ」

「そんな、あなたのお手間を取らせるなんて心苦しい限りです。自分で探しますから。無論あなたのご親切には心から感謝します。有難うございます……」

子どもたちは母親から許可を得ると、パティオの端の金魚のいる小さな池にパンの切れ端を持って誰が金魚にエサをやるかで口争いしながら遊びにいった。池の近くで夜行性の鳥が気味の悪い鳴き声をあげていた。飼い猫がロパの膝にのるとその毛並みをなでていたが意識は別にあった。ドゥ・ラベルダン氏は続けた「どこの国も同じですよ。友人の推薦はあったほうがいい。というのも……」

その時、女の子の引きつったような金切声がした「マミー、マミー！ 蛇が、蛇が!!!」誰よりも早く、サンディは一目散に子どもたちのそばに行った。静かに立ったままで彼らに言った。「動かないで、ポール、動いては駄目」彼女の後ろに駆けつけたロパに振り向かずに告げた。「ロパ、マンバだわ。飛びかかるところなの。ショットガンが要るわ、急いで！」

子どもの父親は青くなって武器をとりにいった。夫人は考えもせずに息子のほうへ駆け寄ろうとしたのを、ペペは押しとどめると低い声で鎮まるように促した。蛇は池を縁取る岩の上でとぐろを巻き、ポールの頭から六〇㎝くらい離れた位置で頭を攻撃の位置にあげてわずかに揺らしていた。サンディの絶え間ない指導どおり、ポールはゆっくり後ずさりをしていた。

しかし全てが一瞬の内に起きた。夜行性の鳥のせいか、池にかかる木から小枝がはがれ、枝から枝へぶつかるとポールと蛇の間に落ちた。それを子どもからの攻撃ととらえた蛇は本能的な反応でその赤い頭を突き出し、一瞬の閃きとともに牙をポールの首につきたてた。彼は叫び、夫人は気を失った。

父親は銃を持って戻ったが、状況を見ると近寄って蛇をまっぷたつに銃で打ち抜いた。ロパは少年に駆け寄ると用心深く蛇の頭を取りのぞいた。さもないとその爬虫類はひどく身をくねらせていて、牙がそれ以上深く喰いこむ怖れも、ロパが咬まれる怖れもあった。サンディも気絶しているポールに駆け寄ると、ロパは彼女に毒消しがあるか聞いた。

「いいえ、先週その話をしたばかりですもの。病院に電話してマンバに咬まれた子どもをすぐ連れて行くと伝えてください」サンディは言った。

意識のないポールは車で二㎞先の病院に運ばれた。遅い時間で道は空いていたし、父親は猛スピードで車を走らせてわずか数分で病院についた。スタッフが待ち受けていて、患者をすぐ救急治療室に運びこむと医者は脈をとった。反応はかすかだった。すぐさま注射をしたがポールの心臓は停止した。心臓内注射から電気ショック、できることは全て手を尽くしたが無駄だった。遅すぎたのだ。

呆然自失の父親に医者は、マンバの毒で人は五分で死ぬが、足を咬まれたなら迅速な対応があれば六〇％の生存率があった。だが、首は致命的だったと説明し、「自然は残酷な報復に出ましたな。とてもお気の毒です」医者はそう括った。

車の後部座席に寝かされたポールの姿は痛ましくて、ロパとサンディはあえて互いの顔を見ないでいた。家に着くとドゥ・ラベルダン氏は二人にしばらく息子の側にそのままいて欲しい、妻に事態を受け入れるように諭さねばならないと告げた。

しばらくして、夫人の耐え難い嘆き声が聞こえて、大きな悲しみに襲われたロパとサンディは互いの顔を見つめあった。ぺぺが家から出てきて言った。「医者に連絡して来診してくれるよう頼んだところだ。夫人は鎮静剤が必要だ。坊やを寝室に連れていこう」

医者が到着して母親が鎮まり、子どもがベッドに寝かされると、二人は泊まっていくよう勧められた。父親は魂が抜けたように見え、正気を失わないかと心配された。明け方サンディは二人の友人をカヌーに送り届けた。

第13章　自然のなかの恋

ああ、なんと不思議な魅力あふれる土地よ
何故もっと早く訪れなかったのだろう
子守唄の調べに耳をすまそう

クークールーはさえずりながら木のてっぺんにとまった。ロパはアフリカの賛美歌のようなこのさえずりが好きで、上を見上げると思わず微笑んだ。早朝だというのに陽射しはすでに強く、コーヒーの葉にウバンギ川の川面が照り返している。ロパは耳をそばだててサンディのジープの到着を待っていた。

彼がバンギに来て、ちょうどドゥ・ラベルダン一家の息子が命を落とした事故以来、既に二カ月が経っている。事故の三週間後マダム・ドゥ・ラベルダンは娘を連れてフランスに帰国したが、夫は自分の後続者を待って残っている。夫妻ともアフリカに憎しみを感じて、ポールの遺体を母国に送り返すよう手立てしたほどだ。サンディはドゥ・ラベルダン氏の滞在中は居残って一緒に屋敷の世話をするよう依頼されていた。

一家の悲劇にもかかわらず、ドゥ・ラベルダン氏はロパとの約束を忘れずドリンジャー氏に連絡をしていた。彼はバンギの南二〇km、川の端にあるコーヒー農園のマネジャーを探していた。古くからの農園の用地は数百ヘクタールあり、いい売り上げがあった。どの大地主とも相変わらず給料は低かったが、当面望んでいた職種でしかも未開拓地（ブッシュ）の生活ができるとあってロパには満足だった。願わくは、そのパラダイスのような生活を完璧にするにはサンディの存在が必要だ。

この二カ月は二人ともひどく忙しくて、会えたのは日曜日二回だけだった。ロパは新たな仕事先で生活し始め農園の管理習得に追われてきた。バンギに到着した日にサンディから渡された手紙の束を読んだが、彼女の本心は掴みかねていた。二回のデートでロパは恋に落ちているのが分かった。二人とも相性はよく、興味も共通点が多くて完璧といえるほど調和した存在だった。それでも彼女が自分に求めているのは友情か、もっと深い関係なのか確信がなかった。サンディはロパに恋していて臆せず真実の愛に身をゆだねてもいいと思っていたが、そんな気持ちを上手に隠していたので、ロパは自分が望んでいるように彼女に友情以上の気持ちがあるか分からず迷っていた。

サンディと農園で一日を過ごしたくて彼女を招いた日の朝、一緒に朝食をとりたいと願っていたが九時半過ぎてもまだ彼女は到着していない。電話はないから様子を聞きたくてもできずにいた。刻一刻あれこれ想像して彼の心配は募っていたが、一方で恋の炎も負けずに強くなっていた。彼女がどう出ようと本心を打ち明けようと彼は決めていた。それでも、友だちでいましょうという彼女の返事を考えると胃が痛くなった。

クークールーがさえずりながら飛び立つ姿は微笑ましかった。何でも複雑にする人間に比べて鳥の生活は何てシンプルなんだろう。

彼が鳥に目を奪われていると誰かがやってきた！　他でもない、彼女がもうすぐ現れる！　車が近づいてくるのがはっきりすると、確実なエンジン音でサンディであることが彼には分かった。急いでハイウェイに通じる道の左側を見ると、コーヒーの木の上まで巻き上がる砂煙が見え、バオバブの木を回ってジープが現れた。

いよいよ決断の日だと思うとロパの胸はキュッとなった。ドライバーの姿をみてとると、軍隊帽から金髪がなびいて新たなセックス・アピールを感じさせた。召使らしい少年が同乗していた。スピードを落とすと両手をだらりと下げてじっと立ちすくんでみつめているロパの側に車がとまった。

「ハハハ、カメラを持ってくればよかったわ。まるで幽霊でも見ているような顔をしているわよ、何かあった？」爆笑して、サンディは言った。ロパはわれに返って、まごついて真抜けた様子を振り払うと、ようやく応えた。

「年寄りのブッシュマンみたいな君の姿は初めてだからさ……それだけ……。で、元気かい？

農園の入り口はすぐ見つかった？」

「ええ、このツグミは農園を知っているので連れてきたのよ。それにパンクやら何かの事態に備えてね」彼女はジープから飛び降りながら手を差し出してきた。ロパも手を伸ばして握手したが、眼は彼女の体に吸い寄せられていた。彼女は白いショーツをはいていて、丸みを帯びて日に焼けた太腿と長い脚を強調していたし、はちきれそうな美しい胸を辛うじて支えているブラの下でカットオフシャツを結び、その輝く肌をさらしていた。

彼はしまりのない顔を見せないように、そして彼女をじっくりと観察しながら必死になって妄想から抜け出そうとしていた。「喉が渇いたでしょう。外は暑いから、ベランダに入ろう」前回のデートでは彼女の腕をとり手も握ったのに、今はあえて触れようとしなかった。

「モケイエ　ティカスースー　ナ　モウンスー?」振り向くと、サンディが川から上がってきた二人のアフリカ人とサンゴ語で話していた。彼女はロパのほうに振り向いて言った。

「あなたに三〇フランで魚を売りたいそうよ。相場からいって二〇フランで十分ね。もし要らなければ、わたしが買って夕食用に持ち帰るわ」

いつも即断即決で事態を収める彼女は素晴らしい。そのほか彼女に魅かれるところは、ボス、警官、老女であろうと誰に対しても常に気楽さを感じさせる姿勢だ。恐らく英国の女王の前でも変わらないかもしれない……。

「……で、ロジャー、決めたの?　ヤッホー、わたしここよ!」

「ああ、そうだ、そうだった。勿論、僕が買うよ。彼らにキッチンへ行って給仕に冷蔵庫に入れてもらうよう伝えてくれるかい?」

彼は財布を取り出して三〇フランを手にすると、彼女は素早く一〇フラン紙幣を抜き取って隠した。二〇フランなら買うという条件を魚師につきつけると、彼らはしばらく話し合うそぶりをみせたが結局金を受け取るとキッチンへ向かった。

サンディはロパに追いつくと一〇フランを戻した。「いいこと、何か買う際はいつも値切るのよ。彼らには一種のゲームだし、何でも余分な見入りを期待しますからね」

「君の言うとおりだね。でも、交渉は君のほうが上手だと思うよ。さあ家を案内しよう」彼女の腕を取って案内することにしたが、その繊細で柔らかな肌触りは以前触れたときよりさらに強烈で違った印象を彼に与えた。家を一巡すると彼女が言った。

「川の見える部屋を寝室にしたのね？」

「そうなんだ、景色は何とも言えないほど素晴らしい。満月の夜、川岸に行くとぐっとくるものがあったんだ。あ、ごめん、座って楽にして」給仕がベランダのテーブルに飲み物のトレイを置いた。彼女は水にミントを浮かべたグラスを持ってアームチェアに腰をおろした。

彼はレモンをグラスにしぼると急に思いついて言った。「ちょっと失礼。すぐ戻るから……」
二、三枚の紙片を手に、戻るとサンディに手渡した。神々しいほど美しい満月の夜に書いた詩だという。「笑わないと約束してくれるかい？　君に側にいてもらいたいと思って詠んだんだ。タイトルは『ウバンギ川の宵』、君に捧げたい」彼女は詩を読みながらそっとロパの腕に手を添えた。彼女の表情にみとれているとその目は涙で潤んでいた。彼女は声を高くして続けた。

この温かな月の光のもとで

私はゆっくりと流れる水を愛でている
軽やかな霧が後を追いかけ
やさしく包み込んでいる

ああ、なんて不思議な魅力あふれる大地よ
何故もっと早く訪れなかったのだろう
子守唄の調べに耳をすまそう
それはわが命をなだめる泉
乾きを癒す水
病める魂は感謝に満ちて
うけとめる

読み終わるとサンディはロパを見た。初めてみる彼女の表情に彼は何を考えているか聞く必要はなく、彼は言いがたい幸福感で溶けそうに感じていた。

『これこそ愛だ、真実の完璧な愛なんだ』彼は確信した。顔を近づけると彼女は彼の唇を受け入れた。恋人同士として交わす初のキスだ。二人は一瞬ためらったが、舌を絡ませると彼はやさしく彼女を腕に抱いた。

彼女は両手を彼の顔にあてると自分のほうへ引き寄せた。彼が用意した言葉は全て津波でさらわれたように消えうせた。今起きようとしていることにどんな言葉も及ばない素晴らしさを感じていた。

　キスの嵐がおさまると彼はつぶやいた「サンディ、どんなに君を愛しているか……」彼女は彼の唇に指をおくと囁いた。「確かなのね、ロジャー？　愛という言葉は安易に使うべきでないのよ……」

「そんなんじゃない、君を愛している、サンディ、君に会ってからずっと思っていたよ。サヴォニャンで僕に笑いかけてくれたときからだよ」

「覚えてるわ、あなたも笑顔を返してくれたこと……」

「じゃ君も僕を思っていてくれたのかい？」

「何考えているの？　好きでなければあんなキスをしたと思う？」

「そうだね、たぶん君は僕のことを好きだとは思うけど、愛とはまた別問題だよね」

「なるほど、わたしのロジャーは全て確認したいのね。何を考えているの？　わたしがあなたを愛していると思う？」彼をからかうサンディの目はきらきら輝いて、楽しんでいるようだった。「もう一度キスして、確かめてみて」そのキスの味は彼の問いかけへの答えだと認めざるを得なかった。女性とは一度もそれほど愛情深いキスを交わしたことはなかったから、たじたじとなっていた。唇を離さず、彼女は椅子から立ち上がると彼の膝に座った。二人は体を絡み合せて愛撫した。情熱的なキスをしながら、熱っぽく彼女は言った。「初めて出会ったときからずっとあなたを愛していたわ、ロジャー」

その言葉を聞いて彼は相手の腕の中で溶けてしまいそうに感じ、嬉し泣きしそうだった。

「ああ、愛しい人、僕の命、そうだね、確かだね？　可愛い人、僕のエンジェル、君を何よりも大事に思っているよ。分かるかい、今日は僕の人生で最高に素晴らしい日だ！」

二人は長い間キスを繰り返し、抱き合っていた。そして世界中の恋人たちと同じように愛をささやきあった。手を取り合って、川へ下るとパンヤの木の大きな根元に座った。そこは二人だけの世界で間もなく体が求めあっていくのが分かった。お互いの愛の告白があった後は、肉体を捧げあう準備は整っていた。まさしくロパがアフリカの川の美しさにうたれ、詩を書く気持ちになったその場所で、二人は愛を確かめ合い、感動で満たされた。

「ああ、サンディ、愛しい人よ、これは夢ではないんだね、何て素晴らしいんだ」

「ロジャー、あなたを愛していたのが分かったかしら」

「あえて分かろうとする勇気がなかったんだ」やっと二人は体を離すと、ロパは笑って言った。

「給仕たちは僕らをあちこち探しただろうな。調理人は心配しているに違いない。僕が特別料理を用意するよう指示したから」

幸福な時間は早く過ぎるのが常だが、実際もう正午を半時過ぎていた。二人は手に手をとって家に戻ると、食堂では既に昼食の準備が整っていた。ロパの調理人カナイオは白髪の黒人で、フランス料理とベトナム、中国、アフリカ料理などのコツをいろいろ知っていた。それに彼は時間を守らない相手には腹をたてる性格の持ち主だった。

この日は、蒸した米や香草で魚を何層にも巻いたアフリカの代表的料理で味は抜群だった。

特別料理とは、準備段階での調理人の微妙な腕さばきのほかに調理のタイミングが左右する。熱く焼けた石の下から料理が出されたら間髪いれず食べるよう求められる。カナイオはキッチンからでてくると恋人たちに言った。

「ミスター！　だめね！　わたしあなたにスースー（魚）つくる。それに、ミス、あなたも来ない。何ですか？　だめ、食べるじかんたいせつ。もう、あつくない。あたたかい。それ、おいしいにおい、かおり葉っぱにうつってしまう。よくない……」

「オーケー、オーケー、すまない。君の言うとおりだ、カナイオ。でも、僕らはとても、とてもハッピーなんだ。ミス・サンディは料理が気に入っている。そうだね、サンディ？」

「ええ、とても。カナイオ、見事な出来栄えだわ。フランスだったら多くの料理人があなたにやきもち焼くわよ……」

「ああ、わたし、ミスター・ロジャーのためはたらく好き、いいボスね。一つおいしいりょうり食べるじかんだいじ。そのこと知るたいせつ。でないとイライラする。カナイオもうつくらない。それだけ」そう言うと、唐突に恋に夢中になるあまりふだんは料理に対して分別のある女性が、今日彼が準備したような〝スウスウピンデレミンギィ〟（とても美味しい魚料理）がメインのランチ時間を忘れるなんて何て連中だとばかりぶつぶつ言いながら彼はキッチンへ消えた。

「君が僕に魔法をかけて動けなくしたんだろう？」

「そうよ、あら、そんなにわたしを見つめてばかりいるからワインを注ぐ先が違ってるわよ」

二人は噴き出した。有名な魚料理の味はそっちのけで愛撫しあったり、互いに甘い愛のことばを囁きあったりするのに忙しかった。その日は二人の記念すべき日になった。というのもドゥ・ラベルダン氏が二週間してフランスに戻ったら、結婚しようと決めたからだ。

＊　＊　＊　＊　＊　＊

結婚式はバンギでとり行われた。ドゥ・ラベルダン氏はピンダーホテルでの披露(ひろう)パーティの費用を持つと言って譲らなかった。ペペはバンバリに契約があってそこで民族調査を続けていたが、二人の特別な日を祝いに駆けつけた。翌朝彼らは農園に戻ると、従業員たちが二人を讃(たた)えるダンスを披露し、カナイオが自分の役割を越えて祝福の言葉を述べた。

「マダム・サンディを家に迎える最初の日の夜のために」一週間後農園に二人をたずねてきたペペは心から二人の結婚を喜んでくれていた。「まさに二人のロマンスはおとぎ話ものだね。『二人は結婚してたくさんの子どもと暮らしましたとさ』それで何人子どもが欲しいんだい、サンディ?」

「一ダースよ、もちろん」サンディはおどけて応えると続けた。

「あなたの調査は進んでいる、ピエール?」

「快調ですよ。今割礼(かつれい)の習慣を調べているほかに、サンゴ語を勉強してるんだ。とてもやさしい言葉だね、モ　ケ　サラ　テネ　ヤンギ　ティ　サンゴ　ヘイ?」(君はサンゴ語を話しています、ね?)

「ええ、でもわたしの怠け者の夫はまだあまりうまく話せません」彼女はサンゴ語で応えた。

「時間がたくさんあるんでね」ロパは自己弁護をした。

「ルイ・コレットが君らの結婚式に出られなかったのは残念だ。二、三日中にバンギに寄るそうだ」

「ほんとう？　彼に会いに行くでしょう、ロジャー？　彼喜ぶわ」サンディは歓んだ。

ぺぺは二、三日の間新婚のカップルのもとで過ごしたが、サンディは完璧なホステスぶりで歓待した。

＊　＊　＊　＊　＊　＊

一年後、サンディは美人の娘を出産し、ルネと名づけた。バンギの病院で出産したが、彼女は健康この上なく、産科医から彼女の体なら子どもを何人も産めるとお墨付きをもらった。ルネは母親と同じ藤紫色の瞳とブロンドの髪をしていて、ロパの喜びようは大変なものだった。サンディはそっと言った。「わたしは子どもを産むために生まれてきたとドクターに言われたけれど、あなたは生まれつきの父親ね」

＊　＊　＊　＊　＊　＊

涼しさが心地よい晩に、既に八カ月になったルネと三人でベランダで夕食をとっていると、車の音がした。農園への訪問者は珍しかったから、街や他の農園のニュースを聞かせてもらえる誰かに会えるのは楽しみだ。カーブを曲がってぺぺの車が現れた。彼との再会は四カ月ぶりだし、いつであろうとロパにはそれ以上の喜びはなかった。

「これは一体何処からいらしたの？　手紙一本なかったわね？」サンディは愛情こめたお小言を言った。

「そうだったかな？　僕が郵便局の隣にでも住んでると思うのかい？　ガボンの森でピグミー族と一緒だったんだが、郵便局員は一人もいなかったんだ」二人を笑いに誘いながら、彼は乳母車に近づいた「なんと、まあ！　お母さん似の美人さんだ。彼女は最高傑作だよ、サンディ」

「あなたはお上手なんだから。変わらないわね、ピエール」

「どうして変わらなくちゃならないのかな、今のままの僕が嫌いかい？」

「今のあなたで充分よ。さて、何をお飲みになる……それより夕食はお済みかしら？」

「ええ、ありがとう。昨日、キロメーター五番地の自宅に戻ったところなんだ。町に来たら寄ってくれたまえ。今日やってきたのは、君らの興味を引く話を持ってきたんだ。ブアール道沿いのキロメーター一〇〇番地に一五〇ヘクタールの広さの農園があるんだが、オーナーは大抵パリにいてバンギには滅多に来ない。だがついに彼は農園の上がりの半分しか受け取っていない事実に気づいて、状況を調べにアフリカにやってきたところだ。わかったところではバンギでは誰もが知っていたという不愉快な事実で、マネージャーのルターが半分をねこばばしていたのさ。

事態がはっきりしたら、オーナーのダスコノは即座に彼を首にするつもりだから代わりのマネジャーが要る。ルターとの契約は純利益の三五%という結構なものだったが、自分の分け前に決して満足しないで過分な実入りを画策する輩がいるのは残念な話だ。君にその気があって明日僕と来れるなら、ダスコノの会計士で僕の友人でもあるモレデュー氏に紹介しよう。君ならきっと彼らのおめがねにかなうだろう。無論サンディと二人がよければの話だ。

一つの考え方だが家族ができた今、資金が要るだろう。僕が知る君の稼ぎではことさらだ。モレデューの話では今の給料の四倍にはなりそうだし、ダスコノは『全権』を委任するから君は事実上のボスになれるんだ。仕事は面白そうだが、川はないしキロメーター一〇〇番地の植生はここほどみずみずしくはないサバンナの森林地だ。僕はなかなかいいところだと思うがね」

「ぺぺ、わざわざニュースを持ってきてくれるなんてとても有難い。土地はいろいろ考えるべき要素があってまだわからないが、ダスコノの条件は経済的に魅力的だ。どうだいサンディ？」

「そうね、可能性はあるわ。それに経理は手伝えるから行ってみてご覧なさい、マイダーリン」

「わかった、そうしよう」

翌日、モレデューに会いに出向いたロパは即座に気にいられた。彼によれば、ダスコノはルターに対してカンカンで、横領罪で訴えるつもりのようだ。すぐにでも彼を首にしてまじめで正直なマネジャーを出来るだけ早く見つけたいと思っているという。農園には一七〇名の従業員がいるから正規のマネジャーでないと勤まらない。たとえ短期間でも、現場監督に全権を任すには責任が重過ぎるのだ。モレデューはロパの仕事ぶりと正直な人柄を聞き知っていたので、直接ダスコノに彼を推薦するつもりでいたところだ。実際、ロパを評価しているドリンジャーが皆に吹聴していたのだ。

問題なのは、ロパは少なくとも一ヵ月前の退職通知をせずにドリンガーのもとを去るわけにはいかないということだ。悩むロパをみてぺぺが一つの案を示した。

「キロメーター二〇番地の農園の管理は僕が引き受け、サンディと現場監督の助けをもらって君の代わりをしよう。ドリンガーは反対できまい」

ロパは自分たちのふところ事情を知る友人の提案に深く感謝した。ただ、ぺぺは働く必要がない身分だったから改めてたずねた。「そんなことを引き受けて、君の生活を犠牲にしないだろうか。僕には願ってもない案だが友情に甘えるようで気がひけるんだ」

「心配は無用だ、もう言うなよ。まずは、ダスコノに会って雇ってもらうことだ」

モレデューは翌朝、パリからのビジネスマンとの面接を準備することに同意した。

＊　＊　＊　＊　＊　＊

ダスコノは五〇がらみのややずんぐりした男で、黒い豊かな髪をたくわえ太い眉の下の瞳も黒くてイタリア系に思えた。汗っかきらしく、手品師のようにポケットから取り出した手ぬぐいでひっきりなしに額の汗をぬぐっていた。どうやらパリのオフィスでないと落ち着かないらしい。強烈なビジネスマン風情(ふぜい)を漂わす男のフランネルのズボンに花柄の白いシャツといういでたちは、アメリカの旅行者のようで似合っていなかったが、その目はロパの心をみすかすように見つめていた。

「君のいい噂をあれこれ聞いているが、経験は充分かね？　というのは農園にはコーヒーの殻むき工房もある。君は機械工でもあるのか？　お分かりと思うがこの距離では修理に町まで行ってられないんだ」

「ええ、私は機械工ですし、殻むきは少々知っています。というのは去年ドリンガー氏のもう一つのカルノにある農園で二週間ほど代理をした際、彼はわたしの仕事に満足でした」

　ロパは答えた。

「それはいい、知らなかったな。ところで君は結婚しているなら、奥さんを農園にお連れしてから決めるよう強く忠告しますよ。それで気に入るならすぐにでも君に来てもらおう。モレデュー氏が条件の詳細と契約書を準備してくれる。明朝七時、君と奥さんを迎えにいって場所を案内しよう。それでいいかね？」

「わかりました、結構です。ありがとうございます。明日七時にまいります。場所を気に入らない理由はないと思っていますよ」。面接が終了したところで、ロパは立ち上がるとダスコノと握手を交わした。「では明日、パルディさん。一緒にビジネスできればいいですな。君の態度が気に入った」ロパは相手の言葉に気を好くし満足だった。

他でもない同じ日の朝四時、大自然と大の仲良しの「運命の貴婦人」の許可で、アーサー・ジャック・アントワーヌ・ルロイがパリ一八区に生まれた。元気な男の赤ん坊は質素な労働者層の家族の四歳の長男、二番目の二歳の娘に続く三番目の子どもだった。こうして「運命」は最初の種をまいた。

＊＊＊＊＊＊

＊＊＊＊＊＊

サンディとロパは予定通りオフィスに着くと、デスコノはモレデューから借りたスチュードベーカー製の車でブアール道を進んだ。ダスコノは朝の早い時間だというのに汗を噴出していて、色鮮やかなタオルで顔を拭きながら運転していた。農園に着くと大きなマンゴーの木に覆われた広い道が走っていて、その先には豊かなブーゲンビリアやイポメアの花に囲まれた感じのいい家屋がみえた。ジャズミンの香りに酔いしれそうで二人はひと目でその場所が気に入った。ルターは車の音を聞きつけて顔を見せるとダスコノとの間に強い緊張感が感じられた。

アフリカの藁葺(わらぶ)き屋根を活かした家はイブカの時と同様で涼しく、寝室は四部屋あった。廊下、ランドリー、それに広い居間があり、家の周りを三mの広さの美しいベランダが取り囲んで住まいを涼しくしていた。キッチンは家の温度をあげないよう、二〇mほど離れた場所にあった。内部の壁は現地産の漆喰でコーティングされていて所々剥げ落ちた箇所は手入れが必要だった。

好奇心あふれるサンディは家の裏で日陰をつくっている古いマンゴーとアボガドの木を数本見つけた。暑い日には家からキッチンまでその日陰を通っていける。彼女がロパに視線を投げると彼も家が気に入った様子だった。次いで一行はコーヒーの豆の殻をむく小屋に行った。それからジープに乗り込みルターの運転で農園を巡ると、多くの現地従業員がコーヒーの木の剪定専門の従業員統率チームによってしっかり監督されていた。

他に木々周辺の清掃チームや最後の嵐で壊された小さな橋の修復チームがあった。橋はアボカドやブラサイアの木が立ち並ぶ可愛い支流にかかっていた。サンディはうっとりしていた。農園の三分の一はエグゼルサ豆を栽培しているのがロパにはみてとれた。ロブスタとアラビカコーヒー種は一本の木から一～一・五kgなのに対して、エクセルサ種は八kg以上栽培できて収穫量はとても高く、当然だが労力も必要とするのだ。

全般的に農園の管理は行き届いていた。一時間後家に戻るとダスコノは歓迎され飲み物がだされた。彼のタオルは汗で濡れていて、サンディとロパの前でルターに対して何とか気持ちを抑えようとしているように見える。彼はルターを大いに恨めしく思っているのは確かだ。問題がなければ、ゆったり涼しい環境のパリのオフィスにいたはずなのだ。もう正午でルターが昼食に招待しようとしたが、彼はバンギに戻りたがった。

「ホテルピンダーの扇風機のほうがいいんだ。ともかくありがとう」

バンギへの帰路、ダスコノはロパに就職の条件と特別給付とその交換条件について説明した。

「来年は戻ってこずに済ませたいのだ。で、契約には搾取対策の条項を設けて、君が搾取した場合は一年分の給料をカットする旨記載することにする。また訴訟もする。わたしは自分の利益をしっかり守らねばならん。ルターが搾取した多額な売り上げのほかに旅費やパリを不在にする間のビジネスの損金など、おかれた状況を分かってくれるな？」

「よく分かります。ただ私自身契約を読みたいので二四時間の猶予をいただきたいと思います。それからはっきりご返事します」

「それがいい。契約を読み込む姿勢はとても大事だ。少なくとも契約自体を尊重しようという意図があるからだ」

バンギに戻ると彼らはモレデューとしばらく過ごした。ダスコノは最終の契約書とりまとめにロパの詳細な背景を求めた。サンディとロパはキロメーター二〇番地に帰宅すると、静かに状況についてとことん話そうと、夕陽で赤く染まったベランダに腰をおろした。

「どう思う、ダーリン？」

「わたしたち皆にとっていい機会だとあなたはすでに分かっているでしょう。家もいいし裏庭の日よけといい、言うことないわ。それに部屋数は、いずれ必要になるでしょうし。というのも、まだはっきりとは言えないけれど、二度目のおめでたみたいなの」微笑んで彼女は言った。

彼女のことばに、口に飲み物を運ぼうとしていた手をとめて、ロパは彼女をみつめた。「ほんとう？　ああ、ダーリン！　ダーリン、嬉しいニュースのラッシュで、今日は何という日だ。どんなに嬉しいか分かるかい、僕のエンジェル、愛してる！」

「落ち着いて、まだ診断を受けてはいないのよ。毎月きちんと来るものが二週間遅れているだけ。結論にとびつくんだったら何も話さないわよ」

「ああ、それはない、話してほしいよ」

「話が違ってあなたをがっかりさせたくないもの」

「分かった、静かにするから」彼は給仕をよぶと、シャンペンを冷やして、調理人に来るように頼んでから、サンディの好みを聞いた。

「ああ、ロジャー、大騒ぎしないで、言ったでしょう……」

「ガンボ（オクラのスープ）が好きだよね。カナリオの味付けはいい、カナリオ、ガンボを作って欲しい」やってきた調理人に言いつけた。

「わかりました、ミスター。ただ、今から始めると、こんや八時まえにはできない」

「構わない、つくってくれ。今日はお祝いだ！」

ちょうどその時エンジンの音がして、ペペがジープでやってきて階段の下に車をとめると飛び降りて言った「ハハハ、いいところへ着いた、運転しっぱなしで喉が渇いたよ」

彼は身をかがめてサンディにキスし、ロパと握手しながら近況をたずねた。

「ペペ、君には礼のしようがない。あそこはとても気に入ったよ。サンディは家屋と部屋数に満足している……」そこまで言って妻に目をやると彼女は眉をひそめているので、予想の話はしないことにしてそれとなく話題を変えた。「……いずれ、彼女は一部屋を自分の書斎にできるし、それに君の寝室もだよ、ぺぺ。ところで今夜泊まれるかい？　夕食はガンボなんだ」

「ガンボとは！　就職祝いかい？」

「そうだよ、モレデュー氏が契約を整えてくれたところだ」

「それは、おめでとう。早く決めてよかった。僕も嬉しいよ。それでドリンジャーとはまだ話していないんだろう？」

「まだなんだ。契約内容も含めて一〇〇％納得できるのを待って、彼には正直に全て話そうと思う。君が僕のかわりをしてくれることもね。分からないがひょっとすると、君の定職がきまるかもしれないぞ」ロパはからかって言った。

「そうだとしても仕事に興味はないな。君のために役立ちたいだけだ」

「わかってる、ほんとうに感謝してる。君には自由ほど大事なものはないんだから」

「農業に興味がないわけじゃないんだ、逆だよ。われわれは土を耕す暮らしに戻るべきだと思っているんだ。自分たちを街に押し込めて実体のないものを造ったり、一〇トンのコーヒーを一〇倍もの値段で売り買いする証券市場で金の動向に狂奔（きょうほん）するなんてまともじゃないからね。金や紙幣は食べられないんだ。街で生活する人間の三〇％は社会に寄生しているが、二〇年後はどうだろう？　生活に必要なものは何なんだ？　大気、水、食料、肉に野菜だ。田舎の生活なら野菜や果実を育て、土の産物で生きられるんだ……」

「仰（おっしゃ）ることはごもっともよ、ピエール。でもまず土地を持つにはお金がいるわ」サンディは話に割って入った。

「おっと待ってくれ、そう考えるのは古いな。真剣にライフスタイルを変えたいと思うなら、気の合う仲間同士が組織化すれば政府だって土地をリースするのは確かだ。例えばアルデッシュ（フランス南東部、ローヌアルプス地域圏の県）では、ランド（フランス南西部ボルドー地方からランド県一体のビスケー湾に臨む地方）やカマルグ（フランス南部ローヌ川下流のデルタ地域）或いは政府の関与抜きでも、喜んで九九年間の土地のリースに応じる地主はいる。彼らは自給自足で充分生活できていて、パーマカルチャーを実践しているんだ」

ぺぺはロパのために新しい農法について説明を続けた。

「それは僕らの祖先がしていたシンプルな農法で、つまり農地と産物を循環させるやり方だよ。例えば有機肥料を土壌の改良に欠かせない産物として扱い、マスタードを育ててその収穫を緑の有機肥料として土に埋める。化学肥料の使用は増える一方だが、土中の生物を激減させるから土壌は酸化してしまう。

それに対して有機肥料の代表はミミズだが、彼らは計り知れない量の表土を作り出してくれる。人間の機械は太刀打ちできないんだよ。これも生態系だ。北アフリカだけでも、この表土の扱いがめちゃくちゃなために毎年五〇〇〇ヘクタールの土地が砂漠化している。一方イスラエルは大変な努力でネゲブ砂漠を緑化したんだよ。

数十年以内に土地の収穫高は化学肥料を使用する前の半分に減るだろう。とても奇妙で悲しいのは、人々がその現実に関心を払わないことだ。いわば、皆科学に対して盲目になっていて、科学者が正しいかどうかについては知りたがらないね。硫化薬剤はいい例で信じられない数でガン患者を増やす原因になっているのに、他の怖い病気が表面化するとそっちに気をとられてしまうんだ。

今や化学物質のために人間は破滅に向かっていると言えるよ。何があってもおかしくない。まずわれわれの体内に堆積（たいせき）されている。ある程度は排出されても体繊維や関節に溜まって毒素に変わり、関節炎や悪くすればガンの引き金になる。

僕は循環型有機農法のパーマカルチャーに大賛成だ。大自然に沿った最善の方法で理にかなっているだろう？　葉も木々も死んで朽ちれば堆肥になり、ミミズが生物の状態のバランスをはかる。自然は全て理にかなってバランスを保っている、それが生態系だ。そのバランスを崩す結果待つのは破滅、つまり自然は報復にでるだろう。

僕の言うことを全く信じない連中が多いのを知っているよ。一九四一年、パールハーバーには日本の攻撃があるという警告が少なくとも二五回あったのだが、責任者たちは信じようとしなかった、不可能だとね。多くの死者を出して耳を貸そうとしなかった結果を後悔することになった。まさに同じことがタイタニック号の沈没の前に起きていたんだよ。人は時に見えない手で真実の道から反れていくように、行き先を見失ってしまうところがある。皆同じ考えにとりつかれて、事態が悪くなるとそれが連鎖していくといった一種の集団的狂気といった現象だ」

「マダム、マダム、はやくきて、ルネびょうき、きぶんわるい」サンディは椅子から飛び出すと、ロパとぺぺが後を追って育児室に駆けつけた。ルネは泣き叫んでいて、サンディがオムツをとるとひどい下痢をしていた。お腹がひどく痛むようだった。

「赤痢じゃないかな。アメーバー性でないといいが。幼児にはよくないんだ。さ、僕は失礼するよ。明日ルネを医者に連れて行ったら状況を知らせてくれ。大事がないように祈っている」

ロパと握手するとぺぺはコーヒーの木の間を抜けてジープで走り去った。アフリカの空には降るほどの輝く星がまたたいていた。

第14章　小象

茅葺き屋根からベランダの前方にひっきりなしに滴る雨のカーテンができて、二、三m先も見えないくらいだった。雨季の真っ盛りだ。うるさいくらいのカエルやヒキガエルの鳴き声は何かの合図に従うように時折黙ったが、カエル一匹だけが鳴き続けていた。それもばかばかしくなってきたのか止んだと思ったら、また突然コーラスが始まった。

そんな彼らの歌声は四歳になるジャンヌが三歳の弟ポールに向かって発する抗議の声にかき消された。彼が積み木を邪魔するのだ。「ルネったら二人の面倒を見てちょうだい。あの叫び声はもう沢山。何とかしてね、ダーリン、何かゲームでもしなさい。お父さんは昨夜からマラリアで寝ているんですからね」サンディはベランダに三度もでてきて長女を叱った。

八歳半になったルネはますます母親に似て金髪に藤紫色の瞳をして、年齢のわりにやせて背が高く、歩き方も母親のように軽やかなステップで踊るようだ。年頃には申し分ない美人になるだろう。彼女が兄弟に滑稽な顔をしてみせて二人を笑わせた。三三歳で女ざかりのサンディは独身のときより体重が二、三kg増えていたが魅力をたたえていた。キロメーター一〇〇番地の農園はロパの采配でとてもうまく運営されて、給料も申し分なかった。これまで二度、妻をアメリカの両親のもとに帰国させるだけの余裕ができていた。一度目の帰国はルネがアメーバ赤痢にかかって回復したあと、二度目はジャンヌが二歳になったときサンディは三カ月間両親のもとに滞在した。

デスコノはロパの仕事ぶりに満足していた。収穫量は増えたしロパは正直だった。一方彼も貯金ができた上に、絶えず夢みていた自然のそばで自然のための暮らしを送れていた。だが彼はこの日サンディの手厚い看病をうけながらベッドに横たわっていた。アフリカでは避けられないことだがマラリアにやられたのだ。雨が激しくなり雷鳴も近くで轟くと、ロパはびくっと体をひきつらせて浅い眠りから引き戻された。

彼は蚊帳の中で大粒の汗をかいて寝ていた。目をあけたロパの目に、冷たいレモネードを手にしたサンディが映った。

「さあ、喉が渇いたでしょう、ダーリン」サンディは蚊帳をほどいて中にすべり込むと、彼の頭をかかえてレモネードを飲ませた。熱はまだ高く一気に飲み干していった。「美味しい、ありがとう。雷が鳴ってるね？」

「ええ、それで目がさめたのね？」

「どうかな、この状態じゃよく眠れないから」

「ニューカレドニアにいるぺぺから手紙がきたわ。二、三日で戻るんですって。ジャニスとアルバートからも便りがあって、おちびちゃんのモニークはおじいちゃんたちに甘やかされてるんですって。バンギとアフリカがなつかしくて一カ月以内に帰ってくるそうよ。あなたの姪をアフリカに呼んでよかったわね、ダーリン」

「そうだね、僕もそう思うし、アフリカは彼女に合うんだ。いいニュースばかりじゃないか。ぺぺも戻るんだね。誰が手紙を届けてくれたんだい？」

「運送人のラコステがブアールとヤウンデに行く途中、モレデューさんの家に寄って手紙と二箱の米、それに古いウテ（実用的な運搬車）のキャブレター用スペアパーツを届けたそうよ」

「それはよかった！　これで修理できるな」

「もっと休まなくちゃ、子どもはうるさくない？　ジャンヌは今朝手がつけられないの」

「大丈夫、よくは眠れないから。うつらうつらするだけだ。ありがとう、ハニー」

「すぐ戻るわね」彼の額にキスをすると、サンディは蚊帳をはって部屋を離れた。

雨期は蚊がひどくて、彼女は子どもたちがマラリアに罹らないか心配だった。ルネは一年で三度も罹ったが他の二人はまだだった。彼女は部屋ごとに殺虫剤をまいた。

雨は一層激しくなって、雷鳴は衣装ダンスの上の陶器の小物入れをカタカタいわせていた。

＊＊＊＊＊＊＊

同じ日、アーサー・ジャック・アントワーヌ・ルロイはパリ一八区にあるビルに挟まれた空き地で遊んでいた。三人の小学校の友だちと一緒で、その一人ポールから「瓦礫の上から飛べないに決まっている」とからかわれ、プライドにかけて他の少年たちに誓うと飛び降りた。不幸にもレンガの上に着地して足首を骨折した。地面で体をよじってうめく彼に恐れをなして、三人は逃げ帰ってしまった。フェンスにあいた穴に這っていくと、幸い通行人が彼を見つけて家まで連れて行ってくれた。彼の母親スザンヌ・ルロイは息子を病院へ連れていった……。

＊　＊　＊　＊　＊　＊　＊

ブウカはジープの天蓋の巻き上げ棒に必死につかまっていたが、背中はほこりで赤くなっていた。彼のボス、ロパがサバンナの真ん中に作られたひどいデコボコ道を運転していた。道はチャドの首都フォールラミに通じる道路沿いにあるウバンギ・シャリの北方へ無限に延びていた。

ブウカはまだ支流を見て回ったことなどなかったので不安だった。もし山火事でもあればバッタのように蒸し焼きになっちまう。それにしてもボスの隣に座った学者のミスター・ペペは全く心配する様子がないのが不思議だ。ペペはパコチェレ（アフリカのイボイノシシ）が何回も火事に見舞われて幹が黒く焼けたトゲのある低木の間を走り抜けた時も、サバンナを見渡しながら講釈をたれていた。

トラックはなだらかな坂道を上るとロパは車を止めてブウカはほっとした。もう、何かにしがみつかなくて済むからだけでなく、腰掛けた場所から二㎞先の平原に緑色の樹木に縁取られた支流が蛇のように曲がりくねっている景色が広がっていたからだ。大地の湿度のおかげで青々した植生が水路に沿って数百mの広さで続いていたから、これなら山火事があっても怖くない。支流に隣接する青々した潅木地に退避すればいいんだ。ブウカは安堵した。

「さあ、今夜はあそこでキャンプするのはどうだい？」ぺぺが聞いた。

「ああ、よさそうだね。だが、どうやってこの場所を知ったんだい？　このガタガタの道は何カ月も誰も通っていない。ほとんど知られていなくてハイウェイからも見つけられないほどなんだ」ロパは言った。

「僕のやることは旅だよ。さあ、行こう。運転替わろうか？」

「そう言うなら道を知っているんだろう？　君の道だ」

二人は笑いの内に、ぺぺの慎重なハンドルさばきで寝そべった象の背中のような岩の間をうねっているデコボコ道を進んだ。平原では道のデコボコが減って支流を目指しやすかった。道は一〇m位の小さな池を囲む木の下で止まると、アンテロープが二匹逃げていった。

「ほらね、バーベキュー用の肉が待っていてくれるよ。彼らは水を飲みにくるだけだが、大きな動物に踏み潰される危険があるから、ここにはテントを張らずにもう少し遠くへ離れよう」

約一時間後、三人は鉈で茂みを刈りテントを張って火を焚くのに十分なスペースをつくった。ジープは大きな木の茂みの下に駐車した。夕方近くホロホロ鳥の群れが背の高い草の茂みから出てきたが、空き地に驚いたように飛び立つとキャンプに近い木の枝にとまった。ぺぺは二二口径ライフルを手に取り、一番小さい鳥に狙いをつけた。他の鳥はきょとんとして地面に落ちた仲間の一羽をみつめていた。ライフルの音は彼らを脅かすほど大きくなかったのだ。

「この辺ではめったにハンターがいない証拠だな。それにしても何故一番小さい鳥を撃ったんだい？　向こうに二倍ある奴がいるが……」

「そいつは肉が硬い。こっちは一番若い」

「もっともだな、考えなかった。ブウカ、これで夕食を用意してくれ」

「はい、ミスター、わたし、薪をあつめてくる」

二人は折りたたみ椅子に腰をおろすとウィスキーとミネラルウォーターに特製容器から氷を取り出した。空はアフリカの壮観な日没に先んじて、金色に染まり始めていた。

「明日の朝は四時に出て、五時前には向こうの小さな丘の上に着いていたい。その時刻がタグバス（この地域に生息するアフリカ産アンテロープは赤みがかった色で、大人は重さ一〇〇～一二〇kg。肉は美味）には一番いい時間帯なんだ。手ごろな奴を射止めたらすぐに内臓をきれいにして昼前にジャン・クロードの家に戻れれば、肉は暑さにいかれることはないはずだ。ブウカは獲物の追い方を知っているし、肉を運ぶ手助けになる」

「ジャンは実にいい奴だな。ナタリーが彼と別れたのは残念だ。彼は人間としてとてもいいものを持っているし、コトナフでの仕事にも満足しているんだよね……」

「静かに、あの音聞こえるかい？　どうやら象のいななきのようだ」

「一頭のようだ。群れは近くにいるに違いない。こっちへ来ないで欲しいものだ。ブウカが戻ってきたから火を焚いてもらおう。臭いで動物たちは近づかないだろう」

ブウカは火を焚きホロホロ鳥を強いスパイスで調理すると、二人のブッシュマンは満足げに味わった。翌朝は早いから食後はすぐに蚊帳に入って休むことにした。草原の夜はさまざまな音がしていたが、二人は間もなく眠りにおちた。疲れていたせいで、ブウカがロパを朝三時半に起こしたときはまだ眠ったばかりのような感じがした。バケツの水で顔を洗うとコーヒーをすすりながらパイプをくゆらしているペペのところへやって来た。

「今朝がた、象たちの気配があったろう？」

「いいや」コーヒーに手を伸ばしながらロパは答えた。

「冗談だろう？　夜中の一時ごろ大騒ぎがあったんだ。ここから遠くない泥沼で水浴びしていたに違いない。ブウカは彼らがこっちへこないように焚き火を煽（あお）ったんだよ。去ってくれたようで幸いだ。さもないと留守中にキャンプが踏み潰されるかもしれない。ともかく君が熟睡できたのはよかった。ところでタバコを吸うなら今がいい。獲物は鼻がいいからね」

二人は水筒と双眼鏡を身につけ、ブウカはペペのずっしりした銃とロパは九㎜口径ライフルを持って従った。三人は縦列で薄れてゆく月明かりのなか、サバンナにできたごく細いけもの道を進んだ。丘のてっぺんには三本の大きな木がまるで三位一体の神か何かのように立っているが、そこから北東に広がる平野が眺めて素晴らしい。太陽はあと三〇分もすれば昇るだろう。淡いピンク色の東の空は夜明けを告げている。誰も言葉を口にしなかった。

獲物は遠くからでも囁きのような人の声の振動でさえ聞きとるから、狩猟でのコミュニケーションはジェスチャーか合図でするし、呼びかけには猫や赤ん坊にするように唇で音をだす。双眼鏡をのぞいていたペペがまさに同じ合図をロパに送って方向を知らせた。彼の目に息をのむ光景が飛び込んできた。

彼らから下方一五〇ｍほど先の草地にざっと見積もっても一〇〇頭のタグバスが静かに群れていた。ペペは確かに優れたハンターだ。

ペペはブウカからライフルを受け取ると、落ち着いて銃を構えた。ロパも彼にならうと、自分について来いというペペの合図とともに、自分たちの身を茂みにかくしながらトゲのある黒い木々の間を進んだ。東から微風が吹いていたが、彼らの居場所は北にあたるから獲物には察知されない。ペペの止まれという合図で見ると、曙の明かりのなか、ほぼ六〇ｍ先に獲物の姿がはっきり浮かびあがった。赤みがかった毛皮、角とひづめの色も見えた。

ペペは慎重に小さな木を背にすると銃を肩にのせ身構えた。着実に彼は一頭のアンテロープに狙いをつけた。まだあまり伸びていない枝角からして若いオスだとわかる。獲物は危険を察知したのか、頭をぐいっと上げるとハンターの方を見た。その瞬間ライフルがサバンナの静寂を破ると若いオスが倒れた。その仲間の群れは、飛ぶように四方八方に逃げ去った。ブウカは間髪をいれずナイフを手に獲物の喉を掻き切って血を抜きにかかった。

「頭を狙ったんだね。おめでとう」

「ありがとう。傷ついた獲物が逃げようとして苦しむ姿はみたくないから、一発で倒したい。狙う場所を構わずに発砲するハンターがいるが、獲物の体を銃弾が突き抜けると数㎞は苦しんで走ることになる。これは残酷だし死んだ後の肉はほとんど食べられないから無意味な所業だよ。狩りは肉を得るためで娯楽ではない。だが頭のおかしい連中は狩りをスポーツとよぶ。さあこうしていられないぞ、日の出前に内臓をきれいにしなくては」

三人は手際よく獲物をさばくと、一時間後には三等分された六〇kgほどの見事な肉を運びキャンプサイトに向かった。

帰路の道にでるには再び丘をのぼる必要がある。頂で一服するのに肉を三本の木の下において休んだ。陽は昇って、五〇〇mほど先の視界にバッファローが草を食む姿があった。ちょうどその時、耳にした音に三人は信じられない思いにとらわれた。飛行機の音ではない。紛れもないヘリコプターの音だ。アフリカのこんなに遠い場所にヘリコプターとは。ぺぺは木の下から走り出して手を振ろうとするブウカの腕をとって止めた。現地の人間は飛行機を見るとよくやるのだ。「木の下にいなさい。こちらは気づかれずに相手の様子をうかがえるから。何故あんなに低空飛行をするのだろう。何かを探しているに違いない」

ヘリコプターは三人の頭上を越えて一kmほど北へ飛ぶと、大きく機体を回転させた。双眼鏡を覗いていたロパは叫んだ。「見えるかい？　連中は象の群れを追って怯えさせているぞ。あ、何て奴らだ！　禁止行為だというのに！」機体はさまざまな動きで飛び続け、まんまと母子象を群れから引き離した。他の仲間は小走りで砂煙のなかに消えた。母象は突然鼻を振り上げると得体の知れない怪物から小象を守る姿勢にでた。だがパニックに駆られて右往左往するうちに方向感覚を失って、三人のいる丘の方に走り出した。怯えた小象は母象の足元近くを必死に追った。

突如ヘリコプターから一発の銃声が響いて、母象は数度よろめいて横にふらふら歩くと膝から崩れ落ちた。機体からの銃声が続いて母象はついに倒れた。うろたえた小象は母親の周りを回りながら、自分の鼻で起き上がらせようとした。ぺぺとロパには目の前の事態がのみ込めた。連中は小象を捕えて動物園に売るつもりでこれから網をかけるのだろう。だが二人の推測は間違いで、ヘリコプターは小象の数m頭上まで高度を下げると、その周りにショットガンを撃ち込みながら巻き上がる土ほこりの緊迫感を眺めているではないか。

恐怖にかられた小象はあちこちと逃げ惑いはじめると、機体は執拗に追いかけて向きをかえて一〇〇mほど走らせる。更にまた別の方向に救いを求めて疾駆させるのだ。その繰り返しはまさに猫がねずみを射止めるゲームのように見えた。小象はやがてこの酷い仕打ちに抗しきれないほど極度の疲労を見せ始めていた。一度幼い逃亡者が真っ直ぐ三人のいる方向へ走ってきたとき、双眼鏡はその必死の形相をとらえていた。

哀れな動物はパニックのなかで逃走を続けるうちに、大きい石につまずいてびっこを引き始めた。ヘリコプターは傷ついた小象にかぶさるように飛んで疲労度を高めた。時折もがくような鳴き声をあげながら、何度も怪物に助けを求めるように鼻を振り上げた。息つく暇を与えられない小象はもう精魂つき果てているように感じられた。

やがて二人は以前には聞いたこともない悪夢のような音を耳にした。銃声ではなく、小象が彼らの二三〇〇m先でつまずいて地面に転がった音だった。小象は体を横にして倒れていた。ぺぺは双眼鏡をヘリコプターに向けると、笑っている二人の男の姿があった。機体は低空で三人の頭上を飛んだとき、男たちは大きなジェスチャーをしながら笑っていた。ロパは機体のナンバー「AB-564」と声に出して復唱した。やがて機体は来た方向に飛び去っていった。

行ってみようというペペの言葉でうずくまった小象のもとへ近づくと、小象の口から血が細く流れ出していた。幼くても体重は重かったから彼の向きを変えるのは骨が折れた。「弾丸の跡はないのかい？　死因は何だろう」ロパは聞いた。「心臓破裂だよ。あのとんでもない連中が母象を殺し、子象も殺した。この子象は狐狩りと同じ手法で殺したんだ。動物を疲労させて殺すなんてサディストの手口だ。弾痕がないからたとえ尋問されても証拠がないんだよ」

二人は大声で暗殺者を罵った。顎をすぼめ、こぶしを握ってヘリコプターの消えた先をにらみつけている白人にブウカは恐れをなした。三人は一言もなくその場を離れると、木の下の荷物をとりに戻った。既に蝿が肉の周りをとんでいた。ブウカが肉を頭に載せて先頭に立ち二人は後ろを支えたが、それぞれ味わったことのない後味の悪さからことばなく考えに耽っていた。

一体人間は何故あれほど残忍になれるのだろう？　地球上で最も知性的で道理がわかる「人間」が、あの小象のような無防備な動物を追い詰めて絶命させるのは何故だ。どうしてあんな苦痛を与えられるほど無神経になれるのか。同じ考えに耽っていた証拠に、二人は同時に思いを口にした。

「奴らは人類という種の恥だ」

「あんな連中がいなければ多くの同胞はほっとするだろう。考えてごらんよ、連中が小象にしたことは仲間にもできるということじゃないか。ベトナム戦争のような戦場に数限りなく兵士を死なせに行かせて、武器を売るのは奴らのような人間なんだ。経済危機の要因を作る奴ら、第三世界で全人口を飢餓で苦しめる金と権力の亡者たち、皆同じ輩だ。吐き気がする」そうペペが続けて言った。

「そうだ、僕もすごくむかついている。ジャン・クロードに奴らを知ってるかどうか聞いてみよう。この辺じゃヘリコプターを持ってるやつはそうはいないだろう。もし誰なのか分かったら、森林局か適切な機関に告訴してやるぞ」

「ああ、出来ないことはないよ。でもこういった奴らは排除しようとしても、証拠を残さずに法の網をまんまとかいくぐってしまう」

「三人の目撃者がいれば充分だろう」

「いい弁護士もいるが、ずる賢いのもいて犯罪者を警告だけで逃す手をつかうんだ。次回は尻尾をつかまれないように用心させるだけだよ。今回は奴らは見られたという失敗を犯したぞ。支流の周りの樹木のおかげでジープは見られなかったからな。だが、たとえ訴訟になったとしても先方はただ慎重になるだけだろう」

キャンプに戻ると、黙って肉とすべての荷物をジープに詰め込んだ。雲一つない空に太陽が輝いているにもかかわらず、三人はひどく嫌悪感に陥っていて何もかもが灰色に思えた。

三人はジープに乗ると、もと来たひどい道を走らせた。丘から別の坂を下る前に後ろを振り返ると空にハゲワシがその数を増やしながら舞っていた。

ジャン・クロードの歓迎を受けると、肉は喜ばれてすぐに冷凍庫に保存された。冷蔵庫で冷やされたグラスでアニス酒を傾けながら、ロパは目撃してきたことをジャンに話すと彼は相手を知っていた。「それはムッシュー・ビクター・マリニエ、ＣＦＣＯのボスだ。肉を多くの従業員に供給している。大の狩り好きでね」

「ムッシューだって?」ぺぺは大声を張り上げると急に立ち上がったので、ビールの入ったグラスを倒してしまい床にこぼしてしまった。

「あんな奴がムッシューであるわけないだろう、あのくそったれが。そう呼んでも足りないくらいだ。人間と呼ぶにふさわしくない奴だ。それにもう一人のくそったれと一緒だったな」

「パイロットだろう、いい奴だよ。始終ボスを認めているわけではないが仕事を失いたくないし、それも給料がいいから……分かるだろう」

「この辺にヘリコプターは何機あるんだい……」ロパはポケットからタバコの箱を取り出すと箱の角に書かれた「A.B.564」を声でなぞった。

「ああ、ここには一機あるだけだ。ナンバーは知らないんだが、どうするつもりだい?

奴は鼻でせせら笑うぞ。フォールラミに行く度に知事やら森林局の担当、狩猟局の副官に会って楽しくやるんだ。誰も君のことを信じようとしないし、お役人たちは無気力だ。僕としては君の友人であろうと無かろうと、奴を裁判にかけられるとは思わない。僕の気持ちも君と同じだ、反発を覚える。それでも奴を法律では裁けない」

あとは人間とサディストによる人間と動物への残酷な行為についての話になった。翌朝三人はジャンと別れ、バンギ道路をキロメーター一〇〇番地に向けて走りだした。

第15章　罰

男は熱波の下、眼前で無限にうねって広がる砂に足をつけようとした。その度に耐え難い苦痛が走った。足の底はもうひどく火ぶくれし、ひりひりした。はじめの二、三歩でそんな状態になったのだ……。今は、同じ場所にいればもう砂は熱くなかったが、背中は手がつけられなくなっていた。帽子の縁で出来る限り肩に日陰をつくろうと背筋を伸ばして立っていた。数秒間かわるがわる肩を帽子で覆っていたが、頭痛がしてきた。砂漠の太陽光線がこれほど強烈だとは想像したこともなかった。原因は大気の乾燥に関係するのは確かだが、一体何という乾きようだ！　口を閉じていてもまさに脱水状態だった。

この場所にもう動かず二時間もいる。身につけているのはズボンと帽子だけだ。靴とソックスさえ履いていたら二〇〇m先のサボテンまで行けるのだが。今太陽は真上にあるが、あそこなら日陰はもう少しありそうだ。男は足を動かして、今度は足を少し深く砂に埋めようとした。だが砂の層は薄く、下はガラス状の固い土だったからすぐに無駄だと分かってやめた。

痛みは増していたし、動いたせいで火ぶくれの肩を更に太陽にさらす結果になった。帽子の陰はもう役にたたず、肩と背中の火傷はひどくなるばかりだ。無風状態のなかで全てが石のように動かない。ただ熱波だけが動く幻影をつくりだしていた。

　彼は急に軽いめまいがして気を取り直した。何とかサボテンの場所まで走るんだ。砂漠で迷った男のことを本で読んだか、映画で観たような気がするがはっきり思いだせない。ああ、そうだ！　そうだった！　サボテンを切りつけてそいつは樹液を飲んだんだ。そう思うと乾きは一層ひどくなった。あんなところにあるなんてサボテンめ、行き着かなければ。そばまで行けば日陰もあるし樹液を吸い出せる。ここに立っていたら死んじまうかもしれない。

「畜生、何で早く思いつかなかったんだ」彼は膝まずいてサボテンめがけて這い始めた。二、三m進んだものの、今度は足の先が熱砂に触れて痛んで進めない。向き直って尻をつくと、両足を手で持って地面から持ち上げた。一連の動きのせいで彼はハアハアと口で息をしていたが、燃えるように暑い空気を吸い込んで、まるでパサつく喉でやすりを飲み込むような感じがした。

　サボテンは相変わらずのところで二本の腕のように枝を伸ばして、お前がどんなにあがいても無駄だと言っているようだ。そう思うと頭にきて、男はもう数m膝で進もうとした。ズボンを通す砂の暑さは焼けるようだったがまだ耐えられた。だが姿勢のせいか突然腹部のけいれんが起きて止めざるをえなくなった。痛みで身をよじって横向きで背中を丸めると、動いて砂でこすれた肩と背中の皮膚が裂けた。怒りと痛みで男は大声を張り上げると目が涙で潤んだ。男は思った。「涙がでるなら、俺はまだあまり脱水してないな」

　両手と膝をついて、足は上げたまま体を低くした。暑さに我慢できずに手を砂からあげたが、同じ場所に片手をかわるがわるついて体を支えるようにすると耐えられた。トカゲも同じことをすると何かで読んだのを思いだしたところだ。自分が動物をまねる段階に達していることに気づくと男の誇りは深く傷ついた。

再び膝で進もうとしたが数ｍで右膝に突き刺すような痛みが走って止まった。砂の浅い層に隠れていたとがった石で膝頭（ひざがしら）の下を切ったのだ。ズボンに大きな穴があき、傷から血が流れ始めた。傷ついた右膝をかばいながら左手で体を支えていたが、右手に変えたまさにそのとき車が来るのが見えた！　かなたの砂山の背後から。砂漠が車の音を吸い込んでいたが、だんだんはっきり聞こえて近づいてくる。

中に二人の影がみえる。車は速度を落とし彼のほうへ真っ直ぐ向かって来るではないか。助かった！　彼は帽子をとると大きく振った。彼らには自分が見えたに違いない。助手席の男が窓からバケツか何かを突き出すと揺れて、車が穴か石にぶつかって水が飛び散った。喉がそれほど痛んでいなかったら、水をむだにするんじゃないと男に言ってやれるのだが。

車はもうサボテンと自分の間まで近づいてきた。間もなく自分の側で止まってもう立てない状態に気づくはずだ。男は数秒間目を閉じて唇にバケツの水を感じ、だれかが背中に水をかけてくれる瞬間を想像した。目を開けると車は消えていた。自分は気が違ったのだろうか！

意識なかばで男は自分が蜃気楼を見たのだと気づいた。何てひどいことだ。渇望した水、そして手が届きそうだったバケツの水、ほぼ感じられたあの冷気は、今はもう霧散（むさん）して何も残っていない。突如足の先の燃えるような暑さで彼の漂っていた意識は現実に引き戻された。その足を手で持ち上げて、少しでもサボテンに近づけるとでもいうように前後に揺らすと傷口の血が砂にしみをつくった。まだサボテンまで六〇mはある。足をぶらつかせるのを止めた。疲れる。ゆっくり、傷の痛みに耐えながら片足ずつ膝があった場所におくと日陰になっていた分耐えられる。あとは帽子の縁で背中を少しでも強さを増す一方の太陽から守ろうとした。昼を少し過ぎたあたりだ。「何てくそ暑いんだ、畜生、畜生」男はありったけの声で罵るとその唇は綿のようで、舌は腫れているのが分かった。「畜生、暑さより渇きのほうがひどいぜ！」

そこで再び男は〝サボテン〟を思った。たどり着きさえすれば樹液で渇きを潤せる。せめて唇を湿らせるんだ。見たところ二つの枝の下は数センチの日陰ができている。あそこに足をおけるぞ。そう考えると男は挑戦しようと腹をくくって、ありったけの早さで動いた。だが砂に足をとられて思うようにはいかない。一〇mほど進むと体ごと砂につんのめったが怒りで立ち上がり、何とか数センチの日陰まで行き着くことができた。悪戦苦闘したおかげで火ぶくれの足を無事に置けるし背中も日陰で守れる。「やれやれ、第一関門突破だ」

サボテンの幹からは長く鋭い棘が突き出ていた。「この中に樹液がある、液汁だ、水代りの飲み物が。水！　ああ、ありがたい！」だが男には鉈はおろか、植物を切って樹液をしぼりだすナイフ一本さえなかった。彼は知恵をしぼると帽子をクッションにして棘を砕く策に出た。何本かは折れたがあとは曲がっただけだった。その一本が指を突き刺し、棘が折れた。痛みで大声をあげたが、渇きが勝ってそれどころではない。男は幹から棘を抜き続けた。「これでよし、あとは怪我していない手でうまくやれるぞ」

帽子を手から離すと彼はサボテンのこぶを砕こうとした。押しても引いても、繊維には少し伸縮性があって思ったより強い。そこでパンチを浴びせ始めた。右、左、右、左、何度か繰り返すと突出部分の組織が変色してきた。もう少しで水にありつける、その一心で強い一撃をくらわすと一箇所が裂けて皮の繊維でぶら下がった。手にとった一片を取って口につけると苦いだけで水気がない！

「干上がった沼ほどの水分もありゃしない、ただのくずだ」男は怒り狂ってその〝くず〟を投げ捨てると爪で植物の裂け目を広げようとした。深く指を突っ込んでいくと粘り気が指先を湿らせた。目を輝かせてその指で唇を撫でた。続いて素早く辺りを見回すと尖った石を探した。転んで膝を怪我したくらいだからあるはずだ。だが不幸にも、サボテンの周りの土壌は湖の表面のようにスムーズだ。湖！　水！　湖の発想から彼はさらに水にとりつかれていた。

「おや？　あれは何だ？　見ろよ！」何て間抜けだ。まさか！　サボテンばかりに取り付かれていて周囲をよく見ていなかった。四〇mばかり先に大きさ牛一頭ほどの岩があって、何とその隣に小さな椰子(やし)の木が一本立っている。小さいが青々している……そして間に池があるではないか！　サボテンの場所からは見にくいが間違いなく池が見えた。大きくはないが、正真正銘の池だ。

さらに注意をひいたのはそこにいた大トカゲの動きで、しばらく頭をもたげてじっとしていたが水を飲み始めた。洞窟(どうくつ)に響くこだまのように声がした、飲んでる、飲んでる、飲ん……でる……るう。男は頭を振ると目を閉じた「また蜃気楼に違いない」再び目を開けると池は消えておらず、トカゲは猛スピードで砂丘を駆け上がると姿が見えなくなった。「畜生、蜃気楼では行ってみせる。

ないぞ」サボテンまで、片方の足の裏を火傷しながら二〇〇m行けたんだ。もう一方で池まで

遂に池にたどり着いたら水に飛び込んで、転がって、思いっきり体に浴び、体内に流しこんでやる。それから椰子の木陰で休みながら好きなだけ水を飲んで夜を待つ。必ず誰かが来てくれるさ。今頃自分を探しているはずだ。だが問題があった。誰も自分の居場所を知らないことだ。男は目をこすりながらサボテンの裂け目を眺めて指を入れては引き抜いてしゃぶりついた。

「くそったれのサボテンめ、水なんてありゃしない。本なんて嘘っぱちだ。ま、本は今ないが、これが現実だ。それにしても、水……水が欲しい」

池のほうを見ると、憎ったらしいトカゲは戻っていて水は急に減っているようだ。「あいつめ、俺の水を飲みやがって」考えもせず、急に立ち上がると怒りに任せて池まで走った。すぐに足が熱で痛んだ上、帽子を忘れたことに気がついた。とりに戻る余裕はない。走りに走った。あと数mで天国だ。

そして男は池に飛び込んだ。尖った石で今度は腕を傷つけ胸は熱砂で焼かれただけだった……。水は消えている！　少なくとも椰子の木の下に戻れる。振り向くと……それも消えていた!!!　極度に困惑してしばらくそのままでいたが、ともかくサボテンの側まで走って戻ろうと思い直した。そこはせめてもの現実の世界だ。彼は植物の日陰に走った。

今や口はどうしようもないほど渇ききって足の痛みは極限に達していた。帽子を取り上げると、またも植物を裂いて深く指で潤いを求めようとしたその時、別の方法が閃いた。歯はどう

だ、もっと鋭いぞ。男は口を思いっきり開けてかぶりついた、ガブリ！　その瞬間、猛烈な痛みでのけぞって上げたことのないような悲鳴をあげた。棘が目を突き刺していた。気を失うと背中を下に伸びた……

象の大きないななきが耳をつんざいた。トンネルを通って山を越え逆側まで行こうとしているが、トンネルの端を少なくても一〇〇頭にのぼる象の群れがふさいでいる。一番大きな象が小象を抱えて何か自分に言っている。

馬鹿な、象がしゃべるなんて。「恥を知れ、恥さらし、犯罪者、暗殺者、恥を知れ」象は突然顔を半分隠した背の高い男に変身した。彼は片方の縁がカールしたよれよれのオーストラリア帽を被っているが顔は見えない。

場面はまた変わると、やはり同じ帽子姿だが今度はその背中が見えた。自分は男が運転するジープにつながれてデコボコ道を進んでいる……

気がついて、開いた片目に青空を背にしたサボテンの枝と、はるか上空をハゲワシが旋回しているのが見える……。一瞬で全てが蘇ったが、今支配している感覚は目の激痛だ。舌は渇きで腫れあがっている。しばらく気を失っていたのだ。

また目を開けると空に二羽のハゲワシが見えた。渇きがまたも男を立ち上がらせると、今度はもっと慎重にサボテンの割れ目に近づいた。彼の舌はほんのわずかな樹液に触れると、やや冷たい貴重な水気が有難かった。長い間植物の繊維を噛み、幹深くに水気を求めていた。樹液がわずかに舌の痛みを和らげてくれたが、目の痛みはひどく頭痛がしていた。脱水症状のせいでもう汗も出ない。灼熱の太陽は傾いて日没近い。男は砂の熱さを確かめながら、ジープのタイヤの跡があった正確な方角を思い出そうとしていた。サボテンをもう一度かじると、膝が腫れてかなり足を引きずっていたが歩くことにした。体は弱っていてもゆっくりなら歩ける。遠くの雷鳴が希望を運んできた。生涯初めての希望だ。東方を見ると、これも人生で初めて目にする素晴らしい景観が広がっている……夏の稲妻が黒雲の合間に光り雷鳴を轟かせて、砂漠では珍しいアフリカの嵐の到来を告げていた。

新たな希望で少し元気が出ると男は歩き続けた。ちょうど陽が沈んだばかりで感動的な光景だったが、今は背後から何か違う感じがついてくる。立ち止まってゆっくり振り返った。三〇mくらい離れてハイエナが男に醜く悪意に満ちた視線をあてて、いつもやるようにきょときょと首を四方に回していた。

男はのろのろと歩き続けていたが、目のせいで頭痛がひどかった。二〇〇mほど進んだところで、ハイエナの笑うような吠え声を聞いて振り向いた。薄闇のなか、二〇m先に五匹のハイエナが赤い目を剥いてこっちをにらんでいる。男が脅すような仕草をすると、獣の群れはまばらな叫び声をたてて数m退いた。「奴らは死体の漁り屋だ。俺は死んじゃいない」彼は肩をすぼませた。雷鳴に勇気づけられて彼はなおも歩いた。一つまた一つ、星がアフリカの空に瞬きを放っていた。

藪からぼうに道を影が横切って、背後で気味悪い笑い声をたて始めた。一〇m離れて七、八匹のハイエナを認めた。何匹かはその強力な顎をくいしばって恐ろしいうなり声をたてている。思わず男の背筋を冷たいものが走った。彼らを怒鳴って追い払おうとしたが舌も唇も腫れていて出てくる声はか細く、相手の冷笑にかき消された。彼は手を振って追い払おうと数歩彼らのほうへ進み出た。群れは恨めしそうに後ずさりしたが、立ち止まり頭を揺らしている。また男は歩き出すと今度は前方に多くの影が近づいてきた。自分は何か思い違いをしているのか？獣らは生きた人間もあえて襲うのか？

ぞっとする死の恐怖がたちの悪い形で男に忍び寄っていた。足を引きずりながら彼は前進した。前方にいた三匹のハイエナは嫌々後ろにもどったが、右手から聞こえる皮肉たっぷりの笑い声で彼は目に入るより多くの群れがいるのが分かった。一陣の風が嵐の近いことを予感させたが、喉の渇きは手がつけられないほどひどくなった。

暗がりで見えなかった石につまずいて顔からつんのめると、笑い声のコーラスが周りで起きた。勇猛な一匹がごく近くにいて、その腐ったような息が臭った。男は叫び、そいつにパンチ一発食らわせて遠ざけたがまたコーラスが始まった。獣たちは鼻息を荒立てていたのだ。

耐え難い頭痛と闘いながら勇気を奮いたたせて男が立ち上がると、ハイエナが攻撃体勢に入っているのが信じ難かった。きっと何かが起きてくれる。皆が自分を探しているはずだ。部下のヘリコプターの操縦士が緊急体制についたに違いない。彼らが…。痛みでうなり声をあげた。ハイエナが一匹彼の足首に噛み付いてバランスを失った。男の動きで獣は離れたが、傷の痛みはたとえようもなくて地面に倒れた。「一体、どの馬鹿がこいつらは死体だけ漁るなんて言ったんだ？」

雷鳴が響くと新たに一陣の涼しい風が吹いて男に希望がわいた。口の中は火がついたようだったが、忌まわしい獣に喰われるかもしれないという恐怖が他のどんな感覚も麻痺させていた。上下に揺れるハイエナの頭が彼の周りを取り囲んでいて、吐き気をもよおす臭気が迫っていた。今度は嵐の前の湿気を含んだ風が男の頭上を吹いて過ぎた。一匹の大胆なハイエナが彼に近づいて肩に噛み付くと地面に引き倒した。その頭を叩きかえす力はまだ残っていたが、群れはわめき散らす獲物をあざ笑いながらわずかに後に退ってみせた。その途端彼は放尿した。死の恐怖に押しつぶされそうだったのだ。もうチャンスはない、彼はやっと理解した。

動物たちは男の心を読んだかのように、三匹が彼に襲い掛かり噛み付き始めた。一匹が彼の腹を、他が肩を、残る一匹は足首をとらえて、その強烈な顎の力で噛み砕いた。男はあがいたが、その体に喰らいついた顎が獲物の肉を引きちぎった。喉から最後の悲鳴をもらすと彼の意識はなくなった。夜のしじまの中に骨が砕ける音が続いていた。

獰猛であろうとなかろうと、動物たちは大自然に従っただけだ。そして男は無防備な小象を殺した罪で自然の報復を受ける結果を招いたのだ。ムッシュー・マリニエの噛み砕かれた体は最後のけいれんを起こした……。

彼が渇望した大粒の涼しい雨の雫が落ち始めた……。

第16章 オーストラリア

……この広大な大陸は最後の砦だ

海は緑がかかった青色をして、澄んだ青白い空と地平線で溶け合っている。家からそう遠くないバニアンの木陰でロパは白昼夢をみていた。とさかが黄色で体は白いカカトゥ（バタンインコ）の群れは少し離れているグアバの木にとまったが、仲間同士で争っているのか鋭い鳴き声をあげて丘の静寂を破っていた。

今日は、ロパが家族とオーストラリアに移住してから二四回目の記念日にあたる。アフリカを離れた後、短期間祖国フランスに滞在したが、ロパには退屈でいたたまれなかった。続いてニューカレドニアに移住したのだが、そこではフランス政府の支配下でおきた違法行為を嫌ってオーストラリアに移ることにした。暑い気候を望んだから、大陸の北東部にあり熱帯気候のケアンズを選んだ。

英語が母国語のサンディには楽に順応できたし、子どもらはすぐに英語に慣れた。ロパだけは強いフレンチ訛(なま)りが抜けなかったが、家族とのコミュニケーションには問題なく日々満足して生活している。公害汚染がごく少ないこの広大な大陸は彼にとって最後の砦(とりで)になるはずだ。

人々は親切だし、大陸という地理的状況から国としても伝染病や周辺諸国からの放射能の影響対策は立てやすい。例えばロシアのチェルノブイリの放射能汚染事故の被害はひどく、長い間尾をひいている。当然ながら太平洋上でのフランスの核実験には頭から反対の姿勢をとった。それは地球規模の犯罪であり、砂漠の油田全てに火をつけたサダム・フセインと変わらない。

オーストラリアはまた環境保全にも積極的だ。オオヒキガエル（アメリカ原産の種で、サトウキビ畑の害虫駆除目的で世界各地に移入されたが、繁殖しすぎている）の対応やウサギ、狐などの輸入の失敗などあるが、環境活動は盛んだ。大陸に到着する旅行者は検疫省による「安全対策」というふれ込みで滅菌スプレーを散布される。だが、ぺぺはその対策は無意味だという。体内のウイルスには全く何の作用もしないからだ。その証拠に、オーストラリアではどの国よりも多くのウイルスが見つかっている。

ところでぺぺは今頃何処にいるのだろう、ロパは思った。そこへ車が玄関前に止まり、ジャンヌとサンディが降り立って車の後部から荷物をおろした。娘のジャンヌは三〇歳で美しい女性に成長していたが、未婚でフリーのジャーナリストとしてあちこち旅をしていた。

これから二週間、お気に入りの農園で両親と過ごす予定にしている。

「あなた、そうやって年老いた苦行僧みたいにベランダに座っているの？　怠けているのか、六七歳ですっかりおじいちゃんになってしまったの？」サンディが声をかけた。

スリムのままで二〇歳は若く見える妻のほうに目をやって、ロパは微笑んだまま応えない。誰もが彼女の温かく親切な人柄やユーモアに魅せられるのだ。「はい、ダーリン、郵便局に寄ったらぺぺからカードが届いていたわよ。今ブラジルにいて、間もなく帰るそうよ」夫にキスをしながら彼女はカードを渡した。

「老いぼれで手助けできなくても、君の熱烈なるファンだよ」からかいながら彼女を抱き寄せた。

「わたしにはあなたがおじいちゃんになることはなくてよ、マイダーリン」

「君なしではこれまでやってこれなかった。愛してるよ、サンディ」

「さあさ、そこの恋人さんたち、よければ何か食べません？」

三人は笑いながらキッチンへ行った。話しながらジャンヌはランチの用意を始めた。

「お父さん、車中聞いたニュースだけど東京で環境会議が始まったそうよ。参加国の間で何処が環境汚染対策に一番非協力的か揉めているんですって。ワーストワンは何処かご存知？」

「フランスだろ」ロパは応えた。

「いいえ、オーストラリアよ」

「嘘だ！」ロパはショックをうけてその表情は険しくなった。

「事実よ、何故かわかる？　今や経済発展まっしぐらで、国として石油の使用を減らして有害ガスを抑えれば発展目標には到達できないというのが『彼らの主張』なの」

「そんな馬鹿さ加減と偽善的なことを聞く余地はない。国民はそんな滑稽な操り人形みたいな者を国のリーダーにいつ選んだんだ。こういった馬鹿者たちは今環境汚染をなくさなけりゃ、地球上の生命の破壊につながって、経済なんてものが成り立たなくなるのが分からないんだ。金ではなく生命の問題なんだよ。紙幣なんて食物の代用にはならないというのに、それがわからないんだ。

何かが起きるとしても一〇〇年後か、隣人に起きても自分は例外くらいに思っているがそれは大間違いだ。今が大事で、一〇年後ではない。環境汚染はもうひどくなりすぎていて、いつ何時、自然は自己防衛のための対策をとるか分からないというのに。動物を攻撃すれば相手は自己防衛にでるように、地球も同じことをするんだ。それも桁違いのスケールでね」

「よく分からないけれど」ジャンヌは応えた。

「そうだろう。最初は理解しにくいかもしれないが、君は考古学調査を知っているね？」

頷くジャンヌにロパは続けた。

「考古学者が一つの街を発掘すると、更に発掘を続けて堆積物を層ごとに掘り進め、時には三層の発掘に達したりする。それは地殻変動が原因になっていることが多い。地球は揺れ動くんだ。その自然は人間が生態系を守って大事に扱わなければ復讐にでるんだよ。

ミミズのような身近な例をあげよう。ミミズに生態系の摂理をみることができる。われわれに食料を供給してくれるのはまず土だが、農家が化学肥料を大量に使ってミミズが生育できなければ土は死んでしまうんだ。彼らは土の窒素養分として土壌を改良する工場そのものなんだよ。それで専門家はミミズを増やす有機農法を薦めているが、全く理にかなっていることだ。ミミズはすばらしい生態系の一例であり基本そのものなのに、とるに足らないこととされてしまう、この地球が心配だよ！

誰も話さないから知られていないが、自動的な生態系バランスという考えがある。例えていえば五〇〇〇万の水滴を受け止めて満杯の器があるとして、もう一滴で水はあふれてしまうね。器は単に例えだが、自然に関してはいわゆる『限界値』に達すると最後の一滴は想像を超えた負の連鎖をひきおこしてしまう。

　津波、地震、海に大陸全体がのみこまれるような現象だが、一九一九年、二五〇〇万人が死んだスペイン風邪のように市民全員の命にかかわるような伝染病もその中に入る。人間は自分がマスターだと思っているがとんでもない。ただ大いなる自然の力によって生かされているだけで、人間が作りだした数々の技術は自然の同意がなければ全く意味なんてない」

「どんな力を言っているのかしら？」

「この三次元の外の世界、見えない世界と言ってもいいが、そのスピリチュアルな力と言おうか。肉眼で見えないのは自然の成せる技で、もし我々に見えたらここに居たくなくなるからだと感じる」

「そうだとして、わたしは今この現実にいて飢え死にしそうなの」ジャンヌはベランダに食事を運びながら言った。

　ロパはペペのカードに目をやって笑顔になった。「親愛なる古い親友は南米で何を見つけたのだろう。だが、彼がここへ来ると君は言わなかったよね、はて……」指折り数えると言った。「一五日、やったぞ、ペペはクリスマスに来るそうだ。何で言ってくれなかったの、サンディ？」

「自分で見つけて欲しかったのよ。ペペのようにあなたは何でもお見通しなんですもの。でも今度は違ったわね」皆で笑いあってから、ジャンヌは今執筆中の記事について話し始めた。いい日だった。

＊＊＊＊＊＊

パリの郊外に住んでいるアントワーヌ・ルロイは仕事に行くところだ。水質浄化工場で賃金のいい仕事についている。だが多くの工場が数々の化学廃棄物質を排出していて、いわばフランス一汚染された下水がセーヌ川に流れ込む前に危険な汚染水を浄化する設備を政府が設置したものだ。

ある日アントワーヌは工場で信じがたい場面に遭遇した。容易には近づけないような二、三箇所で汚染水がこぼれて主要排水管の脇で小さな水たまりができていた。そこに蚊の幼虫のような水生生物を見つけた。例えば硫酸のような危険な化学物質を含む汚水に棲息する生物がいるとは到底思えなかったからだ。

その晩、家に戻って妻に工場で見たことを話すと、種の環境変化への順応についていろいろ読んで知っている妻は笑いながら言った。

「あなた、それは環境へ順応した最も代表的な例だわ。地球の汚染をとやかく言う人たちはいるけれど、そんなこと言ってたら生きていけなくなるじゃない。わたしは信じないわ。人間は順応するのよ。

ペニシリンに抗体ができた細菌のように、公害に抵抗力をもつのだから心配しないで。自然に免疫をつくっていくのよ。

わたしがこの『科学と生命』誌のライターのような才能があったら、あなたがまさかと思うような記事を書くわ。エコロジー会議の参加者たちは時間を無駄にしてるわよ、まったく……。

大自然はきちんと秩序だっていて、考える以上に高い知性を備えているのよ。あなたが言ったことはその証明になるんじゃない。ひどく汚染された水に蚊の幼虫がいて、その水をコップ一杯のんで胃に穴があいたとしても、一〇〇年以内にわたしたちは硫酸でさえ飲めるようになると想像してごらんなさいな。それが種の進化よ」

「君の話を神がお聞きくださるといいね、シモーヌ」

「大丈夫よ、ダーリン。わたしの言うとおりになって全く心配がなくなるわ。科学者たちがしっかりその変化を見守っていて、パスツール以来人類はずっと進化してきたのよ。だから安心なさい」

＊　＊　＊　＊　＊　＊

ロパは岬に沿って植えられたココナッツの木の葉にうっとりしていた。貿易風のそよ風にのってまるで見えない手で動かされているように見えた。風が強いと葉はまるで波打ち際を走る波のような音をたてる。ココナッツの木には真っ直ぐ伸びるものもあれば、寄りかかるように曲がる幹があって彼はそれを好んで「女っぽい」木と呼んでいる。

ぺぺからカードを受け取って三週間経った。彼には家族がいないから、いつ何処へ行こうと自由だが、今ごろ何処にいるのだろう。ココナッツの木を見るともなく視線をすえて、ロパは半ば白昼夢のなかにいた。はるか向こうの道の端に立つブラッサイアの木陰で何やら動く気配があった。カンガルーか小牛でもいるのか、光と影の混じる場所を、目を細めてみているとそれは陽射しの中に姿を現した。

誰かがくる、荷を肩に担いで……まさか、ああ、まさか……ダッフルバッグを担ぐ男！　ロパは叫んだ「サンディ！　サンディ、何処だ？」

「料理中よ」彼女の声がした。

「おいでよ、早く、君に見せたいものがあるんだ」

「何事？　大騒ぎね」手をふきながら、サンディはベランダに出てきた。

「道のほうを見てごらん、何がみえる？」

「迷子の小牛でしょう、それで呼んだの？」目を細めて彼女は見やって言った。

「めがねをかけるといいよ」

「いいこと、ダーリン、ランチをしたくない？　正午まであと一〇分、料理をすませたいの」

「めがねをしてよく見なさい、もっと面白いものが見えるよ」

「一体何ごと？　めがねをしてから、がっかりさせないでね」彼女は急いでめがねをとってきた。

「ああ、なるほど、ヒッチハイカーね。ボコが見知らぬ誰かさんに噛みつかないよう注意したほうがよくてよ！」

「もう間に合わないね、君より早くボコはヒッチハイカーを見つけたよ。鼻がよくて、めがねが要らないからね」

　サンディが見ると、犬は男の周りを跳ねながら喜びの声をあげていた。

「まあ、ぺぺだわ！　ああ、彼変わっていないのね、電話をくれればよかったのに。さ、ぐずぐずしてないで、お出迎えしたら？」

「いや、今君が言ったとおり、奴は電話をよこさなかったから、われわれが農園にいるか知らないんだ。だから隠れてどんな顔をするか見てやろう」

　サンディは笑って企(くわだ)てに同調すると、二人は大きなパントリー（食料貯蔵室）に隠れた。

　そこからベランダや居間と廊下が見渡せる。ベランダの下からぺぺの声がした。

「おおい、居るかい？　サンディ？　ロパ？　何処だい？　昔の友だちのお出迎えはないのかな？　ハロー！」

　彼は階段を上ると、いつものようにバッグを肩から降ろした。「ロパ！　ハロー！　ぺぺだよ」

　彼は中に入るとボコのお供で真っ直ぐキッチンへ行くと犬に話しかけた。

「いいか、ボコ、ご主人のところに行って僕がきたと伝えてくれ。コンロに鍋がかかっているのに留守だとは思えないよ」

「あ、しまった」サンディがひそひそ声でいった。

「ばれちまった」ロパはつぶやいた。同時に、ボコはパントリーのドアに飛びついて吠えたてた。

「そうか、飼い犬に裏切られたな」ペペは声をあげて家の主に言った。

「ああ、ペペ、なつかしいな。あいかわらず目が利くが、犬に助けられたんだぞ」とロパ。

「変わらないわね、ペペ、何故電話をくれなかったの?」サンディが聞いた。

「まず、キスのご挨拶(あいさつ)をさせてくれ。この二年間君も変わってないよ、いつも新鮮で、スリムで……」

「お世辞がお上手だこと、電話くだされればお迎えにいったのよ? どうやってここまで?」

サンディはペペを遮(さえぎ)ってたずねた。

「バスだよ」彼はロパの肩を抱いて言った。

「じゃ、バス停から農園前までヒッチハイクしたのかい?」

「いや、歩いた……」

「何だって、七㎞も!」

「何てことないさ。この二年間、南米の森を三〇㎞から四五㎞くらいの距離を何度も歩いてきたんだ。七㎞なんて朝飯まえさ」

「南米の何処にいたんだい?」

「ブラジル、ペルー、アルゼンチンだ」

「それで。この二年間何してたんだい？　送ってくれた葉書で君の動きは何とかつかめたがね。中でもペルーについては興味深々なんだ。一七〇歳のインディオの話って一体何なんだい？　直接会ったのか？」

　ペペはロパにはおなじみの取って置きの微笑みをうかべた。誰もほとんど知らないことで確信があるときによく見せる笑顔だ。彼はめったに人が踏み込まない場所に行っては民族学上の知識を深めたから、表面的な学説では太刀打ちできないものがある。彼の思いやりや屈託のなさのほかに、専攻した心理学は動物を含めさまざまな出会いと調査に役立った。

　今、話をしながらも、ボコに腕を伸ばし親愛の情から体を撫でてやっていた。その類まれな才能とコミュニケーションで、他の調査隊の学者が見逃すような情報を手に入れ神秘を体験してきた。

　二人はベランダに腰をおろして、ペペが所望した冷たいビールで喉を潤しながら、二年ぶりの再会を味わっていた。

「ところで、旅にでていると新聞を読めないだろう。香港の鳥インフルエンザを知っているかい？　ＴＶ情報では四人が死に、一四〇万羽の鶏を始末したそうだが、中国ではそれほど管理が厳しくないから感染はもっと広まるかもしれない。興味深いのは鶏を食べて感染することはなくて、空気感染だというんだ。それでコンゴ川の旅の最中、君が話してくれたスペイン風邪を思い出したよ」

「あれは忘れられない旅だったなあ」

「確かにいい旅だった。で、その鳥インフルエンザの空気感染だが、鶏から人間への感染は豚から人間の場合よりも性質が悪い。今回は連鎖の輪を一つ飛び越えていて危険な兆候だよ」

「口を挟むようだけど、パプア・ニューギニアで津波がおきて三〇〇〇人亡くなったニュースはご存知かしら？　恐ろしいわ、それも海際のとても貧しい住民たちが巻き込まれたのよ。それに中国の揚子江の洪水では二〇〇〇人が死んだそうで、あちこちが大災害に見舞われているわ」サンディが言った。

「グリーンハウス効果だね、知っていると思うが」

「環境活動家たちの話ではオーストラリアでは何万本も植樹をしているそうだけど」

「そう、彼らはよくやっているね。だが問題は何かだ。皆は主に地球破壊について討議していて、大気汚染を減らそうといろいろ取り組み始めているのも知っているよ。もしアメリカが不要な広告郵便物の受け取りを拒否するだけで、どれほど多くの木が伐採されずに済むか知っているかい？　しかも開封されるのはたった四〇％くらいだけだ。だが化学物質の河川の汚染、ウラニウム採掘、日本の製紙メーカーに売るための樹木の伐採、それにガソリン車からの排ガスなどに関しては誰も何もしていないんだ。しかも石油に代わる水素エンジンを使用すれば、世界経済の打撃になるとまで言っている。政府や大金融企業は偽善者の集まりで、みんなお金のことしか考えていない。東京での環境会議はそのいい例で全くぞっとする……」

「我々としてはどうすればいいんだ？」ロパが口を挟(はさ)んだ。

「ただ話しあうのでなく、何をすべきかだろう、ロパ。どうすればいいなんてがっかりさせるなよ、何でもできるんだから。実際政府を動かすのは僕らの義務だ。つまり、圧力をかけて実行させるんだ。一番効果的な手段は非暴力のデモによる集団ボイコット。政治家がよくやるようにうやむやな話をするのではなく、誰もがデモに参加して政府を動かすんだ。市民の圧力がものを言うんだよ」

ぺぺはテーブルをナイフの柄でたたきながら主張した。「話し合いはもう充分だ。TVでデービッド・スズキ博士（日系三世のカナダ人遺伝学者で、カナダを拠点に環境問題に取り組む財団を設立し、独自の活動をしている）が僕と同じことを言っていたな。地球保全のために政府がやろうとしていることは不十分である。我々が選ぶ代表には仕事をしてもらわなければならないとね。

しかも不可能とは言わないぞ。ガンジーは偉人の一人だが、市民による不従順とボイコットで国家独立を勝ち得るきっかけをつくった。何百万というインド人たちが自分たちで衣服をつくって、英国から買うのをやめたんだ。彼らは自分たちで綿をつむぎ始めたが、ガンジーが自ら毎日糸紡ぎを回しては自分の衣服をつくって模範を示したわけだ。

ボイコット運動が想像以上の効果をあげたのは、英国がインドからひどい安値で綿を買い工場で安価な綿布を製造すると、それをインド人に売って法外な利益を上げていたのが、彼らの衣服を自給自足する動きが英国に大きな経済的打撃となって完全な独立を勝ち得る最大の手がかりになったのさ。

難しいことではない。九〇歳のお年寄りでさえボイコットはできる。例えば、二〇〇〇万人が自然に逆らう製品を買わない状況を考えればいい。二、三週間で、その企業は方針を変えるか、破産するしかなくなるんだ。目をあけて政府を動かすんだ。国の経済を考えるにしても、環境を損なう経済活動をする国には住めない。

有名なクリー・インディアン（主にカナダ東部に分布するアメリカ・インディアンの一部族）の格言がある。『最後の木が切られるとき最後の魚が死ぬ。そのとき人間は金が食物の代用にならないことを知る』はまさに真実だよ。だが分からないのは、賛同する人はその言葉を家の壁に貼り付けるだけということだね。そして責任ある政府要人はその言葉を文字通りには受けとらない。本当は受け取るべきなんだが。このままだったらわれわれは最終章を迎えることになる」

「ぺぺ、君はまだ世界的規模の伝染病が蔓延して何百万という人間が死ぬと思っているのかい？　言ってくれ、本気じゃないよな？」

「ずっとその可能性があると思ってきたし、このまま行ったら本当に起きるだろう」

「もっとはっきり言ってくれ」ロパは気になった。

「人は自分たちが細菌やウイルスが体内に繁殖するのに恰好な状態をつくり出していることに気づいていないんだ。その結果、免疫システムがやられてしまうのさ」

「ああ、何かと取りざたされている免疫システムだが、一体何なんだい？」

「それはわれわれの潜在意識に組み込まれた生存の仕組みの一部と言える。仕組みの目的は体の秩序と調和を安定させることにあって、妨害しようとする要因に抵抗して心身が新しい環境に順応するよう調整する知能と言っておこう」

「知能？　どうやってそれを自分で破壊するんだろう？」

「方法はいろいろある。一番簡単な方法は自然に備わった自分の感覚を騙(だま)して、体に間違った情報を与え続けること。例えば明るい光の下でサングラスをするとする。目のように大切な感知機能をいつもカバーしていると体に暗いと思わせることになる。

　結果は暗いと認識したまま新陳代謝が最適化するから、徐々に体は太陽光に対応する力を失って恐ろしい病気を発症するかもしれない。しかも自分の無知でなく太陽光のせいにするんだ。だが太陽光は地球の全生命には欠かせない。

　免疫システムを破壊する別の理由はドラッグや痛み止めなどの使用で、生来備わった自然な感覚を騙(だま)して心身を混乱させることがあげられる……」

「それでドラッグ中毒になると誰よりも先に免疫システムに問題がおきるんだね」

「その通りだ。それともう一つ、実はとても危険な放射線への露出(ろしゅつ)があげられる。満足のいく人間的な生活や記憶、それに遺伝子の変化にも影響を及ぼすことがあるんだ」

「それって、何回か核実験を行ったフランスのムルロア環礁周辺で魚の雌雄の割合が狂ったことや、チェルノブイリの事故以降、奇形児が生まれたことに関係するんだね」ロパは沈痛な面持ちで言った。

「そうなんだ、そのメカニズムを説明しよう。人間の健康な体では細胞の一つ一つが電磁波を受け、また発している。その作用で人間の肉体は精神とコミュニケーションし、細胞同士が意思伝達している。つまりわれわれの肉体は、意識から情報をうけた細胞が発するさまざまな電磁波に囲まれているわけだ。君の体を体温が覆(おお)っているよね」

「そうだが」ロパは次の説明を期待しながらうなずいた。

「いわゆる体温は体から発するマイクロ波と赤外線の波動と同一といっていいのだが、熱自体は非常に複雑な波動の一部に過ぎない。われわれの体は広範囲な波動、つまりマイクロ波から紫外線、その他まで含んで美しく調和のとれた『生命の旋律』を奏でているんだ。

別名、その波動を生体エネルギーの場と呼ぶ研究者もいるし、またオーラとも言われていて実際に人体の周りにそうした波動が見えることがある。アフリカで君が入院中にこの点を説明したとき樹木のオーラとアストラル体について触れたね？」

「そう、よく覚えているよ」

「オーラは全ての生命の周りに存在するんだ。君にまだ話さなかったのはその機会がなかったからだが、オーラは七つのチャクラから発する色だよ。われわれの体にあるチャクラとは宇宙エネルギーをキャッチするアンテナつまり受容体として機能するポイントなんだ。自然は豊かに彩られているが、オーラも種々の色彩を湛えている。もしそれら色彩をうまく混ぜ合わせて例えば衣服として身につけるなら、衣服からオーラに色彩を変換させて生活の満足感を大幅に改善できるようになる。鳥たちは自然にこの操作をしていて、羽の色はオーラの役を果たしている。家庭で周りをとりまく適切な色を使って、私たちは精神的、身体的暮らし方を改善できるのだ」

「相変わらずね、ぺぺ。話しだすと長くなるんだから、でも肉体に栄養補給するのを忘れないように。料理が冷たくなるわ」サンディが話を遮った。

「まったくこんな美味しそうな料理を前に、僕って救いがたいな。ではあと少しだから食べながら話そう。サンディ、おしゃべりな僕を許してくれ、でもロパはとても興味がありそうなんだ」

「まさに、魅了されているよ。ただ、電子レンジや、携帯電話、放射線などがＤＮＡの配列を壊すなんて鳥肌ものだよ」ロパは言った。ペペはにっこりしてサラダと野菜を皿にとりながら続けた。

「放射線は免疫システムや記憶力それに知能に悪影響を与えて、われわれの体が『生命の旋律』を奏でる邪魔をするところまで話したね。その干渉の度合いが執拗（しつよう）だったり長引いたりすると、細胞がその〝悪い〟波動で混乱をきたして病気になるのさ」

「免疫システムがどう弱まるか分かったが、細菌やウイルスのほうがもっと危険なんじゃないのかい？」ロパは聞いた。

「われわれが自分たちの体や生活環境に細菌が繁殖しやすいようにするとき、その危険性は当然高まるさ。つまり君がどんな状況を作り出すかにあるんだ」

「そうか、だが不思議なのは細菌が病気を引き起こすんじゃないのかい？」

「直接のトリガーではない。体の中にある細菌が活動するか否かは主にわれわれの体調次第だ。それに免疫システムが弱っていれば、体は適切に反応できずに健康問題に関わる結果につながるんだ」

ロパはコールドローストビーフとソースを皿に盛りながら、ペペを見つめて勝ち誇ったように言った。

「そこだよ、僕らには細菌をやっつける抗生物質があるじゃないか！」

「確かにそうだが、細菌が抗生物質に素早く順応して耐性がなくなってしまう。ともかく滅菌して体内の細菌を殺すことは全く解決にはならないんだよ」

「どういう意味？」サンディの関心をひいたようだ。

「いいかい、われわれの腸には食物の消化に必要な細菌が棲みついているね。薬で人の体を滅菌しようとした結果は大失敗だったんだ」

「それは初耳だ。それなら体内でなく体外の大量の細菌はどうだい？　その被害については？」ロパが聞いた。

「もし大量のバクテリアが発生して、むき出しの下水や汚染された海水の中で非常に強い毒素を作り出したら、我々はその電磁作用の影響を受けるだろうね。それに、細菌も全ての生命体と同じく『生命の旋律』を奏でるから、それで我々の体調が狂ったり、免疫システムに対応したりするだけの力がなければひどい健康被害がおきることになる。

　要するに、われわれは細菌も含めて地球上のあらゆるものと調和を図って生きている。そしてどの生命にせよ、その『旋律』は大自然が生命同士互いに助け合い尊重しあって完璧な調和をはかるようデザインしたものだ。ところが我々がエコロジカルバランスを崩せば、調和を破り細菌に地球を乗っ取らせる機会を与えることになる。それは単に、人間よりも早いスピードで細菌は変化する状況に順応できるからだよ」

「君の好みは赤ワインだったが、変わったかな?」ロパはサンディとぺぺにワインを注いだ。

「無論変わらずさ、ありがとう。ところで君の関心は細菌についてだが、ウイルスは細菌と違う意味で興味がわくかもしれないな。ウイルスは生命体ではないから動かないし、代謝も、増殖もしなければ、人体の器官で役に立つこともない。彼らは核酸と呼ぶとても複雑な有機化合物に過ぎないのだが、その核酸は細菌を含むすべての生体細胞が活動する結果の産物なんだ。我々の細胞は代謝の過程でウイルスを利用し産出もする。理由が何であれその作用が曲げられれば毒性が高まるので、ウイルスは実際に生体毒素とよばれるんだ」

「それはまずいな、どうやってウイルスを捕まえるんだ? それができるのかい?」

「ウイルスは動かないと言ったね、だが病気は電磁波の波動で広がる。病んだ体は『雑音』のオーラをだす、つまり生命の『旋律』が狂っているんだ。弱いオーラや狂った生命の『旋律』を聞いた免疫システムの体細胞は『騙され』て全く同じウイルスを産みだし、ついに同じ『悪い波動』を出すようになる。

『ウイルス感染』した場合、その体は『不協和音』を奏で始めて病気を蔓延(まんえん)させていく。その結果免疫システムの弱体化と結びついてウイルスが信じがたい早さで広がり、地球の全人口を脅かす危険性につながるんだ。

もし結果に繋がるだけの大勢の人間が危険な生体毒素、つまり代謝システムの狂いで生じたウイルスのせいで『不協和音』を発したら、地球上の全人類の免疫システムが弱まって病気にかかるわけだ。それが大きなスケールで伝染病が広がる背景だよ」

「ちょっと待ってくれ、今の背景説明が真実だとして人間は動物からもウイルスをうつされるね？」

「そう、病気の動物や虫あるいは細菌からもね……」

「君の言うようにウイルスは生きていなくても、死んだ動物から人間にウイルスがうつることがあるんだろうか？」

「うつってもおかしくないだろう、とりわけその肉を食べたとしたら。ウイルスは単に毒素だがね。英国でおきた『狂牛病』を知ってるかい？」ロパがうなずくとペペは続けた。

「少し前、君が話した香港でおきた鶏インフルエンザだが、それはいい例だよ。鶏肉を食べてうつった香港市民はいなかったとしたら、『不協和音』を発する鶏一羽が病気を広めたんだ」

「どれも興味深かった、ペペ。まだ聞きたいことがあるんだが、『ニューエイジ』と呼ばれる連中の話は知ってるかい？」

「ああ」

「二、三日前、僕は君と交わしたこれまでの話、主にアフリカのトッサキ病院で聞かせてくれた理論を振り返っていたんだが、木のオーラのこと、姪の手紙にあったテレパシーや読心術を含む色々は『ニューエイジ』の連中が信じていることと多く類似しているよね。彼らってどういう人種なんだろう、『ニューエイジ』と聞いただけで大抵の人はおとぎ話でも聞くような感じの笑いを浮かべるんだが……」

「君が言いたいことは分かるよ、ロパ。誰かが何か珍しかったり進んだアイディアを持ったりすると、大抵大半の人たちには受け入れられなかったり、科学者の連中のように笑ってとりあわなかったりするものさ。

一五〇年くらい前、列車はまだ走っていなかった。真剣な科学者たちの会議の席で、一人がこう言ったんだ。『ご高輩の諸君、人間は時速六〇㎞で旅をしたなら、心臓が停止するか、車両から吸い出されてしまうでしょう』とね。科学者たちが真剣に何時間もかけて討議したんだよ。今時、七歳の子どもにも笑われる話だ。

ジュール・ヴェルヌというサイエンス・フィクションの物書きがいたんだが、彼が書くものは皆現実になった。ニューエイジの連中の中にはテレパシーとか、読心術、オーラ、アストラル体、更には空中浮遊や輪廻転生といった考え方を展開する者たちがいる。

輪廻転生についてだが『霊魂』という言い方をする。輪廻転生を繰り返すときアストラル体は電子に刻まれた前世からの情報で満たされて、人生の真の意味を理解できるんだ。本当は、ニューエイジの申し子はより現実に近いといえるだろうね。というのは彼らは自然に近い生き方をしようとしているからで、二、三〇年もすれば世間は今よりいろいろ分かるようになって彼らを笑うことはしなくなるだろうね」

「ああ、そう考えるんだね。聞いてよかったよ。ところで食事もすんで長い距離を歩いたことだし、少し昼寝でもどうだい。僕はそうするよ」

「ぺぺ、神聖な昼寝はこの辺りの習慣なのよ。いらして、お部屋にご案内するわ」

サンディがジョーク交じりで言った。

以前と変わらぬ快活さでダッフルバッグを肩にサンディの後に従うぺぺを見て、ロパは微笑んだ。

声が遠のくと、彼は自分の部屋に行って横になった。愛する妻と無二の親友と一つ屋根の下にいる幸福感にすっぽり包まれて、自分は国一番の幸せ者だと感じていた。その寝顔はそれ以上ないほど満たされていた。外ではワライカワセミが笑うように囀り始めた。

アボリジニはそれを嵐の兆候だという。

第17章　ペルーの秘密のピラミッド

　サンディの透明な笑い声がキッチンから聞こえてロパは昼寝から目覚めた。時計の針はすでに四時をさしている。キッチンでティーカップを傾けているペペとサンディに合流すると、彼女はロパの手をとって言った。「やっとお目覚めね、おじいちゃん。お客様がいらしてること覚えてる？　それとも夢だと思ってるのかしら。こちらピエール・プシャールさん、ご存知？」彼女がからかうと、皆笑い出した。

　ロパは妻の頬にキスをすると言った。「ワライカワセミの声がしてたね。嵐が来るという知らせだから窓を閉めなくちゃ。一五分くらいで来るよ、サンディ」皆で窓を締め終わった頃、雨まじりの風が吹き始めた。三人が居間に落ち着くとロパはペペに問いかけた。「アメリカからの君の手紙に一七〇歳になるインディアンのことが書かれていて、興味深々なんだが。それって伝説かおとぎ話なのかな？」

「本当は、僕から言えないけど……」

「君の口から話してくれないか、聞きたいよね、ダーリン？」とロパはサンディを見ながら言った。

「ええ、そうね、もしぺぺが話し疲れていないなら」サンディはロパに同意した。

「わかった、二人とも知りたいんだね？　あれは、ペルーのジャングルを一二日間探索していたときのことだ。ある晩高原に到着すると、いつものようにポーターたちがキャンプを張って火を焚いたんだ。すると暗がりの中で、火のすぐ横に巨大な岩が浮かび上がったんだ。翌朝見てるとその岩は極めて古い廃墟のポーチコ（柱廊式の玄関）だった。

軽い食事をした後、僕はジャングルの毒蛇に用心しながら周りの茂みに足を踏み入れた。奥に進んで行くと、頻繁に使用されていた形跡のある隠れた小道をみつけた。ガイドの一人からそれ以上先に行かないほうがいいと忠告されたが、彼に見つけたばかりの小道を示して調べることにした。音をたてないように後に続いたガイドは、急に何でも知りたがると、いつか聖なる矢を射られて死ぬとか何とかぶつぶつ言いながら引き返した。彼をあえて引き止めなかったのは、その場で議論をしたくなかったし、それにご想像通り僕の好奇心には火がついていたからなんだ」

「何せペルーのジャングルだからな。君をよく知らなかったら、よくある誇張された話くらいにしかとらないだろう。ところでペルーにはどのルートで行ったんだい？」ロパはニヤリとして言った。

「ああ、ブラジル回りで数カ月かけたんだ」

「ブラジル経由だって？　直行できただろう……ええと、首都は確かリマで……」

「そうさ……、『皆様、右手にみえますのはセントジョン教会、左手は博物館でございます。

昼食後は野菜市場によりますが、そこで現地のインディオに会うことが出来ます……』なんていう旅行を僕がしないのは知ってるだろう？　ジャングルのような僻地（へきち）に行くのは、調査と視察でできる限りの情報を手に入れるためだというのは分かってくれているよね。川の旅をしたが最高に面白かったし、いろいろあったよ。ボートはコンゴのときと似ているタイプだった、覚えてるだろう？」

「もちろん」

「血統書つきの雄牛四頭を艀船でアマゾン川上流の牧畜業者に運ぶところで、毎晩係留する度に男数人が草を刈り、食べさせたりしたよ。だがこれは余分な話だな。やっとペルーのイキトスに着くとインディオたちと言葉を交わして、彼らからスペイン軍に見過ごされ破壊されなかった貴重な古い写本があるという興味深い話を聞いた。もっとも彼らの話は何やら伝説めいてはじめは意味をなさなかったが、探偵もどきで一つも聞き漏らすまいと耳を傾けたんだ」

「何かの手がかりを見つけるためだね？　何を探していたんだい？」

「ある言い伝えを追っていたんだ。いつ頃聞いたのかははっきりしないが、太平洋の真ん中に〝ムー〟と呼ばれる巨大な大陸があって、その文明は途方もなく進んでいたという話を聞いていた。大陸は一万四千五百年前頃に、一夜で海中に沈んだといわれる。激烈（げきれつ）な地殻（ちかく）変動、それも自然の報復だが八千万人をのみこんだという。だが大災難に見舞われる前、住民のなかには西方はビルマやインド、東方は南北アメリカに移り住む者たちがいた。彼らは街の建設に巨大な岩を使ったんだが、その形跡と証拠がチチカカ湖の隣街ティアワナコで見られる。考古学者や科学者はどうやって大きな岩を運べたのか、いまだ解明していないし、今日の技術をもってしても一ミリも動かせないような巨大な物なんだよ。だが答えは簡単で、彼らには反重力の知識があった。つまり重力を中和すれば重量はなくなるというものだ」

「それは面白い」

「それと彼らは大ピラミッドを造って、銀河系とテレパシーで交信する場にしたんだ。ピラミッド内部には磁場があって、そこにいると遠く離れた宇宙と交信できる力が得られたらしい。

大ピラミッドはエジプトのものより三倍大きいサイズだが、どちらも建設の目的や原理は同じだ。ムーのピラミッド内部にも国王の部屋にもミイラが見つかっていないが、それは単に生きている者が部屋を使っていたからだ」

「お話とあなたの洞察はとても興味深いし理解もできるわ、ペペ。でも、エジプトでなくペルーにいらしたんじゃなかった?」

「そう、ペルーに行ってとても興味を引いたのは、一、二千年前の記録ではなくて二、三万年前に住んでいた人間のことだった。ピラミッドを建てた者たちがインカ帝国以前からそこにいたわけだが、何のためにピラミッドを建てたのか知りたかった。それと南米とエジプトのピラミッドの形が何故違うかもね、同じ文明……ムーに発しているのに、だ」

「それで何か分かったのかい?」突然ロパに視線をあわせたペペだが、その時、彼の頭の周りを金色の光の輪が覆っているのをロパは目にした。幻覚かと思ったがすぐに元通りになった。

ペペはビールで喉を潤して間を取った。ロパはいつもの手かと思っていたが、いつになくペペはしばらく話し出さなかった。犬のボコに寄りかかったその目に涙が浮かんでいるように見えた。

ペペは奇妙な顔つきで咳払いをすると、とても不思議な話をし始めた。

「今からする話は、未だかつて誰にも話していないことだ。君は僕の一番の友人だから、まず君に最初に話そう。

ガイドに話を戻すが、彼は僕がみつけた小道を避けたがっていて二日間彼を説得し続けてやっと同行してもらえることになった。六人のポーターと他の二人のガイドにはキャンプ地に残って、帰りが二カ月後になろうと待ってもらうことで同意した。

いよいよ出発の日、朝早くゆるい下り坂をいくと岩だらけの道で進みづらくなった。目が利くガイドのおかげで頻繁（ひんぱん）な往来の跡をあちこちにみつけて、二人で話しあいながら何時間もかけて調べたんだ。するとその痕跡（こんせき）から真っ直ぐな一本道ではなく扇形に分かれているのが分かってきた。

夜は小道から離れた場所に腰を落ち着けると、灯りをともさず缶詰とチョコレートを食べて寝袋に入った。夜半人間の話し声が聞こえて、インディオたちの通り道だということがはっきりした。翌日の早朝、ガイドが万一の時のために僕ができるだけインディオに見えるよう変装を手伝ってくれた。でもガイドは変装してもあまり意味がないと言った。なぜならわれわれは禁断の古い伝説の古代都市にいたのだ。

二日目の夕方歩いていると刺激臭のあるきついにおいが鼻をついて、その数分後直径三〇cm

くらいの球体の石が目の前に現れた。表面は滑らかで苔類も何の植生もないビリヤードの球のように滑らかだった。熱帯植物や自然の岩石に囲まれたジャングルの真っ只中で、そんな球体をみつけた驚きを想像できるかな？　二、三m離れて自問自答しながらもう少し大きい同じく滑らかな球体を見つけた。それに触れたときガイドから大きな声でやめろと一喝されて驚いて彼をみると、怯えた顔で二つとも神聖な石だからもう戻るべきだと言いだした。頻繁なインディオの往来はこの聖なる石に触れるためで、見つかりでもしたら二人はひどい目にあうか、矢を射られるかもしれないという。

彼の言うことと球体の石が放つ臭いに仰天しながら僕は石をしげしげみつめると、少し蒸気がでていて一部を少し吸い込んだ。石を押して底を見ようとするとガイドがありったけの力で僕に飛び掛かって押し倒したんだ。考えに反対しても尊敬の念を忘れず話すガイドが力づくの攻撃にでたことで僕は驚愕したよ。地面に転がったまま彼におさえられていたんだが、僕の好奇心は火花を散らしていたんだ。ガイドの行為は強い恐怖心によるものだとしたら、その恐怖の理由が当然ある。火の無いところに煙はたたないからね。

いろいろ問い詰めて分かったのは、石をどかそうとした連中が腹に猛烈な痛みを覚えて不思議な死に方をしたというんだ。彼は悪霊の仕業だといったが、勿論毒だったはずだ。その時だった。我々二人からずっと離れて木々がなくなった辺りを誰かが通るのが見えた。ガイドはすぐに話を止めて僕にも合図をした。目に入った姿はインディオではなく、長いローブとフードをまとった僧侶のようだ。だが、突然姿が消えたんだ」

「消えたですって？　どうしたのかしら？」サンディが聞いた。

「それなんだ、一瞬見えたと思ったら次の瞬間消えたんだ。ガイドは胸で十字を切ると立ち上がって僕に戻るよう必死に懇願（こんがん）するんだ。僕は彼をしばらくその場に待たせて、姿が消えた辺りを探ろうと歩き始めて五〇歩くらい進むと石から漂ったのと同じ特殊な臭いがしていた。めざす場所に行くと姿が消えたように見えた訳に合点がいった。近くの木々と同じ色をした苔に覆われた直立の岩が立っていて、樹木の後ろ側を通る人影は消えたように見えただけだったんだ。

　少し離れたところに大木の強靭（きょうじん）な根に支えられた二つの岩の間に狭い通路があった。そこを通り抜けると一〇〇ｍくらいの使い込まれた小道が続いていたが、予想外の表面の滑らかな岩にぶつかって道は終わっていた。下の方へ目をやると僕は崖っぷちにいて、下は少なくとも一〇〇ｍの谷間になっていた。そこは正確な円形状になった谷で、その真ん中には一番上の壇上に寺院をいただくピラミッドがよい状態で保存されていた。

　その光景に目を奪われて、何故この古代の遺跡が植生に覆われていないのか不思議に思っていると突如体が岩から浮いて崖（がけ）を浮遊し始めた。それはまさしく浮遊で僕は恐怖で麻痺（まひ）したみたいになった。どうなってるんだ？　落ちはしないか？　スピードはどんどん加速されて空中を移動していた……そして寺院の方に降り始めている！

　浮遊した後、いきなり落下して目が覚めるとベッドの中だったと夢の話はよくある。だがそれは夢でなく、浮遊は自分の意志に全く関係していなかった。ガイドの忠告が浮かんだ。『どうしても理解しない連中は聖なる矢に射られて命を落とすことになる』そしてフォーセット大佐の失踪に思いを馳せた。弧を描きながら少し前に自分が立っていた岩がはっきり見えた。どんな奇蹟が僕を何処へ何故運ぼうとしているんだ？

寺院に降り立ってその入り口のアーチをくぐった。ところで僕のいでたちはインディオの衣装で顔は誰にも見られないフードをかぶっていた。目の前には壁があり、右手は薄暗い廊下になっている。そこで何をすべきか、何故そこにいるかも分からなくて当然不安だったが好奇心はピークに達していたと言っても言い足りないほどだったよ。自分が特別な人たちのプライバシーに深く首を突っ込んでいるという恐れにも関わらず、気分は高揚していた。

廊下を一〇歩ほど進むと急な角度で左に折れて、全くの暗闇になった。それでもう数歩行くと壁にぶつかって、暗がりのなかを手さぐりすると壁に触れた。あきらかに行き止まりだ。手で石づくりの壁を伝い上下それと四方を探った。

戻ろうとも思ったが本能的に滑らかな石の壁を伝っていると、顔より低いところにほかより小さい石があって少し動くのに気づいた。そこを押してみたらどうか、促されるように押すと壁全体が回転した。夢心地のような気分のまま、薄暗がりを通って前方の壁の間を狭い階段が下りていた。心臓が喉から出そうだったが、調査への興味に吸い寄せられて階段を数段下りだすと背後で壁が締まる音がした。もう二度と出られないかもしれない、最悪の思いに襲われた。

それでもゆっくり階段を下りていくと途中に水族館にでもいるようなくすんだ灯がともっていて、続く階段は終わりがないように思えた。やっと降りきると大きな部屋にたどり着き、六

mはある石柱の上におかれた三つの大きな天球儀で照らされていた。明るい白い光のなかで部屋の四隅を見渡せた。そこには僕のほかに六人が胡座（あぐら）をかいて座り、黒い玄武岩製の低く厚いテーブルを囲んでいた。どうやら僕を待っていたらしい。誰も一言も発せず、僕はどうしたらいいか分からずに黙って立っていたが、テーブルのほうへ近づくことにした。

全てが瞬（また）く間に起きた。僕の歩き方のせいか他の理由か、六人の一人が理解できない言葉で僕に何かを告げた。時間を稼ごうとして返事の代わりにうめくと、一人がつかつかと近づいてフードを払った。僕が白人だということがばれてしまうと、六人は一斉に喋（しゃべ）り始め何か問いかけようとした。だが僕が理解できないと分かると、とても活気付いた会話を始めて疑わしそうな顔つきで僕を取り囲んだ。持ち物を探って狩猟（しゅりょう）ナイフをとりあげたが、ポケットの中や他のものには興味を示さなかった。一人はナイフをテーブルの反対側の端に置いた。もう一人が部屋を去るとき、その顔のごく一部をフードのなかに見たが、インディオ族に思えた。

声は低かったが彼らの会話はとても活気づいていた。合図で僕は座るように言われたが、一五分ほど経過した後残っていた五人の男性は話をやめた。そこへ六人目が他の一人に付き添われ、澄んだ緑色の縞（しま）模様のある金色のローブをまとって現れた。頭には紫と銀色のキャップを載せていた。

男性は小柄で彼の白い髪はウェストにまで達していた。僕の側に近づいてきたとき、フードを被っていないその気高いインディオの顔を見ることが出来た。年齢は八〇歳くらいだろうと推測した古老のまなざしは深く、優しく、善意にあふれていた。スペイン語で僕はそこで何をしようとしているか尋ねられた。そこで僕はどうやってその場所にたどり着いたか、様々な文化に興味があって古代の文明に関する情報を集めている身上を伝えた。

老人は他の六人に話して聞かせると途端に漂う空気が和らいだ。少しして僕に似た服装の男が部屋に入ってきた。老人の話からその男が先にピラミッドに来るはずだったが、間違いで僕を空中浮遊させたのだと分かった。

では僕をどうするつもりだろう。結局僕は侵入者で、彼らと同じ人種でなくもっと悪いことにヨーロッパ人だ。彼らは僕が彼らの存在や寺院について世界中に知らせると思うだろう。ここは秘密の社会か、宗教の一派か、或いは政治的集団か、僕はあれこれ自分に問いかけていた。古老は僕に座ったまま許しがでるまでじっとしているように言い渡すと、七人は渋々(しぶしぶ)彼に従って僕を疑がわしそうに見ながら別の部屋へと姿を消した。

時間が経ち、ありとあらゆる思いが頭の中を横切った。時計をちらっと見ると、一〇時だった。ピラミッドの中にかれこれ一時間いるのだ。僕は目をつぶり深呼吸すると自分を落ち着かせてこの老人に何て言おうか考えた。自分では数分間集中したつもりだったが、わずかな音がして目を開くと、八人の男たちがテーブルの周りに座っていた。古老はテーブルの上の端で胡座をかいていた。でも自分がほんの一瞬目をつぶっていた間にどうやって音も立てずに座ることが出来たのだろうか?

直感的に時計を見て、もう一度素早く目をやるとなんと八時ではないか！　日付は翌日を示している！　一〇時間、あるいは二二時間の時間を飛び越えることが一体可能なのだろうか?

何が何だか分からなくなってしまった。

僕は自分のバックパックが開いて持ち物がテーブルに散らかっていることに気づいた。その時、七人の男たちが立ち上がると、古老を残して一人ずつ部屋を離れた。

『疲れたかな？』古老は僕に注意をむけながらたずねた。

『いいえ、ですが何故か時間が止まってしまったように思えます』

『その通りじゃ、もう二日目を迎えたところじゃよ』

『でも、そんなことがあるのですか？』

『わしには、いにしえの智慧(ちえ)があってのう、年齢は一七〇歳になるんじゃよ』

ロパ、その時目を見開いたままの僕の顔つきを想像できるかい？　それでも驚きの極致は、僕自身古老を即座に信じたことだ。彼は続けて言った。『同士は君の存在を不安がっているんじゃ。君の世界に戻ったら我々のことやこの場所を世間に明かすのではないかと心配しておる。それで君が地図や磁石、カメラや通信機を持っていないか知りたがっておるんじゃ。皆外部の関心は好まんのじゃよ。だからわしらが当然君を疑い、慎重になるのを分かって欲しいんじゃ。

わしらはスペイン人による侵略や略奪、レイプ、それにわれら文明の記録の破壊をしたハゲタカどもに耐えねばならなかったからのう。別の極悪人にアステカ文明の足跡を破壊しつくしたランダ司教がおる。わしには特別な能力があるのだが、この数時間、君の潜在意識に入って君が正直な人間で、これまでもそうであったことが分かった。君の意図は純粋で人種や文明に深い関心を寄せてきた事実が見て取れたんじゃよ。ただ、同士らは今言った理由で君を解放することを怖れておる』

なおも続いた古老の話では、他にも何人かの探検家がピラミッドに到達したが、旅の途中で姿が見えなくなったそうだ。いいかい、ロパ、僕は素直に聞いてみた。ピラミッドの下か近くに人が住む町はないかとね。返事はノーだった。古老は小グループのマスターで、ピラミッドを道具として使っていると話してくれた。

その『道具』とはどういう意味合いなのかが気になって問いかけると、僕の想像出来ることと出来ないことを含めて想像を超えた答えが返ってきたんだ。それはピラミッドが『タイムマシーン』であり、そこでは地球の創生期から有史前と歴史的出来事を知ることができるというものだった。

『君はエジプトのケオプス（クフ王のギリシャ語名）のピラミッドがはるか遠くの世界と交信する手段だったのを知っているかのう？　ムーの大ピラミッドは交信のためだけにあるんじゃよ。アメリカのピラミッドはさまざまな目的に使われるが、特定のものだけが使用可能なんじゃ。大ピラミッドはそういう意味で大変まれじゃから、知恵のあるマスターが要るんじゃよ。わしはそのマスターでの、最も優秀な仲間にその知恵を授けねばならん』

僕は古老に何故過去を知る必要があるのかたずねたが、同時に愚かな質問を悔いた。大昔に起きたことには誰もが関心を寄せて当然だからだ。彼は優しく、親しみ深い微笑みをたたえてしばらく何も言わずに僕をみつめていた。僕も沈黙に敬意をはらった。

やっと彼が口を開き、そっと僕に恐れることのないようにと告げた。僕はこれから小さな部屋に閉じ込められるが、怖れず従順に恭順の意を示すこと、そして何があっても希望を捨てないようにと彼は言った。それを最後に七人の男が部屋に戻ってきて、一時間くらいテーブルを囲んで真剣な討議に入った。

　やがて二人に腕をとられ僕は廊下を通り、何回か回転する壁を抜けて別の廊下に出ると、小さながらんどうの部屋に押し込まれた。壁は背後で閉じられ完全な暗闇に置かれたんだ」

「怖かったろうな」ロパは言った。

「閉所恐怖症だったら生きていなかったかもしれないよ。僕には古老の言葉があったし彼を全面的に信頼していたから、静かに深い呼吸をしながら瞑想を続けたよ。暗がりで僕の時計だけが見えたので計算したんだが、僕が部屋に入れられていたのはほぼ六時間かな。すると壁が唐突に開いて人間の影が松明の灯かりに揺らいで見えた。古老に従うようはっきり告げられて、僕は固くなった足腰をあげると足早な彼の後をやっとの思いでついていった。

　廊下の最後の角を曲がると、長方形に口を開いた大きなライオンの頭の印がある壁の前で足をとめた。その印だが、僕自身ムー大陸の研究で知っていたから直ぐに認識できた。古老は松明をライオンの右目にかざすと、壁は左に滑って開き、狭い通路が現れた。壇上に通じるその通路を降りていくと、白カビの臭いが次第にきつくなっていった。

　やっとどこかを曲がると別の廊下に出て、そこは行き止まりになっていた。古老が再び壁を回転させるといきなり目をあけていられないほどまばゆい光がさした。光は巨大な部屋の背の高い支柱の頂点に載った無数の天球儀からさしていて、僕はどことなく潜在意識がくすぐられるような感覚を覚えた。すぐ気づいたのだが、それは森で見た球体の石近くで嗅いだあの臭いでそれよりもっと強烈だった。僕の考えを読み取った古老はそれらの石はアンテナで、地下のパイプでピラミッドの中央につながっていると知らせてくれた。

もっとはっきり説明したほうがよさそうだな、ロパ。ピラミッドの外部は建造物の半分だけに過ぎない。残りの半分は外部とそっくり同じ構造だが逆（ぎゃく）になって地下にもぐっている。我々は地下の一番狭くなった先端にいたんだ……。ほらこんなふうだ」

ペペは小さくスケッチしてみせた。

「もっと先があるよ。古老の合図で大きな部屋の真ん中にある小さな丸天井の場所に入った。その部屋は強烈な線香の臭いがして、その中央の台座には大きな水晶球がすえられていた。古老に言われる通り彼の隣に胡座（あぐら）を組んで座ると背後で壁が閉じた。丸天井からは薄明かりがもれていた。古老はこれから過去の投影をみることになるが、何があっても絶対に声をたててはならない、動いてもいけないと僕を諭（さと）すと、僕の手をとって落ち着いて水晶球を見るよう言った。

どのくらいの時間がたったかは分からないが、突然巨大な恐竜が洞窟（どうくつ）に逃げ込もうとする体の大きな動物を追いかけて捕まえると強靭な顎で噛み砕いた。獰猛（どうもう）な恐竜が四方八方から画面に突進して大暴れする場面に続いて、体長三〇mはありそうな鰐（わに）が現れた。変わるがわる場面が変わる中で月明かりの空を背景に恐竜の姿が浮かんだが、二つの月が距離は互いに近いが異なる位置に見えた。動物や鳥たちの姿は次々に現れたが人の姿はなかった。

別の場面になると月はずっと大きく見えていた。更に場面が移ると、一つの月が二つ目の月に衝突して地球に落下すると、地球の地軸が完全に変わってしまう大惨事を目撃することになった。北極は南極に、南は北になって、猛烈な津波が大陸を一掃した。火山が爆発を続け、有毒ガスで恐竜を含め動物たちは死んで、地下から噴出する溶岩の下に埋まった。太陽は何カ月も灰塵に隠れて気温はひどく下がったんだ。火山が照らし出す光景はまさに悪夢としか言いようがなかった。

その後全く別の時代の場面に移った。今から六五年前、見覚えのある小さなガラス窓の部屋を見て、それが僕の母親の寝室だとわかった。一瞬息をのんで自分が何処にいるかを忘れたほどだ。南米のジャングルの真っ只中で何故母親の寝室なんだ。家具は古くて少し違って見えたが、三人の人間が囲んでいるベッドの中の人物は若いときの母だった。何と僕は自分の誕生をみつめていたんだよ。『まさに生まれようとしている』自分をね！　他の三人は医者と産婆それに祖母だった。

画面が徐々に薄れていくと、古老は手で僕の腕に触れて言った。『分かったかね？　このピラミッドではアカシック・レコード（宇宙誕生以来のすべての存在について、あらゆる情報が蓄積されている記憶層）をたどれるんじゃ。惑星を回る光より七倍速い速度で振動するいわば大きなコクーン（繭）で、全ての出来事を一つ残さず記録する吸い取り紙のような働きをしているのじゃよ。

君はいろいろ知りたがっておるし、これまで危険を冒してここにやってきた不屈の精神に応えようと思っておる。わしの協力者たちは君を自由にすることには反対しておる。いずれ隊をなして戻ってきて写真におさめ、いろいろと詮索して破壊するのを怖れているんじゃが、わしには君の思いを読むことができる。それでわしらの存在やピラミッドについて世間に知らせないと約束するならそれを信じよう』彼は僕に厳粛な約束を誓わせた」

　ロパはペペをじっとみつめて聞いた。

「どうやってそこから出られたんだい？」

「古老と二人でピラミッドの上まで行って、彼が真夜中に僕を浮遊させると僕は四八時間前に立っていた岩の上に戻っていた。それからガイドに合流してキャンプに戻った。眠っていたパブロを起こすと、僕がインディオに殺されたと思っていたから彼は恐怖の声をあげたよ」

「まあ、ぺぺったら、あなたの人生はいつもすごくエキサイティングね。さあコーヒータイムにしましょう」サンディが長い話を括って言った。

　それから三週間、ペペは農園で過ごした。歳月を経て兄弟のようになった二人の男は、暇を見ては語らい合い一緒の時間を大いに楽しんだ。サンディはその愛情溢れる優しさで二人のすばらしい友情を心から祝福していた。

第18章 ネイチャーズ・リベンジ（大自然の報復）

地球上において生き残れるチャンスは
とても限られた道の中でどれを選ぶかにかかっている
もし、生態系のバランスが乱されれば
我々人間を破滅させるために
何が起こってもおかしくないのだ

サンディは、甥（おい）のボブと姪（めい）のタミのいるアメリカを訪れていた。彼らはテキサスに広大な牧場を持ち、約三〇〇〇頭の牛を飼っている。サンディはその広い牧場で乗馬を楽しんでいた。彼女はロパと一緒にオーストラリアの奥地で生活をして以来、カントリーライフにすっかり慣れ親しんでいた。

彼女は少なくとも二日に一度はロパと電話で話をしては、二人ともお互いに会えない寂しさを分かちあった。結婚して数十年経ってもまるで新婚当時のようにまだ愛し合っていた。ロパは彼女と一緒に来る予定だったが、農園の世話係が見つからないため二～三週間以内に誰か見つけて彼女に合流するつもりだった。

＊　＊　＊　＊　＊　＊　＊

アントワーヌ・ルロイは一日の仕事を終え、破れた仕事用手袋を自分のロッカーに入れた。彼は足を滑らして汚水が流れる金属性の排水溝にしがみついた際に、排水溝から飛び出ていた鋭利な金属片で人差し指を手袋の上から切ってしまった。

　家に帰って消毒しようと思い、その場はやり過ごした。新しい手袋は明日代わりを貰おう。彼の頭の中にあったのは。とにかく急いでバスで家に帰り、喜んで手当てしてくれる世話焼きのシモーヌと温めたワインを飲むことだった。

　パリの街は霧雨で曇ってバスは混み合っていた。バスの乗客は雨で濡れて天気に合わせるように物憂げで疲れた表情をしていた。すでに四月だというのに未だ春はやってきていない。ルロイは乗客を押し分けながらドアに近づくと歩道に降り立った。その時まるで彼を待ち受けるかのように雨は土砂降りになった。自宅のある建物まで走って玄関先に着いて雨を振り払うと、アパート管理人が挨拶しながら不快な天気を愚痴った。その上エレベーターが故障しているとは、なんとも忌々しい一日だった。

　部屋に着いてレインコートを脱ぐと、すでに今日一日の出来事の腹立たしさは薄れ、気分が良くなり始めていた。テレビの前で夫の帰りを待つ間、妻のシモーヌがシナモン入りのワインを温めていたせいで香りがアパート中に広がっていた。身体をかがめて妻にキスをすると彼女は言った。

「低気圧がきていて、明日は大雨が降るそうよ」

「今日はもう大雨だったよ！　君の一日はどうだった？」

「ええ、悪くはないわ。あなたはどう？　ロベールは来てたの？　それともまだ風邪かしら？」

「いいや、今日はジェイミーを寄こしたよ。これ見てくれ、足を滑らして手を切ってしまった」

「みせて……まあ、なんてこと！　ひどい怪我じゃない。絆創膏を貼らなくちゃ。消毒はしたんでしょうね？」

「いいや、救急室に行く時間がなかったんだ。大丈夫だよ、心配ない。僕はタフだから」

「でもダメよ。こっちに来て、消毒してあげるから」彼女は浴室の薬棚から救急箱を取り出し居間へ持ってきた。「さあ、傷口を見せてちょうだい」

アントワーヌはシモーヌに傷を負った手を差し出し、もう一方の手でホットワインを啜っていた。「うっ、痛い」

「それは良いサインだわ。雑菌を殺してるのね」二人で笑うと妻は夫の指にキスして言った。

「ほらほら、ママがあなたのちょっとした傷にキスしましたよ」

夫婦は限りなく続く青い空と熱帯の青いサンゴ礁に広がるココナッツの木を夢見ながら、暖かいアパートのテレビの前で他の大勢の人々と同じように夕刻を過ごした。

＊　＊　＊　＊　＊　＊

サンディは、牧場最後の一日を乗馬で楽しんでいた。彼女は馬をかなり速いスピードで走らせていると、馬は突然手綱を引いたように止まり後ろ足で立ち上がった。いかに乗馬が得意な彼女も太刀打ちできず降り落とされて岩の上に落ちた。そして右腕と左足の脛骨を骨折して気を失った……馬はそのまま走り続け、数百ｍ行ったところでようやく落ち着きをとり戻した。

サンディのすぐ側で蛇がガラガラと音を立てるのが聞こえ、ゆっくりと焼け付く砂の上をスルスルと滑って岩陰に消えた。数分後サンディは意識を取り戻すと、自分の置かれた深刻な状況をすぐに理解した。牧舎から馬でゆうに三〇分はかかる辺りにいたが、歩くことは出来ない。それに朝家を出る前何処に行くか誰にも言ってこなかった。彼女は何とか片足で立ち上がると周囲を見回した。

暴れた馬は三〇〇ｍほど離れたところにいて神経質そうに周囲を見ていた。彼女は出来る限りの大声で馬を呼んだが、馬は振り返ってヒヒンと鼻を鳴らすだけだった。彼女は馬を呼び続けたが、この距離では何も命令できないことは分かっている。馬はすぐに向きを変えると、はじめ小走りにそれから全速力で牧舎の方へ駆けだした。サンディは自分が振り落とされて、馬だけ帰ってきたと誰かがすぐ気づいてくれるようにと祈った。時計の針はちょうど朝の一〇時を回った。夕暮れまでに見つけてもらえますように。

＊＊＊＊＊＊＊

アントワーヌは翌朝立ち上がろうとしたが、めまいがしてすぐに横になった。彼は何とかして起き上がり、壁に寄りかかりながらトイレに歩いて行った。彼が手に怪我を負ってから四日目のことだった。トイレの中で何とか立ち上がった時、全てがぐるぐると回り始め、彼はドアに頭をぶつけて倒れた。シモーヌはその音を聞きつけて走り寄って声をかけた。

「あなた、大丈夫？」

「いいや、だめだ。ふらついてるよ。おそらく風邪を引いたんだろう」

彼女はドアを押し開くと彼はトイレの横で膝をついていた。「横にならなきゃだめだわ。こんな状態で仕事には行けないわよ」彼を立たせると彼女は言った。

「君の言うとおりだ。身体に力が入らないよ」彼はよろめきながらベッドに倒れ込んだ。彼女は朝食をトレイにのせて運んでから、彼にキスするとスーパーマーケットに出かけた。シモーヌが一一時頃に家に戻ると、半昏睡状態になった彼を見つけて驚いた。朝食には手をつけていない。彼に話しかけようとしても答えられそうになかった。「お医者様を呼ぶわ。これは風邪なんかよりもっと性質が悪いわ」彼女は言った。

医者が一二時に到着してアントワーヌを診察すると、すぐに彼を病院へ搬送するために救急車を呼んだ。医者はとても深刻な状態だとは分かったが診断を下せなかった。

一時間後、アントワーヌは病院の一般病棟に運び込まれた。彼を診察するインターンから何故指に絆創膏をしているのか聞かれてシモーヌが怪我のいきさつを説明すると、インターンはすぐさま傷を調べて彼の破傷風ワクチンの有効期限を聞いた。彼女は有効だと答えると診察は終ったが、インターンはさらに検査が必要で別の医者の診察が不可欠だと付け加えた。彼は出来るだけ早く戻るからと言い残してその場を離れた。看護師もアントワーヌにシーツを掛け、額の汗をぬぐうと薬を持ってすぐに戻ると言って出ていった。

シモーヌはベッドに座りアントワーヌの手を取ってキスして言った。「心配しないで、あなたすぐ良くなるから。最新の医療ですぐに治してくれるわ」。その瞬間夫の手がぐったりしてその顔から力が抜けていくのがわかった。表情はとても穏やかだったが様子がおかしい。「あなた？　聞こえてる？」彼女は夫の手をとってゆすった。そして突然立ち上がり、両手で彼の頭を抱えて大声で叫んだ。「アントワーヌ！　アントワーヌ！　大変だわ！　誰か来てー！」アラームを鳴らすとすぐに医者と看護婦が部屋に走ってきた。彼を最初に診察したインターンが患者をのぞきこみ、人工蘇生（そせい）の先生を呼ぶよう指示した。

医師たちはありとあらゆる手をつくしたが、アントワーヌ・ルロイは帰らぬ人となった。

＊　＊　＊　＊　＊　＊

サンディは自分がたばこを吸っていたら良かったのにと思った。少なくとも暇つぶしになり、足と腕の痛みから気を紛らわせることもできるだろうと。すでにその日は午後遅くなっていた。彼女は暗くなる前に誰かが見つけてくれるよう望みながら、一心に耳を澄ましていた。数分後エンジンの音がすると思う間もなく音はどんどん近付いてきた。ヘリコプターだ。空を見上げると機体は大きな弧を描きながら旋回していたが、彼女を見つけずに行ってしまった。ヘリは必ず戻ってくると信じていたが涙が止まらなかった。二〇分くらいして機体が戻ってくると、今度はより彼女に近い場所で弧を描きだした。彼らには自分が見えにくいのを知って、彼女は白シャツを脱ぐと怪我をしていない方の手で空に向けて振った。

しばらくするとヘリは彼女を見つけて五〇ｍほど先に着陸した。ボブと医者と思わしき男性が彼女のもとへ走り寄った。彼らは担架で彼女をヘリコプターに運んだ。彼女は嬉しさのあまり泣き始めると、医者はすぐに痛みが治まるよう注射を打った。

彼女は小さな町の病院に移送されてレントゲン撮影や怪我の固定などで二日間入院した。ボブは彼女を牧場へ連れて帰り、まるで女王様のように手厚く介抱した。彼女はロパに怪我のことを話すべきかどうか迷っていた。

＊　＊　＊　＊　＊　＊

アパートに戻ったシモーヌは、アントワーヌの突然の死で打ちのめされ精神的に参っていた。

小さなアパートは彼の弔問に訪れた親族であふれていた。一五人ほどの人々が出入りしていたが、英国人の友人数人とやってきたアントワーヌの妹デニスがロンドンに帰る準備をしていた。彼女は言葉が理解できずにいる友人に状況を得意気に通訳していた。ようやくデニスと友人たちはロワジー空港へ出発し、ロンドンへ帰っていった。

夫の検死解剖が済まない内は、シモーヌは葬儀をとり行えないままだ。医者たちは男性患者が突然死んだ理由がわからずに当惑していた。未知の細菌が直接患者の肝臓を襲ったのだ。シモーヌは何とか葬儀をあと四八時間延期するよう、医者から再び連絡をうけた。病院では二人の病理学者が深い懸念と不安の形相で顕微鏡をのぞきこんでいた。

シモーヌの母とアントワーヌの母が彼女と一緒に泊っていた。葬儀は翌日に予定していたが、病院からシモーヌに、さらに調査をするために少なくとも二四時間は夫の遺体を保管する必要があると知らせてきた。シモーヌはソファーに横たわっていたが、立ち上がろうとするとめまいがした。彼女は寝室に行くのに二人の母親の介添が要るほどだった。「ほら、アスピリン二錠を飲みなさい。明日になれば大丈夫よ」彼女の母親が言った。娘は薬を飲むとベッドに潜り込んだ。母親はその額にキスすると電気を消して部屋を出た。

シモーヌは、昏睡状態に陥った……。

＊　＊　＊　＊　＊　＊

数日前までアントワーヌ・ルロイを看病していた看護師のマリーは、ボンベイ（ムンバイ）行きの便に乗るため空港にいた。彼女は計画に二年以上かけ、心待ちにしていた夢の旅に出ようとしていた。

＊＊＊＊＊＊

シモーヌとアントワーヌの二人の母親は眠れぬまま、朝早くから生態系についてのテレビ番組を見ていた。ジャーナリストの一人が地球汚染を止め、地球を救うために何か行動を起こす最後の時が来ていると述べる環境学者に質問をしていた。学者は、水素エンジンが経済に壊滅的な打撃を与えると信じて政府が導入を拒んでいるいきさつを説明していた。彼は経済とは生きている人たちのためのもので、もし汚染を止めなければ地球は我々すべてを一掃するだろう、つまり「自然の報復」を受けるだろうと大げさに強調した。ジャーナリストは嘲（あざ）けるような眼差しと態度を示していた。

二人の母親、アデルとスザンヌは軽蔑的なコメントをしながらチャンネルを変えた。「あの環境学者は極端な環境保護主義者だわ。彼は自分が何を話しているのか分かってないのよ。どちらにしても私たちは進歩を止めるわけにはいかないわ」「その通り、彼らの言う汚染の話と予想する打撃は馬鹿げてるわよ。地球に知能があるですって？　なかなか言うじゃない。ちょっとシモーヌを見てくるわね」アデルは言った。彼女は娘のベッドにいって手をとろうとすると、その手は冷たく硬くなっていた。薄闇の中でシモーヌの額に手をやると……氷のように冷たい。「シモーヌ、シモーヌ！」母は叫んで娘をのぞき込むと、彼女は目を見開いたままだった。

アデルが悲鳴を上げるとスザンヌが部屋に急いでやってきて二人とも泣き出した。「なんてこと、なんてこと」スザンヌは言い続けてアデルに聞いた。「一体どういうこと？　これは異様だわ、二人は健康だったもの。彼は怪我をしたけど彼女は元気だった。病院に知らせなくては」

病院は特別チームをアパートに送ってきた。二人の母親はチームについて病院へ行きたかったが、きつく止められた。数時間後スザンヌは自分の持ち物を手にとって言った。

「ここにいるのは良くないわ。しばらくの間外に出ましょう」

＊　＊　＊　＊　＊　＊

マリーはボンベイに着くと空港でここ六カ月間文通をしていたインド人家族に会った。彼女の夢がようやく実現したのだ。

彼女は到着から今日まで二日間彼らと過ごしていたが、夕方になって急に疲れを感じた。恐らく嬉しさと長旅のせいだろうと思い、アスピリンを二錠飲み、ベッドに横たわった。間もなく彼女は昏睡状態に陥った。

＊　＊　＊　＊　＊　＊

サンディの足と右腕は石膏（せっこう）で固められていた。医者によればギブスは六〜八週間は外せない。彼女は翌週オーストラリアへ帰るつもりだったが、少なくとも一カ月は安静にするよう医者に言われた。帰国は延期せねばならないというロパへの電話で事故のことはできるだけ控えめに話した。だが彼はとても心配し残念がった。ロパはたとえようもなく恋しくて彼女の帰宅を待ち焦がれていたからだ。彼はペペがタスマニアにいて数週間の内に農場にやってくるだろうと彼女に話した。

彼らは電話で長話をしていたが電話を切る段になるとロパはサンディ恋しさのあまり泣いた。テキサスにいるサンディも泣いていた。

＊　＊　＊　＊　＊　＊

太陽が霧にかすむボンベイの町に昇った。六人のインド人家族の子どもたちは出来るだけ静かにして立っていた。彼らは、マリーに今朝も会いたくて仕方なかったのだが、両親にマリーは眠っているので静かにするように言われていた。

朝九時に、アシュマが緑茶を用意してマリーの眠る小さな部屋のドアをノックした。返事がないのでアシュマはドアを半分開けてお茶を差し入れようと部屋に静かに入った。トレーをベッド脇のテーブルに置いたが、マリーは全く身動きせず様子がおかしい。その額に手を伸ばしたアシュマに身震いが走った。今まで何人もの死体に触れてきた彼女だが、マリーは間違いなく死んでいた。

彼女はゆっくりと部屋を後にし、ドアを閉めた。子どもたちには事情を話さず、マリーはお昼まで眠るからと言って子どもたちを外に行かせた。子どもたちは残念がったが言われる通り遊びに行った。アシュマは夫を呼んでこの悲しくおぞましい事態をどうするか話し合った。二人は警察を呼ぶことにしたが何も問題が起こらないよう願った。二時間後古びた救急車がやってきて遺体を運び出し、警察が到着すると彼らはマリーが家族に当てた手紙全てと彼女の持ち物を差し出した。警察は夫婦にフランスにいるマリーの家族に連絡するよう念をおした。

＊＊＊＊＊＊

アントワーヌ・ルロイのアパートでは、ひっきりなしに電話が鳴っていたが誰も答えなかった。だが、アパートの二台のベッドには二人がいた。彼らは目を見開いたまま硬直して冷たくなっていた。アデルとスザンヌは死んでいた……

＊＊＊＊＊＊＊

アントワーヌの妹、デニスとその友人である二人の英国人はその日の夕方ディナーパーティーに招待されていた。彼らがフランスから帰国して既に四日が経っていた。デニスはアパートのドアを閉めて通りを歩きだしたばかりで電話が鳴っていることには気づかなかった。

電話は警察からで、彼女の母とアデルがアパートで死んでいるのが見つかったから、至急警察に連絡するようにというメッセージだった。

デニスはパーティーで二組のチャーミングなアメリカ人カップルに出会った。一組はサンフランシスコ、もう一組はニューヨークからで、パーティーには少なくとも一〇〇人以上の人々が集まっていた。彼女は五組の日本人カップル、一人がシドニー、あと二人はパースから来た三人のオーストラリア人に出会った。その夕方はとても面白くて皆それぞれ食べて飲んで思いっきりしゃべっていた。

そこでは地球汚染、リサイクル、経済、政治、などについての会話や批評が交わされたが、ほとんどの連中に確固たるアイデアがあるわけではなかった。ただ一人の中国人男性とその妻は違っていて、夫のほうは中国では何百年もの間、竹を紙の材料にしてきたと説明した。「木を切り倒す代わりに私たちは竹を使っている。竹はイネ科の植物で切り取ってもまた生えてくるから木のように植えなおす必要はないんだ。アメリカやオーストラリア、南アメリカのような大きな領土を持つ国は中国と同じようにすべきだと思う。経済的には素晴らしい効果があるし、英語の諺で一石二鳥といったところだよ」と自慢げに話した。「まず最初に木を切る必要はなく、それに新しい作物の紹介と新しい仕事が産み出せるんだ」彼は続けた。

数人の人々は興味を示したが、彼が何について話しているのか理解する者はあまりいなかった。まずどんな工程で木が名刺や新聞になるか知らない者が大半だった。翌日パーティーに参加していた多くの人々はロンドンを離れ、それぞれの国、中国、日本、オーストラリア、ドイツ、そしてアメリカへ帰って行った。そこでの生活がまたそれぞれに営まれていった。

＊＊＊＊＊＊

ルネと二人の子どもたちは父と過ごすために一週間ほど農場にやってきていた。あまりにも寂しそうで母をとても恋しがっている父親のために彼女がこの機会を作ったのだ。一〇歳になるキャシーと一一歳のジェシカはとても愛らしい。ロパは子どもたちと遊び、農場にいるニワトリ、牛や馬を見せることがとても幸せだ。子どもらはボコとも良い友だちになって素晴らしい時間を過ごしていた。だが楽しい時間には終わりがつきもので彼らはニューキャッスルに帰っていった。ロパはまた独りぼっちになった。

＊　＊　＊　＊　＊　＊

マリーの訪れたボンベイでは、朝になってペルハムとアシュマの子どもたちが熱で体調を崩していたが、なにか様子がおかしいと感じて皆両親のベッドルームへのろのろ歩いていった。彼らがベッドの側によると、両親は身動きもせず目を見開いたまま冷たくなっていた。

彼らは震えて泣き出しどうしたらよいのか分からなかった。一二歳で年長のカリスタが外へ出て近所に住むバリンダを呼びに行った。彼女はすぐにやってきたが手の施しようがないと悟ると、夫婦の瞼を閉じてやって祈り始めた。これはまさに恐ろしい事の始まりだと彼女は思っていた。

何世紀かにわたって、インドではペストやコレラのような伝染病が広がったことがある。ここ数日の間に近隣で五人が亡くなっていて、その歴史がバリンダの頭を横切った。カリスタがバリンダに他の兄弟と同様にめまいがしてとても疲れたと伝えた時、とてつもない事が起きていると確信した。彼女は子どもたちの面倒をみるために自分の家に連れて行った。

＊　＊　＊　＊　＊　＊

パリでは病理学者が顕微鏡にのめりこむように覗いていた。今朝の会議では様々な意見がでたものの、それがどのような感染性の細菌なのか分からなかった。

五月一日のメーデー祝日を前に、四月三〇日の金曜日は国民が週末の休暇で大移動するところだった。「風邪ではないが、細菌性のように思える。これまですでに六〇人以上の死者が報告されていて、今朝はすでに公立病院や私立のクリニックや町の開業医に行列ができている。皆すべて同じ症状だ。頭痛、高熱、めまい、そして嘔吐だ」彼の同僚も「そうだ、その通りだ。老若を問わずすべての年齢層に広がっている」と答えた。

「たまたま偶然ではないだろうな？」

「私の意見では、」と年長の医者が口を開いた。「これは、スペイン風邪の症状にとてもよく似ている」

「本当か？　君は真剣にそう思うのか？」

「残念ながら、そうだ」

「どうすればいいんだ？　もし我々がこの情報を明らかにしたら国民はパニックになって、メディアはいつものように喜んで書き立てるだろう」

「あともう少し待ってみよう。もしかしたら少し収まるかもしれない。少なくともあと二四時間は待とう」

翌日になって医者たちは六〇症例からたったの五症例まで統計値が下がったのでほっとした。

「私は正しかったのだ」とドゥルー医師は言った。「免疫機能の低い人々だけを襲うウイルスタイプだったのだ。この点についてもっと調査しなければならない。非常に興味深いことだ」

＊　＊　＊　＊　＊　＊　＊

英国航空四〇七便が香港に四日前に到着した。その乗客の中にはコン・リーとその妻ルーン・カがいた。彼らはロンドンでのパーティーに参加していたカップルの一組で、コン・リーは竹から紙を作る話をした人物だ。北京の自宅に戻る前に彼らは香港でレストランのチェーン店を経営している叔父を訪れていた。彼らは三日間叔父のレストランでおいしい食事をしてすばらしい時間を過ごした。

四日目の朝彼らは北京行きの飛行機に乗った。コン・リーは飛行機の中で気分が悪くなり、ルーン・カは頭痛薬をもらうために添乗員を呼んだ。彼はめまいと熱がありひどい頭痛に襲われた。北京に着いた時コン・リーはあまりにも気分が悪いので、航空会社は車椅子を用意しなければならなかった。家に帰りルーン・カはお茶を入れ、夫をベッドに寝かせると彼はすぐに昏睡状態に陥った。妻は夫がぐっすり眠っていると思っていた。「明日の朝になったら、彼は良くなっているわ」と一人つぶやいた。

翌日、彼は妻の横で目を見開いたまま冷たくなっていた。

＊　＊　＊　＊　＊　＊　＊

ジャン・クロード・ボワベールはアントワーヌの友人で、ちょうど南仏のマルセイユの旅から戻ったところだった。彼は五月三日の朝にアントワーヌを訪ねた。

アパートの管理人は、彼を襲った恐ろしい出来事一切とどのようにして亡くなったか説明した。管理人は「あれは四月六日でした。彼は三日間ほど寝込んだのですが、あっという間に亡くなったのです。数日後にシモーヌが亡くなり、そして二人の母親たちも亡くなりました。それはほんとうにびっくりしましたよ。何か伝染病だと思ったのですが、それについては何も聞いていません」

実際のところ、パリにいる多くの人々はその週に六〇人の人々が原因不明の死を遂げていることさえ知らなかったのだ。病理学者は途方に暮れていたがほとんどの大衆は全く何も知らなかった。

彼はアントワーヌが火葬されたことを知らされたので家族の住所を教えてもらった後、管理人に礼を述べて自宅に戻った。

＊　＊　＊　＊　＊　＊

ドゥルー医師は夢の中で自分が大きな翼を持ってパリの上空を飛んでいた。彼は母親から羽が抜け落ちてしまうから太陽の側に行ってはならないと言われたことを思い出した。眼下で通りにいる人々が見えると突然彼らがバタバタと折り重なるように倒れていった。それはまるでボーリングのピンが次々倒れるようだった。

　救急車のサイレンは電話のベルのようにけたたましくあらゆる方向からやってきた。そんな緊迫した様子は初めてで異様だ。だがまだ動ける人々は車道から離れようとしていて混乱状態ではない、なんだか怖い。

　彼は飛び起きた、どうなってるんだ！　電話が鳴っていた。受話器を取ると同僚のボランジャーからだった。「起こしてすまない、しかし緊急事態だ。パリ中の病院に人々が殺到してい て、国中同じ状況だ。パリだけでも今朝五六〇人の死亡が報告されている。残念ながらこれは容易ならぬ感染性の強い伝染病だ。すべて皆同じ症状だが、ある者は重症で顕著に症状が出ている。路上にも倒れている者がいる。一時間以内に病院の会議室で緊急会議をするが、そこに厚生省の大臣も来るらしい」

「なんてこった！　今すぐそっちへ向かう」ドゥルー医師は電話を切り、時計を見ると朝の六時だった。自分が夢で見た路上に倒れた人々は頭の中で未だ鮮明だ。あれは警告的な夢だったのか？　彼の夢はたいていその通りになるのだ。ドゥルーは急いで身支度すると三〇分後には病院にいた。建物の前の通りはいつになく騒がしく、救急車のサイレンの音が鳴り響いていた。レポーターの一群がフロントドアの前で彼に質問をしようと待ち受けていた。ようやく廊下にたどり着くと不安げな顔の病人たちが長い行列をつくっていた。

　まさに悪夢のような光景だった。

　ドゥルーが会議室に入ると同僚たちが大勢揃っていて、ボランジャーが彼にそっと知らせた。

「壊滅的な状況だ。ボルドー、マルセイユ、リリー、ストラスブルグからの情報だと、現在死者総数は……」手もとの紙に書かれた数は約二五〇〇人とあった。

「だが君は五六〇人と言ったじゃないか」

「ああ、それには全国の数を加えていなかった。まだまだ報告がやってくる。見ろ、誰かが来たぞ……くそっ、あれを見ろよ。大統領自身が来たぞ」ボランジャーは青くなってドゥルーを見た。

厚生大臣が言った。「皆さん、どうぞお座りください。すぐに会議を始めたいと思います」大統領がテーブルの一隅に座り厚生大臣がその反対側に座った。両人とも困惑し疲れきった表情をしている。

「皆さん、まず最初にこのような早朝にお越し頂いたことに感謝します。しかし事態は急を要しています。我々は壊滅的な、この言葉でも表現し足りないぐらい極めて重大な世界規模の伝染病に直面しています。今朝ここへ来る直前、私のオフィスではボンベイから病気治療の救援を求める電信を受け取りました。この四八時間で彼らインドでも同じようなウイルス性の症状で四〇〇〇人の死者を出しています。これはウイルス性感染です。

そのウイルスがどこから来たのか、フランスから始まったのか国外からやってきたのかまだ分かりません。勿論世界中に交通網が発達していて、病気の蔓延(まんえん)を阻止することは難しいのは周知の通りです。或いはすでに手遅れかもしれませんが、我々の義務は国を検疫下におくべきと我々は判断しました。もし何か反対意見があればお願いします」と大統領は述べた。誰も何も言わなかった。

大統領は立ち上がって、「皆さん、この場で大臣と皆さんの同意のもと私は全国に検疫所を設置し、フランスを被災地として宣言します。しかしパニックを避けるために報道関係への通知情報は最小限にとどめて下さい」と忠告した。

会議は三〇分もかからなかった。大統領と大臣が建物を出ると数え切れない報道陣に取り囲まれた。

＊　＊　＊　＊　＊　＊

ロパはサンディへの長い手紙を丁度書き終えたところだった。彼は二人で過ごした歳月の素晴らしい思い出をあれこれ思い起こしていた。誰かと愛を分かち合うことがどれほどの意味をもたらすものか思いやって夢見心地でいた。ブラザビルの港でサヴォニャン号の手すりにもたれていた時、サンディと初めて目があうと彼女が笑いかけたあの日がどんなに幸運だったか考えていた。するとその時電話のベルが彼を白昼夢から引き戻した。ペペからだった。

「テレビを早くつけろ。チャンネル11だ」

「どうして？」

「今すぐつけろ。このまま電話を切らずにいるから」

ロパは、受話器を置いてテレビに向かって歩きスイッチを入れた。ペペが何か興味深いことがあると電話してくるのは珍しくはなかったが、今回は何かとても興奮していて苛立っているようだ。

「フランス全土の病院では……フランス大統領が国を隔離することにしました。ウイルスは、一九一九年に二五〇〇万人の死者を出したスペイン風邪と同じぐらい毒性の高いものと思われます。パリにいる我々特派員は無期限で出国を禁止されています。毎時間の速報で最新の情報をお届けいたします。さらに詳しい情報が入り次第放送いたします」。

「もしもし、ぺぺ？　聞いたよ。なんてこった！」

「すでに何人死んだか聞こえたか？」

「いいや」

「メディアが大げさに言っているのかどうかわからないが、四二〇〇人以上と言っている」

「四二〇〇人？　何日間で？」

「それは言わなかった。残念だが僕が君にこの数年間繰り返し言ってきたことが今まさに始まろうとしているんだ。恐らく間違いなく、飛行機で国境を越え世界へ広がるだろう。サンディに人々から孤立してじっとしているように伝えてくれ。彼女がボブの農場にいるのは良かった。君も動くな」

「なぜ、君はこっちへ来ないんだ？　間違いなくここは孤立しているよ」

「君はいい奴だな。でも僕は今人口が密集している場所にいて、多分ウイルス感染しているだろう。それを君のところに持ち込むわけにはいかない。人々は皆すぐに移動を止めるべきだ。でももう遅いかもしれない。そこを動くな。明日か今日の夕方にまた電話するよ」。

電話を切った後すぐにロパはテキサスが八時頃だと計算してサンディに電話をした。

「もしもし、今フランスで何が起こっているか知っているかい？　ウイルスについては？」

「フランスでは人々が何かの病気に罹っていると報道したらしいわ。でも何が起こっているのか本当に知らない。わたしはニュースを聞いていないの。でもどうして？」

「覚えているかい？　ぺぺが伝染病についていつも何て言っていたか」

「えっ、ええ。でもぺぺはいつもいろいろな話をしてたわ」

「ああ、分かってる。でも彼は決して考えなしじゃないよ。彼がたった今電話をしてきて、残念ながら世界的な伝染病が始まったって言うんだ。どうやらかなり危険なようだ。だからお願いだから人々に近寄らないで、牧場から動かないで欲しいんだ。どうやら人から人への接触で直接感染するようだ。もっと情報が必要だが君は人を避けていてくれ。どこにも行かないで、お願いだ」

「ロパ、あなた本当に気が動転して、心配してるようね。まさかそんなに深刻じゃないでしょう？」

「本気だよ。それにとても怖いんだ。ニュースではすでに四〇〇〇人以上の人がこの伝染病で死んだと言っている」

「えーっ、そんなに！　わたしには想像できない、ニュースを見てみるわ。ところで、あなたは元気にしているの？」

「僕は大丈夫だよ。ぺぺに僕の農園に来て一緒にいるように言ったんだ。彼は間違いなくタスマニアからちょうど帰ってきたところのはずなんだが、詳しく話している時間はなかったんだ。でも、僕の農園はとても人里離れているからこの方が安全だと彼に言ったよ。でも彼は多分すでに感染しているだろうと言っていた。僕は子どもたちと家族に電話しようと思う」

「ぺぺは真剣なの？　それともまだ彼は大げさに言ってるの？　わたし昨日あなたに手紙を送ったわ。あなたがとても恋しい。でもあと三週間たてば家に帰ってあなたと一緒になれるのよ。これが全く的はずれな警告であって欲しいわ。今からテレビでニュースを見てみるわね。あなたはそんなに心配しないでルネとポールに電話をしてみて。彼らがニュースをどこまで知っていて、どう思っているか聞いてくれる？　ジャンヌは、まだタヒチにいると思う。あるいはガラパゴス諸島だったかしら？　明日あなたに電話する、ダーリン」

「君の想像以上に僕は君が恋しいよ、愛してる。明日話をしよう」

「私も愛してるわ。じゃあね、バイバイ」

ロパは電話の上に手を置いたまま、しばらくの間そこに立ちすくんだまま考えていた。これが間違いの警告でありますようにと……

＊　＊　＊　＊　＊　＊

北京の町全体がパニックに陥っていた。何千もの人々が病院に群がっていた。医療スタッフと病理学者のチームは二四時間休みなく対応に当たっていた。中国政府は国際救援を求めた。

フランスは病理学者二人を送ったが、自国で欠かせない人材だったからすぐに後悔した。アメリカもまた専門家のチームを送った。今までのところアメリカではウイルスの症例が全く出ていない。

インドでもこの病気で一万人以上の死者を出してさらなる救援を求めていた。北京の関係機関は手が回らない状態だった。北京では人々が路上で倒れていたが、その多くは病気にもかかわらず仕事を失わないように働きに出たのだ。彼らは自転車に乗っていて突然気分が悪くなりその場で倒れたから事故と渋滞は余計に悪化した。翌日事故と救急車で道路はふさがれていた。ラジオやテレビ局はひっきりなしに自宅に留まるようにと人々に呼びかけていた。死者は二四時間で七万五千人にのぼっていた。

翌日ウイルスはアメリカを襲った。ニューヨークで四〇〇症例、サンフランシスコで七五症例、ロサンジェルスで二五五症例が報告された。しかしアメリカ政府はまだ緊急事態宣言を出すのをためらっていた。政府は国全体がパニックになることを望まなかったが、もし政府がその危険性を低く見なしたら人々は移動を続けウイルスの増殖を早めることになるだろう。その次の日死者の数はすべての主要都市で三倍以上になった。

アメリカの大統領は緊急事態宣言を行い、国全体を隔離状態に置くことを発表した。

＊　＊　＊　＊　＊　＊　＊

サンディはロパに長い手紙を書いていた。彼女は彼と電話で話した後それほど心配していなかった。彼女はペペと知り合って以来、彼がいつも自然の報復という表現で警告していたことを思い出した、大抵ロパはペペに同意をしていたが、彼女は二人の戯言（たわごと）にはそれほど注意を払ったことがなかった。

彼女はロパに手紙を書いている間、地元のラジオ局が彼女のセンチメンタルな気分をさらに高めるような心地よい音楽を流していた。手紙を書く手を止め、二人で過ごした日々と自分がどれほど彼を愛しているか想いに耽（ひた）った。彼らが初めてバンギのコーヒー農園で暮らした時、彼が詩を詠んで自分に捧げてくれた時のことなどを思い返していた。

「……感染を避けるためにも、可能な限り自宅で待機するように、全住民に向けて強くアドバイスします……」

サンディは、夢見心地の思いから突然引き戻された。

「……全くパニックになることはありません。これは当面の注意の喚起です。関係機関は、ウイルスが風邪のように人にうつると考えています。この発生源はフランスであると考えられているので、フランス・ウイルスと名付けられました。またこれらはインドや中国でも報告されています。アメリカ政府は、国を隔離状態にすると宣言しました」

再び心地よい音楽が流れ始めた。「まあ、どうしましょう」サンディは大きな声で言った。彼女は何人の人が亡くなったのか耳にしなかった。おそらく死者数ははじめに流れ、聞き損ねたのだろう。彼女は不安になりながら、恐らくペペは正しかった。そう、はじめから彼は正しかったのだと思い直した。オーストラリア時間で午前三時にもかかわらず、彼女はすぐにロパに電話をしなければならなかった。

＊　＊　＊　＊　＊　＊

パリの雰囲気は五月初旬なのにほとんどの人が休暇に出かける八月のバカンスのようだった。多くの店が閉店し張り紙がされていた。「弔いのため閉店します」

すべての予防措置をとったにもかかわらず、ドゥルー医師はその日の昼に亡くなった。通りを歩いている大部分の人々はハンカチを顔に当て、お互いに距離を保ちながら歩いていた。

朝刊の見出しは次のようだった……。〈医療関係者は何をしても望みはないと感じている。新しいスペイン風邪か？　あるいは国全体で三三万人の死者か？〉〈本日はすべての国内旅客線はキャンセルされ、すべての列車も全線不通となる予定。同様に明日は高速道路も閉鎖される見通し〉

＊　＊　＊　＊　＊　＊

新鮮な卵と農園でとれたバナナの朝食後、ロパは朝八時のニュースを見るためにテレビの前にどっかりと座った。彼はサンディがテキサスから電話を掛けてきて夜通し長電話をしたのでいつもより長めに眠った。彼はさらなる国際ニュースを聞いて不安になった。オーストラリアについてもニュースを聞くとは全く予期していなかった。

ニュース速報はシドニーではフランス・ウイルスとすでに呼んでいるウイルスによって二五〇人の死者が出たとの情報から始まった。キャンベラでは七〇人、ゴールドコーストでは九五人、メルボルンでは三〇〇人、パースでは四〇人と報告された。残りの地域については、速報では触れられなかった。

国際的な割合は尋常（じんじょう）ではなかった。フランスで三七万五千人、中国で一七五万人、日本で一七万五千人、アメリカで四万五千人、イギリスで一四万人の死者が出ていた。オーストラリアは数日前になされるべきだった国境封鎖を行ったとアナウンサーは放送した。

ぺぺに電話をかけるやいなや彼はすぐに電話に出た。

「ニュースを見たか？」

「ああ、今ちょうどテレビをつけている」

「信じられないようなスピードで、感染が広がっている」

「恐れていたことが起こっているよ。退屈したファラオが家臣に新しいゲームを発明するように命じた話を思い出した。君にこの話をしたっけ？」

「いいや」とロパは答えた。

「今では誰もが知っているチェスだけど、そのゲームを村人が発明したんだ。ファラオは大喜びでその男に代金として彼の欲しい物は何でも与えると言ったんだ。するとその男はチェスボードの最初の碁盤の目の上に二粒の小麦を置いて、小麦の総数がそれぞれの碁盤の目の上で倍になるようにして欲しいと言った。四粒の小麦が二つめの目に、八粒の小麦が三つめの目に、四つめの目にという風に。チェスの碁盤は縦横八×八の目で構成されて全部で六四の目がある。ファラオは彼は金、土地、農地、ハーレムなどを要求することが出来るのに小麦の粒を碁盤の目の上で倍にして欲しいなんて、素晴らしいゲームを発明した頭の良い男にしては馬鹿げているると言いながら彼の要求を笑った。だが男は小麦の粒だけを主張しそれで十分だと言った。

ファラオは男に希望を受け入れた。三日後家臣は男の元へ届ける小麦が王国の貯蔵庫にはないとファラオに伝えた。ファラオは大変驚いて王国中を回ってもっと小麦を集めるように命令した。一カ月後家臣たちはまだ六つ以上の碁盤の目が残っているが、それらをすべて埋めるだけの小麦が王国には十分ないと報告した。物語は続くが、当時既に男への報酬を支払うための小麦は地球上にも十分なかったのだ。

僕が君にこの話をしたのは……君に理解させるためだ。もし誰かが伝染性の病気になってそれを誰かにうつしたとしよう。その人がそれを他の二人にうつし、その二人が他の二人にうつす。つまり、二―四―八―一六―三二―六四―一二八とどんどんと続く。まさしくこれがこの伝染性の高い病気に起こっていることなんだ。数日後には二〇〇〇人の死者がでて、そして四〇〇〇人、八〇〇〇人……。これはまさしく一九一九年に多数の死者を出したスペイン風邪なんだよ。唯一の希望は一九一九年にもあったのだが、人体にワクチン接種をすることだった。

僕の友人から彼の母親と祖父がスペイン風邪を患ったが生き残った話を聞いた。もちろん当時の人々の免疫機能は今の我々よりずっと強かったよ。残念ながら一九四八年以降我々は免疫機能を失いつつある。その理由は放射線だ」

「つまり君は、これが地球上の人類全体にとって最後になるかもしれないと言っているのか?」

「生存者はいるだろう。おそらく五万人ぐらい残るだろう。しかし我々は自然を不当に扱ってきて、今その自然が報復しようとしているのだ。僕がいつも君にこの報復はいつか起こるぞと言っただろう、ロペ。お願いだから君は農場から離れないでくれ。町や郵便局その他どこへも行くな。そして自分の家の玄関はバリケードをたてて閉じろ。それからサンディもボブを説得してテキサスでも同じようにしなければならない。もう電話を切るよ。また後で電話する。電話をくれて有難う」

＊　＊　＊　＊　＊　＊

東京では地下鉄内で大変な事故が起こった。列車の運転手が運転中に気分が悪くなり突然気を失ったのだ。車内では死者がそこら中にいて怪我人はうめき声を上げていた。日本政府は緊急事態を宣言し、全国を隔離状態にした。

世界経済が急激にことの重大さを感じ始めていた。世界中が全く同じ状況下にいた……だが、何をおいても生き延びねばならない。

＊＊＊＊＊＊＊

ロペがペペと話をしてから四日が経った。彼は、ペペに電話をし続けるが留守番電話になっていた。一体全体彼はどこに行ってしまったのだろう。彼は心配でならなかった。テレビをつけると画面はまるで選挙投票日のように国や都市の名前と共に死者の統計値を映しだしていた。その横で〝専門家〟がコメントと予測をしていたが本当に彼らは専門家なのだろうか？……
「本日、フランスでは二八〇万人の死者が出ました」。ロペは自分の指で数えた。四日前は三五万人だった。なんてことだ、これはまさにペペが言った小麦の粒の話のようじゃないか。これだ、とうとう始まってしまった――ペペがずっと昔に予測していた大惨事が……。

日本　　四二〇万
アメリカ　　二五〇万
中国　　九五五万
ロシア　　二〇〇万
南アフリカ　　一五五万
オーストラリア　　五六万

専門家たちは、猛威をふるっている病気の結果生じる諸問題についてコメントしていた。主な関心事は原子力発電所ではすでに職員が不足しているということだった。各発電所を閉鎖するにも時間がかかり、時には一週間、さらには一カ月必要でそう早く閉鎖することは出来ない。さもないと、またもやチェルノブイリの二の舞になりかねず、それも恐るべき惨劇が予想される。破壊的なウイルスに加えて放射能の雲がヨーロッパ、アメリカ、ロシア、そして原子力を使用している他の国すべてを覆うことになるだろう。

信じられない！　ロパは思った。これは一つの時代の終わりだ。我々がこの恐ろしい病気から生き残るように祈るが、生き残った者は放射線によって長い苦しみで死ぬ運命しかないのだろうか？

地球は数百年もの間地獄と化すだろう。それはすべて人類が母なる自然に対して敬意を払わず、もっともっとと求めたからである。自分たちがした行為に対する代償を払う時が来た。それは大きな代価だけでなく最後の代償でもありえる。

＊＊＊＊＊＊

五日後、ロパはバタフライという名の去勢馬に乗って放牧場を見回っている時、牛の一頭が子牛を産むのに苦労をしているのを発見した。彼はお産を手伝うために馬を下り、シャツを脱いでヌルヌルした子牛の足に巻き付けゆっくり母親のお腹から引き出し始めた。「頑張れ、ジタン、踏ん張って、踏ん張って、頑張れ、おまえなら出来るぞ！」牛は彼を理解したかのように、踏ん張って子牛を産み落とした。だが子牛は息をしていなかった。ロパは子牛の胸郭を彼の呼吸のリズムに合わせて押した。子牛が咳き込んで息をするまで数分かかった。「これで、よし」とロパは言った。「ほら、いけいけ。僕がおまえを助けたんだぞ」。母牛が子牛を舐め始めると、ロパは立ち上がってジタンをなでて言った。「よくやった。もう大丈夫だ」

太陽はすでに高く昇っておりオゾンホールの影響で、とても暑くて焼けつくようだった。これでは皮膚ガンになるのも無理はない。彼はあまりに太陽が焼けるように強いので、ヌルヌルとした汚れたシャツを着ると再びバタフライの背中にまたがって家へ向かった。家では留守番電話の機械が点滅していた。それはぺぺからの電話ですぐに折り返し電話をして欲しいというメッセージだった。彼はロパが数時間前に出かけた後すぐに電話をしてきたに違いなかった。すぐさま受話器を取り上げるとぺぺの電話番号にダイアルした。

「もしもし、もしもし、ピエール・ブシャールはいますか？」

「僕だよ、ロパだ」

「どうしたんだい？　君の声とはほとんど分からなかったよ」

「大丈夫だ、ロパ。ただ君にさよならを言いたかっただけだ。僕はここ数日ウイルスに罹っていたんだ。とてもひどいめまいがし始めている。そんなに長くないよ……君も知っているだろう……」

「そんなこと言わないでくれ、ぺぺ。だめだよ。前にも君に言っただろう、ここに来るべきだって……」

「聞いてくれ、ロパ。何も変えられないんだよ。よく聞いて、とても重要なことだ。僕の言うことを理解して備えて欲しいんだ。そう長くはないよ。おそらくこの一カ月ほどでウイルスは加速して広がり、そして人々はバタバタと倒れるだろう。電気は完全に切断されるだろう。発電所に十分な人数を配置できないからだ。つまりテレビも、コンピューターも、ラジオもなくなる……世界のそのほかの国々とのコミュニケーションはとれなくなるぞ。電話は最後に切れるだろう。というのも交換台はバッテリーで動いていて自動発電機が備わっているからだ。

その後は……君一人だけだ。もちろん大変になるぞ……その後は恐らく数年たったら生存者たちが再建を始めるだろう……僕、僕はサンディが彼女の居場所で無事でいることを祈っている。彼らもまたとても人里離れたところにいるからな。二人が早く再び一緒になれるように祈ってるよ……君には我慢が必要だ……」

「もしもし、もしもし、ぺぺ？　ぺぺ、答えてくれ！」

「ああ」彼の声は弱々しくなり始めていた。「もう、もう一つ言いたいことがある。君はあの世のことについてそれほど信じていないのは分かっているが……僕は何かやってみるよ。僕が死んだら、自分のアストラル体のエレクトロンに集中して、ある日の夕方君のところを訪ねるよ。夜の一〇時と一一時の間と言っておこう。はっきりと目に見えるサインをするよう努力するよ。分かったかい……？　じゃあ電話を切るよ。まだ僕が生きている間にサンディにも電話をしてさよならを言いたいからね。

僕に電話をしようとしないでくれ。僕は半分昏睡状態の中で電話を聞くことなく静かに死にたいんだ。それは最悪だからね。だから受話器は外しておくよ。最後にロパ、君と君の家族はずっと僕の太陽だった……特に、君、ロパ、サヴォニャン号の上で初めて出会った日から君のことは大好きだったよ、ロパ、神の御加護と君の安全を祈る」

「僕も君のことは大好きだよ、ぺぺ。でも君自身が言ったじゃないか、スペイン風邪の時のように人は免疫力をつけてワクチン接種をすることが出来るって、覚えてるだろう？　ほとんど死にかけていた者が再び回復したって。たぶん君にもそれが起こるよ。ぺぺ、たぶん数日中に君はそうなるよ」

「このウイルスで回復すれば……僕が最初になるなあ、ロパ。まだそうなったことは聞いていないな……おそらくいつか、でもまだ早すぎるよ……ウイルスはまだ若い……若すぎる。さよなら、最愛の友よ。さよなら、ロパ」

「もしもし、ぺぺ？　もしもし、ぺぺ！　ぺぺ、答えて！　さよなら、ぺぺ、さよなら」

電話は切れた。ロパは呆然としていた。彼には信じられなかった。これは悪夢に違いない、夢から目覚めるはずだ。彼はぺぺの番号を回してみたが……話し中だった。彼は、何回も、何回も、何回も、あたかも彼の人生が懸かっているかのように、或いはそうすることでぺぺを助けられるかもしれないと思いながら夢中でダイアルし続けた。

ようやくサンディに連絡すると彼女がずっと泣いているのが分かった。ぺぺから彼女に電話があったのだ。ロパとサンディは共に電話で泣いた。二人はお互いの腕を必要としていたのに……もう我慢しきれなくなって彼らは電話を切らねばならなかった。

ロパは完全に落ち込んでしまい、ぺぺに電話をしてみたが受話器は外されているようだった。

夕方になって、ロパはテレビをつけた。それは地球規模の大惨事だった……フランスの死者は一五〇〇万人、中国三億三五〇〇万人、インド三億八〇〇〇万人、アメリカ六〇〇〇万人、日本三五〇〇万人、アフリカ一二〇〇万人、ロシア八〇〇〇万人、インドネシア三〇〇〇万人、南アメリカ三〇〇〇万人、オーストラリア三〇〇万人……などなど。

死者はほぼ一〇億人を数えている。何てことだ、これは全く信じられない。地球上の人口の約六分の一が二カ月も経たないうちに消えてしまった。ペペが言ったとおりチェスボードの数学的な例のように急速に増加するだろう。このままで行くと地球上の人間は一人残らず消し去られてしまう……ただし、生存者の中に免疫が出来るか、ワクチン接種が出来たなら。

それが唯一の望みだが、望みは非常に薄い。

第19章　流れ星

ぺぺが亡くなる前に別れの電話をしてきてから、ほぼ一年が過ぎた。彼と話して四日後に、ロパはさらに打ちのめされる電話を二本受けた。一本はルネの家族からで、もう一本はポールからの最後の別れだったが、それらはなかなか受け入れられなかった。ジャンヌからは何の音沙汰もなかったが望みだけは持ち続けた。

ロパは一年間農園を離れずに過ごした。表通りに車の音がしなくなったのはもう大分前だし、遠くから聞こえた飛行機やヘリコプターが飛ぶ音も一切しなくなっていた。何千年も昔はこのようだったに違いない。文明の音は絶えてしまった。

ぺぺに言わせると、文明という言葉はよく誤用されていて、地球には文明などなくて、あるのは技術と科学技術社会だという。文明とは考え方、芸術と哲学が融合した暮らし方で、いい例は日本の庭園に見ることが出来るという。

水、土、空、植物、鉱物そして魂が素晴らしいバランスを保っている点に彼は文明の象徴をみていた。庭園に足を踏み入れる際は、入り口にわざと配置された石や木材につまずかないよう慎重さが求められる。

多くのヨーロッパ人がそれを何かの手違いだと勘違いしてやり直すべきだと主張していたことをペペは笑っていたっけ。本当は、それらの石や木材は来園者が庭に入ったことを意識できるよう意図的におかれたもので、外の世界を離れ、庭に意識を集中させて自然との調和を繊細にはかる景観を眺めるように設計されているのだ。

これこそ真実の文明でありその完璧な参考例だとペペは話していた。日本の料亭にも同じ配慮が見られる。例えば大通りから離れた場所に料亭はあり、駐車場からはかなりの距離を歩いていく。そして入り口には低い扉をくぐるとか暖簾（のれん）で仕切られて、中に入ったことを意識させられ、食事を楽しむことに神経を集中させるようになっているのだ。ペペは文明についての見解を面白く話してくれた。

ロパは長年農園で自然とともに満たされた気持ちで暮らし、幸せだったが、今は全く一人でひどく孤独だった。子どもたちも孫も皆逝ってしまったが、サンディとジャンヌにはまだ望みを捨てていなかった。ジャーナリストとしてあちこち旅をする娘の仕事柄、もしかして人里離れた場所にいたなら感染しないで済んでいるかもしれない。毎日サンディとジャンヌが生きているように祈っていた。サンディと最後に話したのは九カ月前だったが、彼はなおも希望を持ち続けていた。

ペペが予測したように、人手がなくなって電気は完全に止まりテレビも見られないので世の中の動静はわからない。ポータブルラジオで聞いた最後のニュースは個人の発電機で稼動し、最後まで果敢に活動を続けた局から放送されたもので、ニュースと音楽もわずかに聞くことが出来た。最後の放送では全世界の人口がいなくなりつつあって、もはや死者を埋葬することもできずに大気に流れる死臭は耐えがたいとも伝えていた。そのあとすぐに電話は使えなくなった。バッテリー切れだった。ちょうどサンディと話している最中のことで、以来コミュニケーションはとれていない。

ボブはどうしたろう。毎日サンディに電話をする度に彼女はボブの体調が悪くなって二週間経ち、発熱と嘔吐（おうと）のウイルス感染の兆候があると言っていた。それにしても三日でなくて二週間とは長い。強力な自然の免疫があったのだろうか？　そうだとしてサンディとタミはどうなったのだろう？　孤立した牧場にいるのにどういう経路でボブは感染したのか？　ロパがサンディにたずねた際、ボブはすっかり退屈していて小さな町が汚染されることはなかろうと、数カ月溜まっていた郵便物を受け取りに郵便局に出かけたと知らされた。

ボブは人々が道や車の中で絶命していて、人口五千人の町がもぬけの殻になった様子に凍り付いた。手紙も汚染されているかもしれないという怯えはあったが、とにかく受け取って戻った。ロパの便りを読んでサンディは涙にくれたが、手紙に触れただけでウイルスに感染するのかどうかは誰にも分からなかった。ロパにも判断しようがなかった。

ボブが一二日間生き延びたのなら乗り越えたのかもしれない。だがサンディは大丈夫だろうか。生きているのか？　彼女はボブやタミより二〇歳年上だ。

ロパはひどく意気消沈するようになって、一度は自殺も考えたこともある。家族で一番年老いた自分だけが残ったなら生きている意味があるのか？　その時ぺぺの言葉が思いおこされた。

自殺は自然の法則に背くもので大きな間違いだという。われわれは大いなる意志、ぺぺはハイヤーセルフと呼んでいて、我々の守護天使のような存在と繋がっているから、地球での生を絶ったならまた戻ってこなければならない。そして一からやり直すことになって大きな無駄になるという理由だ。ぺぺが『他の世界』というたびに、『宗教』とか『ニューエイジ』を真剣には受け入れていないロパは微笑むだけだった。

ぺぺが逝ってから二日間、ロパはどう言い表せばいい分からない状態にいた。夜の一〇時頃ボコとベランダにでていると、犬は急に椅子の周りを嬉しそうに回って吠えだした。まるでぺぺが農園に来たとでもいうようにいっそう激しく回りだした。ロパはいきなり額がくすぐったいと思ったら、次は背中に移っていった。以前感じたことがない奇妙な感覚だったが、気持ちが和み、例えようのない喜びに包まれた。その感覚はほんの数秒続いて消えた。ボコの鳴き声は誰か何かを探すような調子に変わった。ロパは気持ちを揺さぶられ、何が起きたのか思いを巡らしていた。ぺぺが約束どおり他の世界から戻って来たのだろうか？　彼が予測したことは全て真実であるように思えた。

ロパには他にも気持ちを引き裂かれることがあった。サンディから最後に送られたはずの手紙が何通かまだ郵便局に保管されていて、彼はどうしても読まなければと思っていた。だが農園を離れればウイルスに感染するかもしれない。町に出れば、出会う誰かから病気がうつる危険がある。手紙さえも致命的な病原菌に汚染されていてもおかしくない。だがそうした状態はもう限界だ。もしウイルスで死んでも自殺ではない。これ以上の孤独感、孤立感は堪えがたい、それに手紙が待っているんだ。町には伝染病を生き延びた人がいるかもしれない。探してみよう。

朝一〇時頃ロパは町へ行こうと決めた。神経質になっていて、ボコをベランダの柱につなごうとする手もぎごちない。「僕を大人しく待っているんだぞ。すぐ帰るから心配しなくていい。サンディママの手紙をとってくるからね」犬に話しかける習慣になっていたロパは、愛情あふれる目でみつめるボコに泣き出したい気持だった。ここ一年、車の管理には万全を期して週二回は農園を走っていたから問題はない。他の農家もやるように、ドラム缶入りガソリンの蓄えもあった。運転席に乗り込むとロパは町へ向かった。

ロパは誰かに会うことへの怖れと期待が入り混じった気持ちで農園の門を通ると、道路際は雑草が伸び放題で路面には木の枝が散乱していた。それでも大した問題もなく町に入ると、車の陰も人の気配もなく目に付くのは多くの鳥や迷い犬、カンガルーや袋アナグマ、それと車に驚いて道を滑って横切るニシキヘビだけだった。警察所の前を通り過ぎると、駐車した数台の車には埃が厚くつもっていた。公園に見捨てられた二頭の馬のほかに四匹の犬がいて、近寄るといったん逃げだしたが立ち止まるとロパの様子をうかがっていた。

彼は気を緩めず周囲をさぐりながら、郵便局の前までくると、突然意を決して飛びおりた。その瞬間……何か動くものがいる。ビルの天蓋の下のベンチに毛布をかぶって誰かが横たわっているようだ。毛布が動いた！　はじめはどうしたものか迷った。ウイルスはまだ進行中かもしれない……だがいずれにしても手遅れだ。サンディの手紙をとりにくる危険を冒したんだし、ひょっとして最後の生存者を救えるかもしれない。彼は側に行くと声をかけた「こんにちは、どうしましたか？　ご気分は？」すると突然大きなねずみが二匹飛び出してきた。彼が毛布を引っぱって見ると人間の骸骨が横たわっていて、あばら骨の間にできた巣に小ねずみが数匹いるではないか。ロパは一瞬息をのむと指が燃えるように感じられた。洗わなくては。ビルの角に水道の蛇口をみつけてひねったが、空気が抜ける音だけで水道管は空だった。

　そそくさと自分の郵便箱から一杯になった手紙をつかみだすと、車に急ぎサンディの手紙を探した。四通届いていた。高鳴る胸で封筒を開けようとしたが、神聖な寝室で読もうと思い直した。村には人一人いないとは想像を絶している。誰かいれば助け合えるんだ。誰か話しあえる相手を探したいと望むロパは再び車をゆっくり走らせたが、猫や鳥を驚かせるだけだった。通りのはずれに来ると伸び放題の雑草が家々の庭を覆っていて、数軒の屋根は以前のひどい嵐で倒れた木々に押しつぶされていた。飼い猫や犬は半ば野生になってうろついていたが人間の気配はない。朝の陽射しの下で時々目にしたのは、白骨化した人間の骸だけだった。

　言い尽くせない悲しみに暮れて彼はクラクションを押し続けても、うろつく動物たちを驚かすだけだ。町のはずれで引き返そうとしたとき、目の端で一軒の家のドアが開き、また締まる動きを捉えた。空き巣か強盗だと思われないよう慎重にしたほうがいい。

　またクラクションを鳴らすとカーテンが動いた。ロパは中に入ることにして、正面のドアに行ってノックした。「こんにちは、ロジャーといいます。何かお役にたてますか？　この先に住んでいて食料もありますよ」ドアを開けようとしたが鍵がかかっていた。窓ごしに中を覗いても何も見えない。動物か風でカーテンが揺れただけなのか。中にいるのが生存者なら他の人間に会いたいはずだ。あきらめて車に戻り、発車させる前にもう一度家の方を振り返ると驚きで凍りついた。

　ドアが開かれ幼い女の子が立っている！　ゆっくり車を降りると言った。「こんにちは、僕はロジャー。何か力になれるか町にきたところなんだよ」子どもはドアを半分だけ開いたまま動かなかった。彼は前庭の門の外にいるから彼女を怖がらせないはずだった。「誰かと一緒なの？　何か手伝えるかな？　ぼくの農園には新鮮な卵とミルクがあるし、犬もいるよ」女の子をなだめるかもしれないという思いでそう言った。

　門を急に開ければ彼女は怯えるだろう。だが彼女が一人ぼっちだとしたら何と悲惨なことだ。「力になりたいだけだよ。町には他に誰もいないんだ。僕は一人ぼっちのおじいちゃんだ。僕も君も一人ぼっちならお互い助け合えばいい。もっと人を探すことだってできるしね」彼女の気持ちがこの言葉で動くといい。すると、彼の望みが通じた。

　彼女はドアから手を離すとおずおずとポーチのほうへ近寄ってきた。ロパは静かに待っていたが彼女は急に立ち止まると、家のなかへ駆け戻ってしまった。ドアは開けたままだがどうしたらいいか彼は戸惑っていた。少女の長くもつれた髪、裸足（はだし）で汚れた衣服姿は見るに耐えない。可愛そうに、彼女は八歳か九歳くらいだ。

　しばらくすると彼女は腕にグレーの猫と何かを抱えて彼の方へ近寄ってきた。それは髪の毛のない人形だった。彼女はのろのろと時に尻ごみしながら彼をじっとみつめた。彼女に身の回りのものを持ってくるように言ったら気を変えるかもしれないと思った。歩道にたった少女に腰をかがめて彼は言った。「やあ、僕はロジャー、君の名は？」彼女は彼の顔を見ようとせず、返事もしなかった。

「可愛い人形といい猫じゃないか、彼らの名は何？」やはり答えない。彼は子どもには充分忍耐強く接する必要があるのを知っていたし、特に少女がおかれた環境から察すればなおさらだ。「君のほかに誰かいる？　そうなら、一緒に来ていいんだよ」まだ無反応だった。「よければ、車に乗って誰かを探しに行こうか？」彼は後部座席のドアを開けると、少女はおとなしく従った。ほっとして彼は発車させると通りを三〇分くらい走ってみたが、結果は前と同じだった。ロパは話し続けたが少女から言葉を引き出せずにいた。町中を調べたところ生存者は少女一人だけだと気づいて農園に戻ることにした。その前に彼女に確認を入れようとしたが返事がないまま、二人は農園に向かった。人形と猫を抱えた少女は一言も発しようとしない。

家に戻るとロパはベランダの下で彼女にボコを紹介した。二匹の動物の間で何があるかわからないから、彼はボコを押さえていたが問題はなかった。「さあおいで、君の寝室を見せよう。好きなように使っていいんだよ。お腹すいただろう？　卵は好きかな？　ミルクもあるよ」

少女は猫と人形を抱えたまま何も言わずベッドに座った。時折ロパにチラッと視線を向けるだけだ。年老いた猫も、旅の途中でも新しい場所で犬を前にしても静かに彼女の腕の中にいる。キッチンから彼女にミルクと水のグラスを持ってきてやると、今度は皿に入れたミルクを持ってきた。「これは君の猫のだよ、何て名前？」返事はない。彼は自分以外の人の声が無性に聞きたかったのでがっかりした。それでサンディの手紙を開けたくてたまらなくなった。「僕はあそこの居間でやりたいことがあるんだ。何かあれば知らせてくれるね？　愛してるよ、僕を信用して何でも言ってね。君の力になるし料理もするよ。心配しないで」

　彼は居間にいくと、大事そうにサンディからの一番新しい手紙、一一カ月前の封書を開いた。彼女は牧場での日々の暮らしを語り、二人が分かち合ってきた充実した日々についても綴（つづ）りながら、また一緒にそうした時を過ごしたいという願いをこめていた。手紙は牧場に寄った最後の誰かに託されたはずだ。彼は四通全てを読み返しながら肘（ひじ）掛け椅子に座ってすすり泣いていた。

「どうして泣くの？」

　彼はぎくりとして顔をあげた。少女の足音がしなかったが、猫を抱いて側に立っていた。彼女の髪は長く垂れ下がり、もつれて猫にかぶるほどだった。

「悲しいんだよ。妻はアメリカにいて、僕は一人なんだ。アメリカが何処にあるか知っているかい？」少女は首を横にふった。

「君の名前を呼びたいのに、教えてくれないんだね」

「泣かないで。大人は泣かないものよ、赤ちゃんだけが泣くのよ」ロパは彼女の優しげで小さな声が嬉しかった。

「そうだね。僕はもう大人だからね」彼は手を差し出して言った。「僕はロジャー、君の名は、お嬢さん？」

　彼女は猫に視線を落としながら応えた「これはトミー、わたしはビッキーよ」

「ああ、美しい名前だね！　美しい娘にふさわしい、それにトミーはいい猫だ。お人形はどこかな、名前は何？」

彼女はそっとつぶやいた「キャシー」

「可愛いね」彼はゆっくり立ち上がりながら続けた。「お腹が空いたろう、何が食べたい？ミルクは飲んだのかい？」彼女はうなずいた。「美味しかった？」ロパの問いかけに彼女は「ええ」と答えた。

彼は料理をして庭の新鮮な野菜をそえた。熱心な彼の問いかけで分かったことは、少女は母親と暮らしていたが、四カ月前に亡くなっていた。彼女は少女に缶詰の食料を食べ、空き家に行ってもっと食料を探すように言い残していた。生き残りのためだとはいえ、周りの人ばかりでなく母親にも死なれた少女には何と過酷なことだったろう。母親は死臭を残さないよう、家から庭に出て死にたいと言ったという。ビッキーは母が動物に食われるという恐怖体験をしていた。骸骨だけになった母親の体は臭うことはなかった。

＊　＊　＊　＊　＊

少女はすぐに農園の生活に慣れた。彼女が農園に着いて間もなく、ロパは体を清潔にして髪をとかすよう、とてもうまく諭すと、言われたとおりにした。彼は愛らしい彼女との生活を楽しんだ。ある日二人は町にもどって彼女の身の回りの品を持ち帰った。ロパは少女の母親の遺骨を埋めようと決めていた。ウイルス感染の危険は去ったのだ。さもなければ彼もビッキーも元気でいるはずがない。最初に町に行ってビッキーを見つけてから三カ月になる。今回はベーカリーを見つけるとねずみや虫に食われていない粉の袋を探した。

ロパはちょくちょくサンディのことをビッキーに話した。「いいかい、いつか二人でケアンズの海岸に行って、船を見つけてアメリカへ行こう。手伝ってくれるね？」

「サンディはわたしのママみたいに死んでしまったとは思わない？」彼女はおずおず聞いた。

「僕は彼女が生きているように祈っているんだ。彼女は人里はなれた大きな牧場にいる。君は人が多い町にいたのに生き抜いたじゃないか、そうだよね？　奇跡は起きるんだ」

二人はいつも一緒にいろいろな話をした。ロパはとても上手な語り手で、子どものこと、孫のこと、アフリカやフランス、ニューカレドニア、それからサンディやぺぺのことを語って聞かせた。時折ビッキーをみつめては、必死に涙をこらえなくてはならなかった。自分の家族を思うと胸がつぶれそうだったのだ。彼は完全に白髪になり、朝ベッドを起きだすのがつらいときもあった。

＊　＊　＊　＊　＊　＊

その日の午後、空は青白く輝いて椰子（やし）の木がそよ風にそよいでいた。ビッキーは食べ物のくずを鶏にあげると野生のグアバの実を籠にいれて岬の方へ向かった。ボコは嬉しそうに彼女についていて回った。ロパはビッキーがすっかり気に入っていて、第三者として力になるというより自分の子どもか孫のように思っていた。彼女の可愛い話しぶりで話し相手になってくれたから彼の孤独はまぎれた。彼女もいろいろ打ち明け話をするようになっていた。父親はニューサウスウェールズにある大企業で働いていて両親は一緒に暮らしていなかったこと、ある日父親からウイルスに感染したという電話をうけた母親が泣いていたことを話した。

　ビッキーの話でロパはペペの最後の電話を思いだした。それから彼はコンゴ川の上流へ向かう船で出会ったペペ、スチュードベーカー製の車から降りて自分に笑いかけたサンディに思いをはせて、楽しく幸せな思い出とともに涙があふれた。近頃は涙もろくなっていた。

　遠くで犬の声がして彼は白昼夢から引き戻された。今日のボコの吠え声は違う。短い、一定の小さな声は蛇がいる警告であり、攻撃的で一定しないうなり声は誰かが農園にくる知らせだ。だが今は喉で喜びを表して誰か好きな相手を見つけたときの声だ。ロパは落ち着かない気持ちで立ち上がるとゆっくりベランダを降りた。彼の視力はここ数カ月ですっかり衰えていた。ボコはますます興奮した鳴き声をあげていたが、ふいにやんだ。

　と思う間もなくボコはベランダに狂ったように飛び上がると、まるで何かを伝えようとしてロパに飛びついた。それからまた矢のように道を走っていった。ロパがボコを呼ぶと普段はすぐに従ったが今日は無視して姿を消した。再び興奮した喜びの吠え声がすると同時に声が聞こえた……それはビッキーの声ではない！　ロパもはやる気持ちで声の主を確かめようとしたが、草木の茂みが繁茂(はんも)して視界を遮(さえぎ)っていた。ビッキーもボコの姿も見えない。その時道を曲がって二人の姿が現れた。その周りをボコは飛び跳ねている。その姿を見てロパはベランダの柱に掴まろうとしたが、その前に床に崩れ落ちて気を失った。

「ロジャー！　ロジャー！　ダーリン！　マイラブ……」その声で目を開けると誰あろう、サンディだ！　胸のあたりが熱く感じられた。彼は目を閉じてまた開けると再び気を失った。誰かの囁きが聞こえる。「まあ、大変、ショックが大き過ぎたんだわ」彼は目を開けるとはっきり話せなかったがつぶやいた。

「サンディ、サンディ。ほんとうに君なんだね？　僕は死んでるんだろうか？　この世にいる君だよね？」ボコに顔をなめられてロパは微笑んだ。

「ああ、僕は生きている、これは現実だ、何てことだ、信じられない」彼女は彼の傍らで跪き、頭を自分の腕にかかえて彼の顔中にキスをして言った。

「そう、本当のわたしよ、ダーリン」

「手をかしておくれよ、ハニー、僕を立たせてくれ」立ち上がろうとした時、彼は姪が立っているのに気づいた。「タミじゃないか？　ああ、もう、信じられないことばかりだ。どうやって二人ともここまで来れたんだ？　飛行機は飛んでるのかい？　あっちではまだ人手があるのかい？」女性二人は顔を見合わせるとサンディが応えた。

「いいえ、ダーリン、飛行機は一機も飛んでないわ。あっちは壊滅状態よ。私たち危険を承知で、セーリングボートで太平洋を渡ったのよ。どんな犠牲を払ってもあなたと一緒にいたかったのよ、マイダーリン」

ロパはサンディの手をとってお気に入りのアームチェアに座った。タミは彼にキスするとビッキーの手をとってそっと家の中に入った。ボコは依然興奮して二人の女性の後をかわるがわる追っていたが、ついにサンディの膝に頭をおいて静かになった。

サンディとロパは二度と離れまいと抱き合っていた。二人はまるでベニスの広場にある恋人像のように抱きあい、愛撫し、キスを交わしていた。二つの心と体は振動で再び一つに融合しあうかのようだった。ほとんど言葉もなく情熱的に手を互いの体に這わせて現実のなかで互いの存在を、二人はまた一緒になれたことを確認しあった。

一瞬体が離れたかと思うと互いに両手で相手の顔を挟み、魂にまで達して溶け合うようなまなざしでじっと見つめあった。そして時折言葉ともとれない、小さな愛の囁きを交わしながらまたしっかり抱き合った。愛という一語さえ、宇宙より大きい何か、それでいてはっきり触れることができる何か、エリクシル（霊薬）でも飲んだような感覚を伴って新しい意味を含んでいるように思えた。

「ああ、ダーリン、もう会えないかもしれないと何度も思ったわ。生きているかどうかも分からなかったし……」サンディはロパの瞼（まぶた）に、額に、頬に、ところ構わずキスの雨を降らせると彼はその肩に頭をすりつけた。二人は腕のなかの存在を二度と手放すまいとしっかり身を寄せ合ってそのまま長い間じっとしていた。その間ボコもずっとサンディの膝に頭をのせたままでいた。

ロパの目をみつめながらサンディは聞いた。「あの少女のことを聞かせて。ビッキーといったわね？」彼はざっと少女の身の上を話すとサンディは続けた。「とても可愛い子ね、私たちの子どももみたいに面倒みましょうよ」

「この三カ月間僕はずっとその気持ちでいて、彼女は娘のように可愛いよ。もう君が戻ったし言うことなしだ」彼はまた妻にキスした。

「ああ、思えば悪夢を見たようだわ。ボブが感染したことは話したわね。続いて牧場の従業員六人に感染して五人が死んだの。もう一人は三週間寝付いてから回復したのよ。ボブも乗り越えたかと思ったらある晩突然息を引き取ってしまって、心臓発作かウイルスか分からなかったわ。でもタミとわたしが感染しなかったのは奇跡としか言えない。牧場には食料はまだ充分あったけれどわたしはあなたと一緒にいたかった。あなたなしの生活は考えられなかったわ。それでやっとタミを説得してオーストラリアを目指したというわけなの。

　私たちはまず車で一週間かけてサンディエゴに向かったのよ。途中見捨てられたガソリンスタンドがあったし問題はなかった。電気が切れた場合に備えて手動ポンプがとりつけてあるのね。道中会った生存者は八人だけだった。女二人だけでいろいろ調べまわるのは危険だからやめたわ。ピストルは二丁携帯したけれどそれでも……。車はあちこちに乗り捨てられて、野犬や猫、コヨーテまでうろついていたし、烏や鷹（たか）も飛んでいたのよ。

　時折人のいないスーパーマーケットに入っては箱に缶詰類を調達しながら計画実行を目指したわ。何とかヨットハーバーにたどり着いたところで、太平洋を渡るのに充分な大きさで私たちにも操作可能な船を捜すことにしたの。ＧＰＳ機能つきのものをね。六分儀（船舶の位置を特定するための航海計器）で位置を計測するなんてとても無理だったわ。

どんな苦労をしたか今は言わないわね。とにかく二日かけて手ごろな船をみつけると食料と水を船に積み込んだの。ボートで生活する四十代の男性生存者が手伝ってくれたのは幸運だった。はじめは私たちを避けていたけれど、もう感染の危険は過ぎたと諭したのよ。一緒に来ないか勧めたけれど彼はアメリカに残る方を選んだわ。彼は何カ月もボートに身を潜めて、周囲の人が次々亡くなっていくのを見ていたんですって。街の生存者はおよそ三〇〇人くらいだろうと彼は推測していたわ」

「ああ、何と、思っていたよりひどい」ロパはうめいた。

「全く信じられない、世界的な大災害なのよ。信じられないと言ったけれど、ぺぺが私たちにいろいろと『理論』やスペイン風邪について話してくれたことが思い出されるわね。何か取り留めのないことを解説していると思えたこともあったけれど、残念ながら彼は正しいことを言っていたんだわ。自然が人間の破壊行為をウイルスで止めさせるなんて思いもしなかった。あるとすれば、津波とか火山の爆発が大陸をのみ込むようなことだと考えていたのに、とても恐ろしく残酷な仕打ちよね。

でも私たちも地球をすごく痛めつけてきたもの、赤ちゃんあざらしや多くの野生生物を殺したり、木を伐採したり、河川や海をウラニウムや化学物質で汚染したりと生態系をあまりに大事にしないできた報いなのね。ぺぺがとても腹をたてて言った言葉を思い出すわ。『おろか者たちは経済を守るなんて抜かしているが、地球が一瞬で人間を排除すれば経済どころじゃないんだ……』とね。そしてまさにそのことが起こっているのね。

　ともかくタミと二人で太平洋を渡ったのよ。航海日誌もつけたので後でみせるわね。GPSのおかげで毎日船の位置を記せたけれど、もし壊れたらどうしようとそれは不安だったわ。今日の午後ラッセル河の河口について、停泊させてから歩いてきたけれど、その三㎞はわたしにとって本当に苦悶の行程だったわ。あなたが無事か、農園を離れていないかとても心配だった。ああ、マイダーリン、また一緒になれるなんて奇跡よ、祈り続けたお陰だわ」

　二人は何時間も話し続けた。タミとビッキーは二人をそっとしておいてくれた。子どもや孫のこと、タミとビッキーの将来について、そして小さな家族としてこれからどう生きていくか、ジャンヌの生存への希望も含めて話しあった。夜になって気持ちが通じ合っている二人はどちらが言いだすのでもなく立ち上がると外の庭にでた。無数の星がオーストラリアの澄んだ空にキラキラと瞬いていた。手をつないで二人は支流が作り出した小さな池までゆっくり歩いていくとボコも静かについてきた。大きな岩に腰をおろすとサンディはロパの肩に頭をのせた。フクロウが鳴くと、小さなコウモリが虫を探すのか二人を掠(かす)めて飛んだ。オオコウモリが近くの木の上で新鮮な花の蜜を吸う音が聞こえ、小石をぬう水の流れが心に沁みた。

　ロパは神秘的な辺りの静けさを邪魔しないよう静かに話し始めた。

「思ってもごらん、今、地球上の鳥たちは化学物質に汚染されずにいる。川や海の魚たちも汚染で死ぬことはないし、木々も……生態系はまたバランスを取り戻していく。この開放感は何て素晴らしいんだろう！」

「この地球に生き残った人たちは、この大激変で与えられた母なる大自然の教訓を理解するかしら……あ、見て！　流れ星よ！」

「願い事をしよう」ロパは見上げて言った。

「ええ、次の流れ星にお願いしましょう」

ロパの肩に腕を回してサンディは応えた。二人は身近にとりまく自然の命を感じながら、自分たちが自然の一部として、自然とともに生きている瞬間をしみじみ味わっていた。

明るく輝く流れ星が、まるで二人に願い事の機会を与えるように、いつもより長い尾をひいて夜空を横切った。そして二人の願いは同じだった……。

『この星に残った人々が
皆それぞれ戒めから学んで、
この先ずっと
母なる大自然を
大事にしますように』…と。

〔訳者紹介〕
甲賀美智子（こうが みちこ）

立教大学卒業後、米国Univ. of the Pacific,CAにてコミュニケーション学専攻。NHK Radio Japan（英語版）アナウンサー、外資系航空会社で乗務員指導。淑徳大学（英語コミュニケーション）、桜美林大学（日本語コミュニケーション）講師等を歴任しながら、コミュニケーションコンサルタント、カウンセラーとして活躍。近年は「晴れ晴れラボ」（アートな人生の旅デザイン）主催。ライフデザインのプランニングと創造性・表現力開発ワークショップ開催。
https://harebarelabo.amebaownd.com
著書に『ビジネスマンのための英語スピーチ・マニュアル』（朝日出版社）、『A級グルメ英会話』（三修社）、『トラベル英会話』（三笠書房）。
訳書に『英文コラムで読むニューヨーク』（グロビュー社）、『スピリチュアル・セラピー』（日本教文社）、『人の目なんか気にしない』（サンマーク出版）、『愛の直観力』（日本教文社）、『ネイチャーズ・リベンジ』（新日本文芸協会）。

ネイチャーズ・リベンジ
大自然の報復

著　者　ミシェル・デマルケ
訳　者　甲賀美智子
発行者　真船美保子
発行所　KK ロングセラーズ
東京都新宿区高田馬場 2-1-2　〒 169-0075
電話（03）3204-5161（代）　振替 00120-7-145737
http://www.kklong.co.jp

印刷・製本　大日本印刷（株）

落丁・乱丁はお取り替えいたします。※定価と発行日はカバーに表示してあります。
ISBN978-4-8454-5119-7　Printed in Japan 2020